시는 혁명이다 — 김수영의 시론과 비평

시는 혁명이다

김수영의 시론과 비평

|오문석|

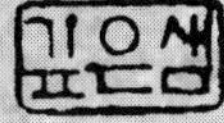

* * *

[현대식 교량]

김수영에 대한 책은 많지만 그의 시론에 대한 책은 드물다. 이 책은 그 갈증의 산물이다. 그렇기 때문에 이 책은 시를 쓰는 것과 시를 논하는 것이 서로 통한다는 김수영의 진술을 무기로 하여 나머지 반쪽에 대한 논의를 생략하고 있다. 나머지 반쪽에 대해서는 허다한 사람들의 책이 산적해 있다. 그 책들을 묵독하는 데 이 책이 보조적 기능을 행할 수 있다면 그것으로 족하다. 여기에서는, 시(詩)면 충분하다고 생각하는 사람들을 위해서 간단하게 이 책의 내용을, 다시 말해서 그의 시론(詩論)이 왜 중요한지를 진술하려 한다.

한국문학사에서 1960년대는 순수와 참여의 갈등이 지배적인 쟁점으로 부각되었던 시대였다. 김수영은 그러한 갈등 상황을 극복하려 했으며, 그의 시론은 그러한 노력의 산물이다. 실제로 김수영의 죽음(1968년)과 더불어 순수와 참여의 원초적 갈등 양상은 사실상 종지부를 찍게 되고, 문단의 구도는 모더니즘과 리얼리즘이라는 새로운 차원의 대결 양상으로 변형된다. 그러므로 우리는 김수영의 시론을 1960년대와 1970년대의 쟁점들을 서로 이어주는 〈현대식 교량〉에 비유할 수 있다. 그 교량은 〈단절과 지속〉을 동시에 성취한다는 높은 성능을 자랑한다. 김수영이라는, 특히 그의 시론이라는 교량을 중심으로 하여 참여와 순수, 그리고 리얼리즘과 모더니즘이 서로 소통할 수 있는 기회를 얻게 된 것이다. 이 책은 네 꼭지점의 중앙에 김수영의 시론을 놓을 수 있다는 가설에서 출발하고 있다. 그 아슬아슬한 가설이 이 책 전체를 떠받들고 있다는 사실이 이 책에 내재하는 긴장의 밀도를 말해준다. 그 설렘의 기록이 아니라면 이 책은 씌어질 이유가 없었을 것이다.

* * *

[현대성]

그것은 김수영이 순수와 참여의 대립을 넘어서기 위해서 의지했던 핵심 개념 중의 하나이다. 순수와 참여의 갈등은 현대성에 대한 인식 부족에서 비롯되었다는 것이며, 현대성에 대한 철저한 인식이 그 갈등을 마감하게 할 것이라 김수영은 믿었다. 그러므로 김수영의 시론에서 〈현대성〉은 시의 자율성(순수의 모토)과 시의 정치성(참여의 모토)을 동시에 달성하는 전위적 의미를 내포하고 있다. 그러나 대부분의 사람들은 시의 자율성과 정치성을 모순적 관계라고 생각했으며, 상대방을 배제하는 방식으로 그 모순을 해소하려고 하였다. 김수영의 독창성은 여기에서 발휘된다. 그는 모순 병존의 방법을 찾으려 했던 것이다. 그가 찾은 해법은 이렇다. 우선, 시의 자율성을 수동적으로 방어해야 할 대상으로 생각하지 않고, 적극적으로 관철해야 할 정신으로 승격시킨다는 것이다. 그는 시의 자율성을 주어진 기정사실이 아니라 도달해야 할 정치적 목표라고 생각했다. 시의 자율성은 그 자체만으로 정치적 행위와 연관된다는 것이다. 예컨대 시의 자율성 문제는 당연히 언어의 자유와 연결되기 때문에, 김수영은 시의 자율성을 언론의 자유라는 문제와 연결지어 생각하였다. 그렇게 되면 시의 자율성이란 언어를 통해서 자유를 이행하는 행위를 뜻하게 된다. 그것은 물론 의사소통의 수단으로 생각하는 전통적 언어관을 거절하는 데서 시작된다. 언어에는 의사소통의 도구 이상의 잠재력이 내재해 있기 때문이다. 김수영은 언어로 하여금 현실을 바라보는 바로 그 눈을 통제하는 지배력을 되찾게 해준다. 당연한 귀결이지만, 이렇게 되면 언어의 혁명은 곧 현실의 혁명이 된다. 시인의 임무는 언어에 잠재해 있는 혁명적 기능을 되찾아주는 데 있다. 그것이 시적 혁명이다. 시적 혁명 개념을 통하게 되면 시쓰기는 정치적 혁명의 수단이 아니라 정치적 혁명의 목적으로 상승하게 된다. 시쓰기는 그 자체로 정치적 혁명이기 때문에 그 안에 이미 자율성을 포함하고 있는 것이다.

* * *

[시적 혁명]

김수영에게 있어서 시적 혁명의 시간은 과거-현재-미래의 순서가 아니라 미래-과거-현재의 순서를 따른다. 아직 알지 못하는 미래의 시간을 김수영은 시적 혁명의 출발지점으로 삼고 있다는 것이다. 김수영은 아직 알지 못하는 그 미래의 시간을 의식의 한계를 넘어서는 무의식의 영역이자 시의 형식이 유래하는 원천이라고 생각한다. 이렇게 되면 무의식이 의식의 한계를 넘어서는 곳에서 구성되는 것처럼, 시의 형식 또한 내용의 한계를 넘어서는 곳에서 구성되는 것이다. 그러므로 형식은 의식의 통제를 받는 기교의 수준을 넘어서게 된다. 시의 형식은 이미 시인의 삶의 형식을 포함하고 있다. 특히 김수영이 〈시〉라고 말했을 때, 그것은 장르적 한계를 넘어서 모든 예술 행위에 두루 적용되는 삶의 윤리를 지칭하게 된다. 그것은 새로운 현실의 가능성을 보게 만드는 창시적 행동을 가리킨다.

시의 내용이 거주하는 현실성의 한계를 넘어서 새로움의 차원을 개시하는 것, 그것이 시의 형식을 구성하는 것이다.

그런 뜻에서 김수영의 경우 시작(詩作)은 곧 시작(始作)이다. 그것은 사물의 새로운 차원에 대한 인식인 동시에 사물을 새롭게 변화시키는 실천이기도 하다. 그러므로 김수영이 참여해야 할 현실은 객관적 현실이 아니라 시인의 참여에 의해서 변화가능성을 내포하는 상관적 현실이다. 현실은 시인의 언어에 의해서 새롭게 탄생할 가능성을 가지고 있으며, 그 가능성을 실현시키는 것이 시작(始作/詩作)이라고 할 수 있다. 이때 시인과 그 현실을 새롭게 시작하게 만드는 것이 바로 시적 혁명을 통과한 언어의 힘이다. 언어는 우리에게 현실을 보여주는 재현적 기능을 가지고 있기 때문에, 언어를 사용하는 우리에게 있어서 현실은 결코 있는 그대로의 현실이 아니다. 그런 점에서 김수영은 자연모방의 원리를 거부하고 자연을 대변하고 보충하는 유미주의의 원리를 따른다. 현실은 고정된 것이 아니므로 시인의 눈에 전혀 다른 모습으로 등장할 수 있기 때문이다.

* * *

[부재의 재현]

시인이란 무엇인가? 현실의 유동성과 변화가능성을 폭로하는 존재가 시인이다. 이때 시인의 상상력은 현실에서 부재하는 것, 아직 실현되지 못한 것을 도입한다는 점에서 부재(不在)에 관계하고 있어야 한다. 그러므로 시작(詩作)은 그 자체로 부재의 재현이다. 그것은 현실에 대한 노예적 모방(존재의 재현)이 아니라 현실에 대한 주권적 재현인 것이다. 시인은 주어진 현실 안에 거주하지만, 그 현실을 현실로 만들고, 그 현실을 변형시킬 수 있는 주권을 행사하는 존재이다.

*　　*　　*

또 다시 책을, 홀로, 세상에 내보낸다.

이 책이 만들어지기까지 관심을 보여주신 모든 분들에게 감사드린다.

특히 깊은샘 사장님과 예인아트 사장님의 배려가 아니었다면

이 책은 세상에 나오지 못하였을 것이다.

2005년 가을

오 문 석

차 례

책머리에 ▮ 5

1장 현대성의 의미 ──────── 13
1. 순수와 참여를 넘어서 ▮ 15
2. 현대성을 예감하는 혁명적 시간 ▮ 21

2장 시적 혁명을 통한 현대성 확보 ──────── 37
1. 시적 혁명의 내용 ▮ 39
2. 내용과 형식의 관계 ▮ 62
3. 언어에서의 시적 혁명 ▮ 86

3장 시적 방법론으로서 부재의 재현 ──────── 107
1. 현실에 대한 참여적 관계의 의미 ▮ 109
2. 미지의 가능성 투사를 통한 시적 혁명 ▮ 138
3. 죽음을 극복하려는 욕망의 변증법 ▮ 168

4장 김수영 시론의 비평적 관점 ──────── 191
1. 김수영의 '불온'과 이어령의 '에비' ▮ 193
2. 김수영의 실제 비평 ▮ 212

5장 시적 재현의 한 방법 ──────── 231

참고문헌 ▮ 243

현대성의 의미

1

순수와 참여를 넘어서

이 글은 김수영의 시론을 대상으로 하여, 그의 시가 추구하는 현대성의 원리를 규명하고, 그것이 궁극적으로 그의 시창작의 원리와 동일한 구조로 이루어져 있음을 밝히려 한다. 김수영은 현대성의 원리를, '재현(再現)의 위기'를 초래했던 〈시적 혁명〉에서 찾고, 그 혁명의 정신을 시창작의 원리로 승화시켜 궁극적으로 〈부재(不在)의 재현(再現)〉이라는 방법에 귀착하고 있다는 것이다. 그러한 방법은 결국 예술성과 현실성 사이에서 갈등하던 당시의 시인들에게 "새로운" 종합의 길을 제시하게 된다. 이 글은, 김수영이라는 시인이 순수와 참여 사이의 이분법을 어떻게 해소할 수 있었는지를 묻는다는 점에서, 기존 연구자들의 관심사와 그 성과들을 이어받고 있는 것이다. 따라서 이 글은 순수와 참여로 양분되어 가는 시단(詩壇)에 대해서 김수영이 그 처방으로 제시하고 있는 〈현대성〉의 성격을 해명하는 데 일차적인 관심을 두고 있다.

1950년대에는 한국 전쟁을 계기로 해서 한국 문단에서는 전쟁 이전의 근대와 전쟁 이후의 현대를 구별하는 것이 유행하게 되었는데, 시에 있어서는 전통적인 서정시를 근대시라고 하고 그 서정시의 테두리를 벗어나는 것들을 현대시로 평가하는 것이 일반화되었다. 그것은 현대 사회의 변화를 감당할 만큼 시에도 변화가 있어야 한다는 시류적인 뜻도 있었지만, 전쟁 이후의 가치관의 혼란을 통과하면서 서정시 자체를 일종의 낡은 규범과 같이 생각했던 데도 원인이 있을 것이다. 종래의 서정시를 대신해서 50년대 시단을 풍미한 것이 모더니즘이라는 것은 익히 알려져 있는 일인데, 그와는 상반된 측면에서 전쟁의 후유증에 따른 인간성 상실과 정치적 후진성에 대한 환멸을 담은 실존주의적이면서도 휴머니즘적인 시가 다른 한편을 형성하게 된다. 그 양자의 갈등과 반목은 1960년대 4·19를 기점으로 해서 좀더 표면화되었으며, 60년대 중후반으로 갈수록 사르트르의 앙가주망에서 빌어온 참여시라는 명칭이 모더니즘에 대립하면서 나름의 모양새를 갖춰나갔던 것이다. 그 둘은 비인간적인 한국 전쟁과 정치적 타락에 직면해서 그 돌파구를 기존의 가치들의 전복과 새로운 제도의 출현을 기대한다는 뜻을 담고 있는 〈현대성〉에서 찾고 있었던 것이다. 근대 사회의 제도적 경색을 탈출하기 위해 그들이 기존의 사고방식에 의문을 제기하고 새로운 가치를 탐색하는 것은 그 개념의 일부분에 해당되는 것이지만, 절대적인 것에서 상대적인 것으로 내려오는 그 동안의 근대적 사고체계를 불신하고 상대적인 것에서 어떤 절대성의 가능성을 찾으려는 현대성의 정신은 근근히 당시 문단의 지형도를 바꾸어놓고 있었다고 할 수 있다.

사실 김수영은 기회 있을 때마다 우리 문단에는 "진정한 참여시"와 "진정한 순수시"가 없다고 주장했는데, 그때마다 그는 참여시와 순수시에서 결핍된 "진정한"의 측면이 바로 〈현대성〉이라는 것을 지적하곤 했다. 현대성이라는 것이 기존의 기준을 박차고 나오는 것이라면, 그 기준을 모색하는 원리를 지니고 있어야 하는데, 그 대신에 서구적인 기준을 직수입하는 듯한 풍조는 전적으로 현대성의 자세를 질식하게 만드는 것이고, 그와는 반대로 참여시라는 것도 견고한 제도적 틀을 박차고 나오는 것임에도 불구하고 현대성의 정신에 상반되는 초월적 기준에 의존하고 있었기 때문이다. 김수영은 진정으로 현대성의 정신을 이행하는 시의 필요성을 느꼈던 것이다. 그러나 그의 현대성은 단지 참여와 순수를 종합하고 있는, 또 다른 시의 모델을 제시하는 것을 목적으로 하지 않는다. 오히려 김수영이 권장하는 〈현대성의 완성〉은 참여시를 더욱 참여시답게 만들고, 순수시를 더욱 순수시답게 만드는 것에 가깝다. 현대성의 정신은 순수와 참여를 불문하고 "위선은 우리 시단이 해야 할 일"인 것이며, "현재의 유파의 한계 내에서라도 좋으니 작품다운 작품을 하나라도 더 많이 내놓"[1]기 위해 필요한 시대인식에 가깝다. 김수영의 입장에서 현대성은 피할 수 없는 시대적 명령의 차원에 속한다고 할 것이다. 결국 "작품"의 진위(眞僞)를 판정하는 기준으로까지 사용되는 그의 〈현대성의 칼날〉은 순수와 참여의 경계를 마음대로 넘나들고 있으며, 더 나아가 순수와 참여의 분열을 훨씬 앞서는 보다 근원적인 지점을 가리키고 있다. 김수영의 표현에 따르면 현대성은 바로 〈시의 핵(核)〉에 해당되는 것으로, 현대의 시인으로서 현대성에 무지하다는 것은 용납될 수 없는 일이기 때문에, 그런 시인은 순수와 참여를 불문하고 이미 시인이 아니라는 것을 뜻한다. 이처럼 다소 강박증에 가까울 정도로 김수영이 집착했던 현대성이라는 개념은 김수영의 시론 전체를 관통하는 핵심적인 테마임에 틀림이 없으며, 그것이 시론과 시작 과정에서 표현되는 방식의 검토는 김수영의 시와 시론을 이해하려 할 때 간과할 수 없는 필수적인 절차인 것이다.

이처럼 김수영이 〈현대성의 정신〉에 각별히 관심을 두는 것은, 그것이 후진적 문화 풍토에서 〈시〉와 〈시인〉의 존재이유를 설득력 있게 입증하는 유일한 길이기 때문이기도 하다.

---

1) 김수영, 「생활현실과 시」, 『김수영전집2-산문』, 민음사, 1982, 192쪽. 이하 이 책의 인용은 본문에서 『전집2』로 표기하고 그 쪽수만을 밝히기로 한다.

복지사회란 경제적인 조건만으로 되는 것이 아니고 영혼의 탐
구가 상식이 되는 사회이어야만 하는데, 이러한 영혼의 탐구
는 경제적 조건이 해결된 후에 해도 늦지 않는다고 생각하고
마치 소학생들이 숙제 시간표 만드는 식으로 시간적 절차를
둘 성질의 것이 아니다.(『전집2』, 120쪽)

경제적 성장을 최우선의 과제로 삼으면서, 정치적으로는 냉전 이
데올로기를 강요하는 사회에서는 "영혼의 탐구"라는 것이 부차적인
지위로 전락하거나, 기껏해야 경제적 성장을 측면에서 지원하는 냉
전적 사고의 테두리를 벗어나지 못하는 경우가 허다하다. 이런 상황
에서 유포되는 것은 김수영이 "근대화의 〈병균〉"(『전집2』, 98쪽)으
로 지목한 "획일주의"로서, 그것은 각종 매스컴을 통한 "신경고문과
세뇌교육"(같은 쪽)의 핵심에 자리잡게 된다. 문화라는 것이 그 사
회를 살아가는 사람들의 의미 생산 및 그 소통의 체계를 가리키는
것이라면, 획일적인 의미를 생산하고 그 의미의 소비를 강요하는 사
회에서 문화의 성장을 기대할 수는 없는 일이다. 김수영은 이처럼
문화의 생산성이 정체된 사회에서 "문화의 본질적 근원을 발효시키
는 누룩의 역할을 하는 것이 진정한 시의 임무"(『전집2』, 253쪽)라
고 말한다. 그것은 사회에서 공인된 의미를 재생산하는 것이 아니라
허가받지 않은 미지(未知)의 의미-즉, 무의미-를 창조적으로 생산
해냄으로써 정체된 문화에 숨을 불어넣는 것을 뜻한다. 현대성이라

는 것이 어원 그대로 〈새 것〉을 뜻하는 것이라면 〈새로움〉의 생산과 유통을 책임지는 것이 시인의 임무인 것이다. 그러므로 〈시인〉이란, 사회를 향해 〈자유〉가 존재한다는 것을 증명하는 사람이면서, 사회가 덧씌우는 〈불온성〉의 혐의를 기꺼이 감당하는 사람을 뜻한다. 그러므로 시를 쓴다는 것은 "문자를 통해서 자유의 徑間을 넓혀가야 한다는 과제"(『전집2』, 203쪽)를 이행하는 행동인 것이며, 정치와 경제 논리에 질식할 위기에 처해 있는 문화를 소생시키는 일이기도 하다. 현대성의 문제가 시의 문제, 문화의 문제로 직결되는 이유가 여기에 있다.

2

현대성을 예감하는 혁명적 시간

"각 시대가 저마다 자신의 풍모와 시선, 그리고 몸짓을 가지고 있다"[2]는 보들레르의 짧고 평범한 진술은 현대성의 기본적인 태도를 충분히 잘 말해주고 있다. 잘 알려졌듯이 이는 역사적 상대주의의 가능성을 미의 기본원리로서 급진화하는 계기가 된다. 그리고 여기에 이어지는 중요한 진술로서, "누가 감히 예술에게 자연을 모방하는 헛된 기능을 부여하려 하는가?"[3]라는 다소 도발적인 물음이 있다. 이 두 가지 진술은 각각 〈시간에 대한 의식〉과 〈자연모방의 부정〉을 보여준다. 그 둘은 공히 〈현대성〉이라는 말이 그 어원에 간직

---

2) 보들레르, 박기현 역, 「현대적 삶의 화가」, 『세계의 문학』, 2002. 봄, 36쪽.
3) 보들레르, 같은 글, 60쪽.

하고 있는 속뜻 〈새 것〉의 혁명적 성격을 가리키고 있다. 말할 것도 없이 새 것은 낡은 것의 〈부정〉이다. 현대성이 부단한 부정의 연속을 그 주된 특징으로 하는 것도 현대성에 내장된 〈부정〉의 힘이라고 할 수 있다. 현대성은 일차적으로 새 것이라는 말이 지니고 있는 저 〈부정〉의 힘을 가리킨다고 할 수 있다.

새 것이 지니고 있는 부정의 힘은 또한 유한한 시간의 힘이기도 하다. 시간은 모든 것을 부패시키기 때문이다. 따라서 현대성의 등장으로 인해 시간으로부터 독립해 있는 〈영원한 것〉 일체가 위기에 처하는 것은 자연스럽다. 모든 것은 태어나고 죽는다는 평범한 시간의 덧없음을 신뢰하는 현대성의 정신은, 그것이 아름다움이든 진리이든 시간을 초월하여 영원히 살아남으려 하는 것을 시대에서 추방하게 되고, 결국 현대성의 태양 아래 변하지 않는 것이 없음을 강조하게 된다. 현대성의 관점에서 보면 영원한 것은 사실 과거의 것이 응고된 형태일 뿐이다. 이처럼 새로운 시대의 등장과 더불어 낡은 것의 〈전범성〉, 즉 과거와 전통의 〈권위〉는 사정없이 실추된다.

과거와 전통에 이어서 자연의 지위 또한 변하게 된다. 그 사정을 대변해주는 것은 루카치의 다음과 같은 진술이다. 즉, "예술은 이제 더 이상 모사가 아니다. 왜냐하면 전범적 모델은 모두 사라져 버리고 말았기 때문이다."[4] 과거와 전통을 대표하는 것이면서 루카치가

____

4) 루카치, 반성완 역, 『소설의 이론』, 심설당, 1985, 42쪽.

〈서사시의 시대〉라고 명명했던 것의 다른 이름은 바로 인류의 천진난만한 어린 시절과 사람들이 돌아가야 할 〈자연〉이라고 말하는 어떤 순수의 상태이다. 영원할 것만 같았던 유년시절은 덧없이 지나가고 어느덧 성인이 된 인류에게 시간은 유년의 상실감을 안겨준다. 루카치는 여기에서 자연을 모방하는 것만으로도 예술이 될 수 있었던 행복하던 시절이 지나갔다는 서글픔을 표현하고 있지만, 그에 반해서 보들레르는 동일한 시대적 상황을 배경으로 하면서도 모방의 대상이 되어야 할 그 자연의 낡고 타락한 모습을 보았던 것이다. "자연으로 돌아가자"는 루소의 구호는 보들레르 이후의 현대성과는 거리가 먼 것이고, 오히려 폴 발레리는 "범례적 의미를 지닌 최종 심급으로서의 자연에 그 근거를 두고 있었던 고전적 시학에 맞서" "현대적인 시작술을 내세웠다."[5] 또한 오스카 와일드는 "예술이 자연을 모방하는 것이 아니라 삶이 예술을 모방한다"[6]는 극단적인 유미주의의 가능성을 열어놓았다. 현대성의 관점에서 자연은 더 이상 완전성의 전범이 아니라 결함을 지닌 존재로 전락하고 만 것이다. 과거의 사람들이 자연에서 보았던 신적인 상징과 마법적 요소가 자연에서 제거되고, 자연은 단순한 물체로 추상화된 것이다. 이로써 자연과 예술의 모방적 서열 관계는 현대성의 등장으로 역전되었다. 자연

---

5) 야우스, 김경식 옮김, 『미적 현대와 그 이후』, 문학동네, 1999, 189쪽.
6) 야우스, 앞의 책, 108쪽.

의 모방을 대신해서 자연을 가공함으로써 자유를 실현하는 것이 예술의 중요한 과제로 부상하게 된 것이다. 자연이 신의 창조물인 점을 감안할 때 이는 자연에서 신성(神聖)이 사라졌음을 입증한다.

이처럼 자연이 단순한 물체로 전락한 배경에는 자연을 바라보는 사람들의 시선(視線)의 타락이 전제되어 있다. 보들레르는 그에 대해 "보는 능력을 가진 사람은 그리 많지 않다"[7]라고 적고 있다. 그 말은, 그의 유명한 현대성의 정의에 따르자면, 덧없고 일시적인 것에서 영원한 것을 보지 못하는 현대인의 맹목성(盲目性)을 지적한 것이다. 새로운 시대의 도래와 더불어 자연은 보여주는 능력을 상실했고, 현대인은 보는 능력을 상실했다. 따라서 이제 자연을 단순히 모방하는 것만으로는 예술이 될 수 없다는 것, 더 나아가 "자연적인 것 자체는 이미 부패하고 사악한 것이어서 오직 인위적인 것에 의해서만 극복될 수 있다"[8]는 판단으로 발전하게 된다. 자연의 타락은 사회에서 통용되는 모든 자연적인 것, 당연한 것에 대한 불신의 길을 터놓은 것이다. 자연적인 것, 당연한 것으로 위장하고 있는 관습적인 시각이 고정된 맹목성을 띠고 있다면, 시인의 눈은 덧없이 사라지는 것들을 순간적으로 포착해냄으로써 끊임없이 생성 소멸하면서 매순간 다른 모습으로 태어나는 본래적 자연의 사라진

---

7) 보들레르, 같은 글, 34쪽.
8) 야우스, 같은 책, 215쪽.

 | 시는 혁명이다

흔적을 식별해내는, 천진난만한 어린아이의 시선을 지니고 있다고 할 수 있다.

결국 신적인 것의 퇴조와 자연적인 것의 타락은 (전통) 문화의 영구성에 대한 불신으로 이어지게 된 것이다. 현대성의 자각은 자연의 순진성에 대한 믿음과 그에 대한 시인의 노예적 모방의 시대가 지나갔다는 것, 오히려 현대성은 자연(적인 것)의 타락을 시인의 창조적 시선을 통해서 극복해야 한다는 시대적 소명의식과도 통한다. 그러나 여기에서 우리는 역설적인 사태에 직면하게 된다. 새 것과 새로운 시대의식의 등장으로 인해 위기에 처한 모든 것들을 구제할 수 있는 것은 다시 새 것과 새로움밖에 없다는 것이다. 헤겔의 말마따나 현대성은 상처를 낸 바로 그 손이면서, 또한 자신이 낸 상처를 치유할 수 있는 유일한 손이기도 하다.[9]

자연[10]을 그 자체로 충만하고 완전한 것으로 보지 않고 결함이 있

---

9) 헤겔이 『논리학』에 인용한 비극의 대사. 여기에서는 로버트 터커, 김학준·한명화 역, 『칼 마르크스의 철학과 신화』, 한길사, 1982, 72쪽에서 재인용.

10) 오늘날 우리가 자연이라고 말하는 나투라(natura)는 그리스 시대의 피지스(physis)가 아니다. 나투라는 피지스가 타락한 형태이다. 여기에서 피지스는 낭만주의자들에게 항상 그리스의 〈총체성〉을 가리키며, 헤겔과 루카치로 이어지는 〈총체성에 대한 향수〉를 대표한다. 그러나 역설적이게도 시인이 그리스를 버리게 된 것은 이미 낭만주의자들이 그리스로 돌아가려고 했을 때부터 시작되었다. 즉 그들이 그리스의 미완성을 현재에 실현하겠다고 마음먹으면서부터 그리스는 사라지기 시작했던 것이다. 그리스는 더 이상 완전한 사회의 모델

는 대상으로 보며 그 결함을 예술이 보완해주어야 한다는 현대성의
정신은 자기 사회에서 발견한 결핍(不在)을 시를 통해 보충해야만
한다는 김수영의 믿음과 일치한다.[11] 따라서 김수영의 〈시적 혁명〉
은 그 자체로 유미주의와 보들레르를 거치면서 정착된, 〈자연에 대
한 시의 혁명〉이라는 관념의 전통을 계승하고 있는 것이다. 김수영
에게 사회는 시적 혁명을 통해 보충되어야 할 대상이지 모방의 대상
은 아닌 것이다.[12]

이 아니었던 것이다. 그러므로 피지스가 타락한 형태인 나투라에 대한 현대 시
인의 거부는 〈시적 총체성〉에 대한 거부라기보다는 회귀의 불가능성에 대한
승인인 동시에, 피지스를 미래에서 구해오려는 시도라는 점에서 〈부정적 총체
성〉을 향하고 있는 것이라고 말할 수 있다. 낭만주의와 그리스의 관계에 대해
서는 야우스, 장영태 역, 『도전으로서의 문학사』(문학과지성사, 1983), 68-
109쪽 참조.

11) 나중에 이러한 방법을 우리는 〈부재의 재현〉이라고 할 것이다.

12) 그렇다고 해서 모방이 폐기된 것은 아니다. 예컨대 아도르노는 모방과 미메시
스를 구별하고 있는데, 전자는 동일성에 포섭되는 모방이라면 후자는 동일성에
서 이탈하기 위한 〈위장된 모방〉이라는 사실을 지적하고 있다. 물론 아도르노
가 모방이라고 했을 때는 모방을 거부하는 순수주의도 모방에 해당된다. 왜냐
하면 그들은 〈자연에 대한 시의 혁명〉이 준 혜택을 누리는 데서 그치기 때문이
다. 자연에 대한 시의 혁명은 근대 이후 오염된 자연을 버리고 본래의 자연
(physis로서의 자연)로 돌아가려는 것을 뜻한다. 그것은 혁명이라는 말에 내포
된 회귀를 지향한다. 여기에서의 역설은 자연 그 자체에서는 physis가 사라졌
기 때문에, 새로 출현했지만 그들이 혐오하는 도시(인공적 상품)에서 physis를
기대할 수밖에 없다는 것이 현대 시인들의 우울함이다. 따라서 현대 시인들이

그러나 〈자연에 대한 시의 혁명〉[13]은 두 개의 쌍생아를 낳게 된다. 하나는 소극적인 자율성의 미학이고, 또 하나는 적극적인 자율성의 미학이다.[14] 소극적이든 적극적이든 그들 양측의 중심에는, "학자나

도시를 모방하는 것은 아도르노의 방식으로 말하면 〈위장된 모방〉인 것으로, 도시를 통해서 도시를 벗어나 physis를 그려보려는 것이다. 현대시인들의 자연 혐오에 대해서는 야우스, 김경식 역, 『미적 현대와 그 이후』(문학동네, 1999)를 참조. physis의 의미에 대해서는 Giorgio Agamben (trans. Georgia Albert) , *The man without content*, Stanford Univ., 1999. 참조.

13) 〈자연에 대한 시의 혁명〉을 전후로 해서 혁명 이전을 자연모방의 미학으로, 혁명 이후를 자연보충의 미학으로 분류한다면, 이때 낭만주의와 리얼리즘은 혁명 이전에, 모더니즘과 아방가르드는 혁명 이후의 산물이라고 할 수 있다. 혁명을 전후해서 시간의 우위도 달라지는데, 혁명 이전에는 과거에서부터 되돌아오는 시간이 혁명의 순간이라면, 혁명 이후에는 미래에서부터 되돌아오는 시간이 혁명의 순간이다. 그뿐 아니라 혁명 이전에는 혁명을 통해 역사의 연속성이 회복되는 것이라면, 혁명 이후에는 혁명을 통해 과거로부터 단절되는 것이라고 할 수 있다.

14) 멘케는 이 둘을 자율성 대 주권성으로 구별하고 있다. 멘케에 따르면, "자율성 모델은 미적 경험에 상대적인 타당성을 부여하는 데 반해, 주권성 모델은 미적 경험에 절대적 타당성을 부여한다. 주권성 모델은 미적 경험이라는 것을 비미적 이성의 규칙을 소멸시키는 매체로서, 즉 경험적으로 실행되는 이성비판의 운반체로서 간주한다."(Christoph Menke, trans. Neil Solomon, *The Souvereignity of Art*, The MIT press, 1998.의 introduction 참조) 소극적 자율성은 계약에 의해 사회로부터 분리된 영역을 얻지만, 적극적 자율성은 사회 어디에도 영토를 갖지 않으면서도 어디에나 개입할 태세가 되어 있는 군주와도 같다는 것이다. 김수영이 부르주아 미학이라고 비난하는 것은 소극적 자율성을 뜻한다.

예술가는 두말할 것도 없이 국가를 초월한 존재이며 불가침의 존재"(『전집2』, 339쪽)라는 신념이 공통으로 깔려 있다. 소극적인 자율성의 미학이란, 〈자연(사회)에 대한 시의 혁명〉을 빌미로 하여 모방이라는 부담으로부터 멀어짐으로써 아름다움의 영토를 사회로부터 안전하게 격리시키려는 경향을 가리킨다. 김수영은 이에 대해서 "현대성이 터무니없이 동떨어진 기형적인 작품"이자 "시가 모더니티를 추구하고 있는 데서 오는 치명적인 결함"(『전집2』, 360쪽)이라고 말한다. 자연 모방과 현실 재현을 부정하는 데서 출발하는 현대성의 본질을 왜곡하는 사례들을 김수영은 여러 차례 〈가짜 모더니티〉라고 지적한 바 있다.

재현과 모방의 부정에서 출발하는 현대성을 쉽게 현실 도피의 기회로 삼는 경우를 김수영은 〈현대성에의 도피〉라고 말하고, 이를 "〈신라〉에의 도피나 〈순수〉에의 도피"와 다르지 않은 태도라고 꼬집는다. 모방과 재현을 부정한다는 데에는 모방과 재현의 부담에서 벗어났다는 해방감보다는 새로운 모방과 재현의 방식으로 다시 되돌아오기 위해 험난한 모험의 길을 떠나게 되었다는 절망이 앞서야 한다고 그는 믿었던 것이다. 플라톤 이래로 동굴을 떠나서 돌아오지 않는 철학자들이 많았지만, 김수영이 택한 것은 오디세우스의 항해의 길, 그것도 귀향을 위한 모험의 길인 것이다. 현대성의 추구가 귀향을 위한 이향(離鄕)의 방식이라고 한다면, 그 사명은 모방을 능가하는 모방, 재현을 능가하는 재현의 방식을 가지고 돌아와야만 한다는 것을 뜻한다. 그렇기 때문에 시단에 등단한 신진시인들의 현대적인 포오즈를 향해서 김수영이 "이것이 한국의 현실이라고 볼 수 있는가?", "도무지 한국의 현실 같지가 않다"(『전집2』, 360쪽)라고 책망하는 것은 조금도 이상한 일이 아니다.

이 이향과 귀향의 시간구조는 현대성의 등장으로 폐기되었던 순환적 시간이 다시 등장하는 모습을 보여준다. 순환적 시간은 계절이 순환하듯이 항상 원래의 시작점으로 되돌아가는 지루한 반복의 시간이면서 변화를 거부하는 폐쇄된 원환적 시간이었지만, 이제 그 지루한 원점회귀의 순환적 시간에서 〈원점〉의 기능을 하고 있던 〈자연〉은 회복불가능한 것, 접근불가능한 것으로 나타난다. 끊임없이 그것으로 돌아가지만 항상 다른 지점에 귀착할 수밖에 없는 이 새로운 순환적 시간은 항상 옛것의 소멸과 새 것의 탄생이 무한하게 반복되는 사태, 즉 갱생(更生)의 시간이 된 것이다. 우선 그러한 시간모델의 체계를 세운 헤겔의 순환적 시간에 대한 꼬제브의 설명을 제시하면 다음과 같다.

> 헤겔 이전의 철학에 의해서 고찰된 시간에서의 운동은 과거로부터 출발해서 현재를 거쳐 미래로 진행되어 나갔다. 이에 반해서 헤겔이 언급하고 있는 시간에서의 운동은 미래에서 발생해서 과거를 거쳐 현재에로 나아간다. 즉 미래 과거 현재(미래). 그러나 이것은 본래적인 의미에서의 〈인간적인〉, 즉 〈역

사적인〉 시간에게 특수한 구조이다. … 미래에 의해서 야기된 운동은 욕구로부터 발생한다. 물론 이러한 운동은 인간에게 특수한 욕구, 즉 창조적인 욕구 즉 자연적인 현실 세계에서는 실존하지 않는, 그리고 여기에서는 결코 실존해 본 적이 없는 그러한 본질적 세계를 지향하고 있는 욕구로부터 발생한다. 그러할 때만 운동이 미래로부터 야기되었다고 말해질 수 있다. … 사실 욕구는 어떤 〈부재(不在)〉의 임재(臨在)이다. 나는 물의 〈부재〉가 나에게 있어서 지배적인 상태에 있기 때문에 갈증을 느낀다(혹은 갖는다). 그러므로 욕구란 철저하게 어떤 미래, 즉 물을 마시는 미래의 행위가 현재에 임재(臨在)하는 것이다.[15]

우리는 여기에서 미래에서 발생해서 과거를 거쳐 현재에로 나아가는 순환적 시간의 운동이 〈인간적인 시간〉 다시 말해서 〈유한한 시간〉의 진실한 모습이라는 것, 즉 〈욕구〉가 없으면 그러한 시간의 순환도 발생하지 않는다는 것을 주목할 필요가 있다. 순환의 시간은 무한하게 직선으로 뻗어 있고 나와 무관하게 흘러가는 객관적 시간이 아니라, 나의 욕구에 달라붙어 있는 인간적 시간인 것이다. 그에 반해서 새 것의 등장으로 가능해진 직선적 시간은 나와는 아무런 관

---

15) 알렉상드르 꼬제브, 설헌영 역, 『역사와 현실 변증법』, 한벗, 1981, 159쪽.

련이 없으면서도 저 혼자서 가고 있는 시간과도 같아서, 내가 할 수 있는 일이라고는 시간이 흘러가는 것을 그저 수동적으로 바라보는 것, 그리고 그 시간의 변화에 순종하는 것일 뿐이다. 헤겔은 이 두 가지 시간을 결합함으로써 "미래에서 그 내용을 얻기 위해 과거를 버려야 한다"는 정치적 혁명의 시간을 열었던 것이다.[16]

그런 의미에서 정치적 혁명기에 아방가르드 예술가들이 대거 등장했다는 것, 또한 정치적 혁명과 예술적 혁명이 동시에 결합할 수 있었던 것은 그 혁명의 시간에 내재하는 양면성에서 기인한다. 정치적 혁명가의 관심은 순환적 시간에 의한 역사의 단절과 더불어 그 뒤에 이어질 새로운 직선적 시간에 대한 기대에 닿아 있었다면, 그 격동의 시기에 예술가들이 주목한 것은 직선적 시간보다는 오히려 순환적 시간이 열어놓은 상상력의 무한한 개방성과 그 잠재력이었다. 순환적 시간에 의한 급격한 예술사적 단절로 인해서 그들은 기존의 모든 미적 규준이 무의미해지는 경험을 하게 된 것이다. 이처럼 예술가들이 순환적 시간에서 찾아낸 것은 지칠줄 모르는 욕망의 시간, 그리고 미지의 것의 임재(臨在)를 통한 현재의 교란이라고 할 수 있다. 그러나 정치적 혁명과 제휴하였던 예술가들이 낭패를 보았던 것은 직선적 시간에 우위를 둘 수밖에 없는 정치적 시간에 대한 환멸에서 기인한다.

---

16) 라인하르트 코젤렉, 한철 역, 『지나간 미래』, 문학동네, 93쪽.

정치인들의 시간의식과는 반대로 예술가들이 주목하는 순환적 시간은 인간과 무관하게 흘러가는 객관적인 시간을 극복하고 모든 개인이 스스로 자기 시간의 주인이 되는 시간이며, 숙명처럼 외부에서 주어지는 시간이 아니라 내부에서부터 스스로 형성하는 시간을 의미한다. 결국 그것은 나의 외부에서 무심하게 흘러가는 객관적 시간을 폐기하고 매순간을 나의 시간으로 전유해냄으로써 외부에 있는 운명적 시간에 종언을 고하는 것이다. 이처럼 순환적 시간은 자신이 직접 미래에서 불러온 시간이므로 공허하고 폐쇄되어 있는 이 공간에 구멍을 낼 수 있는 동력이기도 하다. 미래 시간에서 도래한, 아직 한 번도 존재해보지 못한 어떤 욕망의 대상이 도래함으로써 지금 여기의 공간에 마련된 구멍을 통해 개개인은 가장 개인적이면서도 유한한 인간적 시간을 추구할 수 있게 되었으며, 또한 그 통로를 통해 무한한 시간으로 소통할 수 있는 기회까지 얻게 된 것이다. 스스로 미래의 시간을 이 공간 안으로 불러들인 것이므로, 그 시간은 외적으로 주어지는 무관심한 운명과 같은 시간이 아니라 스스로 만들어낸 자유의 시간이기 때문이다. 시공간적으로 유한한 인간에게만 주어지는 이 순환적 시간은 다른 한편으로 유한한 시공간에서 인간이 탈출할 수 있는 기회를 제공하게 된다. 이러한 과정은 "인간이란 자기 자신과의 영원한 동일성을 지닌 채 공간 속에서 〈현존하고 있는〉 존재가 아니라 어디까지나 시간이기 때문에 공간적 존재를 〈부정〉함으로써 〈무화되는〉 무(無)"[17]라는 것을 입증하는 행위이다. 폐쇄된 공간에 갇혀 있는 인간이 자기를 제한하는 이 폐쇄성을 벗어나서 순수하게 정신적인 존재로 상승할 수 있는 것도, 바로 자신의 공간에 자발적으로 미래의 시간을 초대할 수 있는 인간의 상상적 능력이 있기 때문이다. 언제나 그랬듯이 상상력은 눈앞의 현실을 등지고서 출현한다.

미래적 과거, 혹은 미래에서 시작되어 과거를 거쳐서 현재로 되돌아오는 이러한 시간관은 헤겔을 거쳐서 하이데거와 사르트르 등으로 이어지면서, 두 가지 시간관 사이에 우선순위를 결정하는 것이 하나의 쟁점으로 부각되었다. 하이데거는 〈직선적 시간관〉에 우선권을 주었던 헤겔을 비판하면서 〈순환적 시간관〉이 보다 더 근원적이라고 말했는데, 공교롭게도 하이데거는 "시(Dichtung)"를 그러한 시각에서 새롭게 조명한 철학자이기도 하며, 그러한 시간관에 익숙한 김수영[18]은 적어도 1956년경부터 이미 하이데거를 읽고 있었

17) 꼬제브, 같은 책, 86쪽.
18) 특히 초기 시의 팽이와 헬리콥터의 회전과 정지의 묘기를 잘 살펴보면, 헤겔의 시간관이 잘 드러나 있다. 번스타인이 제시한 헤겔의 순환적 운동은 이렇다. "이 이미지는 그리이스시대(아니 어쩌면 그보다 더 이전 시대)까지 소급되며, 헤겔을 특별히 매혹시켰다. 그것은 순환운동 내지 구면운동(circular or spherical motion)이란 이미지다. 회전하는 球體는 계속적으로 회전하고 동시에 또한 언제나 한 곳에 머물러 있으므로 정지하고 있는 것과 같다. 정신의 부단한 활동성은 球體에 있어서 항상 **움직이고 있는 측면**과 일치한다. 그러나 정신은 또한 영원하고 무한하며 불변적이기도 하다. 정신은 항상 자기동일적이며, **항상 정지(rest)해 있다.**"(R. 번스타인, 김대웅 역, 『실천론』, 한마당,

다.[19] 시가 정치를 추종하지 않으며 오히려 모든 정치적 행동의 모범이 되며, 더 나아가 모든 문화의 기본에 있어야 한다는 하이데거의 생각은 헤겔의 변증법적 시간과 초현실주의의 혁명적 시간에서 현대성의 진수를 발견한 김수영에게 〈시적 혁명〉의 개념을 더욱 견고하게 만드는 계기가 되었다.

이를 바탕으로 김수영은 〈시적 혁명〉 개념을 시창작의 원리로 승화시키게 되는데, 이것을 우리는 〈부재(不在)의 재현(再現)〉이라고 부르기로 한다. 사실 부재의 재현이라는 말은 그 자체로 모순적인 말이다. 그러나 김수영의 변증법적 구상에서 그 원리는 있는 것의 재현을 능가하며 이론적 진리는 물론 실천적 행동을 결합하는 최고

1985, 30-1쪽-강조는 인용자) 김수영은 이러한 정지와 운동의 변증법에 대해서 잘 알고 있었는데, 그것은 때로 여유와 바쁨의 대비로 변조되어 나타난다.

19) 대부분의 연구자들은 김수영이 하이데거를 잘 이해하지 못했을 것이라고 생각하는데, 하이데거의 대표작 『존재와 시간』이 〈미래적 과거〉의 순환적 시간이 직선적 시간보다 더 근본적임을 논증하고 있다는 것을 생각한다면, 김수영이 하이데거를 읽는 데 큰 어려움은 없었을 것으로 보인다. 김수영은 1958년 「모리배」라는 시에서 하이데거를 언급하고 있고("하이데거를 읽고 그들을 사랑한다"), 그에 앞서서 1956년 「병풍」에서부터 순환적 시간관의 정점이라고 할 수 있는 "죽음" 모티프가 처음 등장한 것으로 봐서, 적어도 양계업을 하면서 생계가 안정되어가던 그 무렵에는 하이데거를 읽고 있었다고 추측할 수 있다. 김수영은 이후에 「병풍」에서부터 자기 시의 현대성이 시작되었다고 말하고 있는데(「연극하다 시로 전향」, 『전집2』, 226쪽), 이는 순환적 시간관을 〈시적 혁명〉의 모델로 결정한 시기를 가리키는 것이라고 할 수 있다.

의 시작(詩作) 방법론으로 기능하게 된다. 부재(不在)라는 용어는 이미 사르트르가 『존재와 무』에서 그 존재를 입증한 것으로, 단순히 없는 것이 아니라 상상적 허구의 시간을 가리키는데, 이는 미래에서 기대되는 현실의 또 다른 이미지라고 할 수 있다.[20] 김수영은 아직 오지 않은, 그러므로 아직 부재하는 미래의 시간에서 이미지를 빌어 올 것을 주장하는데, 이는 시에서 〈혁명적 시간〉을 가능케 하는 중요한 방법적 원리로 사용된다. 사실 그의 시론이라고 할 수 있을 법한 〈시적 혁명〉 개념과 그의 시창작 방법론이라고 할 수 있을 만한 〈부재의 재현〉은 동일한 운동 원리를 지니고 있으며, 이는 시를 논하는 것과 시를 쓰는 것이 동일하다는 그의 말을 입증하는 것이다.

　이 책의 구성은 다음과 같다. 전체적으로는 김수영의 시론(2장), 시창작론(3장), 그리고 시평(4장)이 각 장의 주요 내용을 구성하게 된다. 2장에서는 김수영의 현대성을 그의 변증법이 집약된 〈시적 혁명〉의 의미를 통해 재구성하고, 시적 혁명 개념에 동원된 대립개념들(의미와 무의미/내용과 형식)을 검토할 것이다. 3장에서는 김수영의 시창작법이라고 할 수 있는 〈부재의 재현〉이 작동하는 과정을 크게 세 단계(참여, 미지, 죽음)로 나눠서 살펴볼 것이다. 4장에서는 김수영의 시론에 대한 당시 문단의 반응과 논쟁을 구성할 것이다. 그 과

---

20) 사르트르는 『존재와 무』 이전에 이미 『상상력』과 『상상적인 것』을 통해서 이미지와 상상력을 무의 존재방식으로 이해한 바 있다.

정에서 김수영 시평의 기준을 정리할 것이다. 마지막 5장에서는 김
수영의 시론이 남긴 성과를 정리하면서 새로운 재현이론의 가능성
을 타진할 것이다.

2장

시적 혁명을 통한 현대성의 확보

1

시적 혁명의 내용

4·19 직후에 김수영은 혁명에 대해서 이렇게 적고 있다; "두말할 나위도 없이 혁명이란 위대한 창조적 추진력의 複本(counterpart)"(『전집2』, 332쪽)이다. 이 문장에는 혁명이라는 말을 감히 입에 담을 수조차 없었던 시절이 지나갔다는 안도의 마음이 담겨 있다. 혁명. 김수영에게 익숙한 단어를 품고 있는 이 문장을 우리는 김수영의 시론 세계로 들어가는 열쇠로 삼고자 한다. 특히 "複本"이라는 표현에 주목하면서 이 문장을 풀이하면 이렇게 된다. 우선 시적 창조는 그 자체로 혁명이어야 한다. 그 다음으로 시적 혁명과 정치적 혁명은 마치 거울을 보는 것처럼 서로 닮았다는 것이다. 이 닮음의 문제는 시와 정치, 혹은 시와 사회의 문제를 미궁으로 빠뜨리는 복잡한 유래를 지니고 있다. 김수영의 기본 입장을 확인하려면 이 닮

음의 문제를 해결해야 하는데, 우리는 우선 그 닮음의 성질에 있어
서 양자(시와 정치)가 거울을 마주하듯 서로 반대 방향으로 닮았다
는 데에 유의하도록 하자.

　미리 결론부터 제시하자면, 김수영의 경우 시가 정치를 추종하는
것이 아니라 오히려 정치가 시를 추종해야 한다는 것이다.

> 혁명이란 이념에 있는 것이요, 민족이나 인류의 이념을 **앞장
> 서서 지향하는 것**이 문학인일진대, 오늘날처럼 이념이나 영혼
> 이 필요한 시기에 젊은 독자들에게 버림을 받는 문학인이 문
> 학인이라고 할 수 있겠는가(『전집2』, 120쪽-강조 인용자).

　정치적 격변기일수록 읽혀지는 문학이 되려면, 그 문학은 이미 그
내부에서 혁명을 완수하고 있는 것이어야 하고, 따라서 혁명의 모델
을 제시하고 있어야 한다. 현실적인 혁명 이전에 이미 항상 혁명을
작품 내부에서 완료하고 있어야 하는 문학이 정치적 혁명에 밀려난
다는 것을 김수영은 문학에 대한 모독으로 받아들이고 있으면서도,
한편으로는 이런 시기에 자신도 "버림을 받는 문학인"이 아닌지 자
문(自問)하고 있는 것이다. 앞장서지 못하면 더 이상 시인이 아니기
때문이다. 이처럼 앞섬과 뒤짐의 관계[1]는 시인이 되느냐 마느냐를

---

1) 그러므로 김수영의 시는 항상 시간적으로 앞섬과 뒤짐의 관계 속에 있는

결정하는 중요한 대립 개념이다. 시인은 앞섬으로써만 시인일 수 있다.[2] 그렇다면 이미 시인〈이기〉 때문에 시를 쓰는 것이 아니라, 아직 시인이 〈아니기〉 때문에 시를 쓰는 사람이 시인이라고 할 수 있다. 시인은 시인이 되기를 욕망하는 사람을 가리키는 것이지, 이미 시를 쓸 수 있는 자격을 가지고 있는 사람이 아닌 것이다. 시인에게는 바로 〈시인임〉이 결핍되어 있으며, 그 결핍을 채우기를 욕망하는 사람이다. 시인이기를 욕망하는 사람은 시적 혁명의 순간에 잠시 시인됨의 상태를 경험하게 되는 것이다.

이렇게 제도적으로 승인된 시인이 아니라 스스로 시인이기를 원하는 사람이 〈진정한 시인〉인 것처럼, 김수영은 모든 앞서가는 것을 항상 〈시〉라고 한다.[3] 시는 정치보다, 대중보다, 시대보다 앞서

데, 이 앞섬과 뒤짐의 관계는 그의 마지막 작품을 속도감 있는 「풀」로 장식할 정도로 평생 중요한 모티프로 여겨졌다.

2) 시인의 정신은 타인에게는 물론 자기 자신에게조차 알려져 있지 않은 미지의 영역에 항상 가 있어야 한다는 뜻에서 김수영은 〈영원한 배반자〉라는 표현을 쓰고 있다. "시인은 영원한 배반자다. 寸秒의 배반자다. 그 자신을 배반하고, 그 자신을 배반한 그 자신을 배반하고, 그 자신을 배반한 그 자신을 배반한 그 자신을 배반하고… 이렇게 무한히 배반하는 배반자. 배반을 배반하는 배반자… 이렇게 무한히 배반하는 배반자다."(『전집2』, 189쪽)

3) "그러나 형. 내가 형에게 시에 대한 이야기를 하고 있는 이 자체부터가 벌써 어쩌면 현실에 뒤떨어진 증거인지도 모르겠소. 지금 이쪽의 젊은 학생들은 바로 시를 실천하고 있기 때문이오. 그리고 그들이 실천하는 시가 우리가 논의하는 시보다도 암만해도 먼저 앞서간 것 같소. 그렇지만 나는 요즈음처럼 뒤따라가는

는 것이다. 시는 모든 착종된 문제의 해결지점을 앞질러 예시(豫示)하는 혁명적 시간의 임재(臨在)이기 때문이다. 만약 정치인·대중·학생이 시보다 앞선다면 이 경우에는 정치인·대중·학생이 바로 〈시〉인 것이다. 그런 의미에서 그는 학생들이 들고 일어설 때마다 그들이 〈시〉를 행했다고 말하고 있으며, 또한 자기도 예측하지 못했던 4·19를 경험하고는 온통 주변이 〈자유〉라고 말하는데[4], 김수영처럼 자유와 시를 등가의 것이라고 생각한다면 모든 것이 〈시〉로서 드러난 것이라고 할 수 있다. 이와는 반대로 시대의 과제(결핍)를 시 내부에서 〈시적 혁명〉을 통해 해결하고 보충하지 않았다면, 그것은 아무래도 〈시〉라고 할 수 없다. 그런 의미에서 우리 사회가 뒤떨어졌다는 것은 우리 사회에 〈시〉가 없다는 것을 의미하며,[5] 그

영광을 느껴본 일도 또 없을 것이오. 나는 쿠바를 부러워하지 않소. 비록 4월혁명은 실패로 돌아갔지만 나는 아직도 쿠바를 부러워할 필요가 없소."(김수영, 「저 하늘 열릴 때」, 『세계의 문학』, 1993. 여름., 214쪽.)

4) "사실 4·19때에 나는 하늘과 땅 사이에서 〈통일〉을 느꼈소. 이 〈느꼈다〉는 것은 정말 느껴본 일이 없는 사람이면 그 위대성을 모를 것이오. 그때는 정말 〈南〉도 〈北〉도 없고 〈美國〉도 〈소련〉도 아무 두려울 것이 없습디다. 하늘과 땅 사이가 온통 〈자유독립〉 그것뿐입디다. 헐벗고 굶주린 사람들이 그처럼 아름다워 보일 수가 있습디까! 나의 온몸에는 티끌만한 허위도 없습디다. 그러니까 나의 몸은 전부가 바로 〈주장〉입디다. 〈자유〉입디다."(김수영, 「저 하늘 열릴 때」, 같은 책, 213쪽)

5) "우리는 아직도 문학 이전에 있다"(『전집2』, 75쪽)는 그의 주장은 우리 사회가 혁명 이전에 있다는 말과도 같다.

것은 서구 타자에게 부끄러워할 일이기 이전에, 사회의 뒤떨어짐을 시의 과제로 삼아 시 내부에서부터 〈시적 혁명〉을 일으켜 극복하지 않았던 시인에게도 책임이 있다는 것이다. 그러므로 김수영에게 〈뒤떨어진 현대시〉라는 표현은 그 자체로 형용모순이다. 아무리 현대시의 외양을 갖추었다고 하더라도 〈시적 혁명〉의 과정을 거치지 않은 것이라면 그것은 〈시〉라고 할 수 없게 된다.[6] 그러므로 사회의 뒤떨어짐이 극복되기 위해서는 그 사회의 구성원이 모두 〈시인〉이 되어야 하는데, 이때 시는 더 이상 필요 없게 될 것이다. 그런 의미에서 김수영은 "시가 필요 없는 곳"[7]을 "시의 뉴 프론티어"라고 하면서, 그것이 "시인의 최고 목표"인가 하면 또한 "시인의 최고 혐오"라고 강조한다(『전집2』, 175쪽). 시가 사라지면 시인조차 사라지게 되겠지만, 시인은 그러한 불가능한 상황을 욕망한다는

---

6) "스타일도 현대적이고 말솜씨도 그럴듯한데 가장 중요한 생명이 없다. 그러니까 작품을 읽고 나면 우선 불쾌감이 앞선다. 또 사기를 당했구나 하는 불쾌감이다. 한국의 짧은 시단은 의식적이건 무의식적이건 간에 금년에도 이 사기성의 치욕을 벗어나지 못하고 있다. 이러니까 우리나라는 진정한 혁명을 못하고 있고 진정한 혁명을 할 자격이 없다고 단정할 수밖에 없다. 이런 극단적인 생각까지도 든다."(『전집2』, 183쪽)

7) 시가 필요하지 않은 낙원에 대한 미래적 향수를 김수영은 다음과 같이 표현하고 있다. "먼 후일에는 모든 세계의 인류가 시를 쓰게 될 날이 올지도 모르오. … **시가 필요하지 않은 낙원**이 도래하고, 모든 사람들이 착한 시인의 생활을 하고 오늘날의 시가 무효가 되는 세상이 올지도 모르오."(『전집2』, 148-강조는 인용자)

것이다.[8]

　미래를 앞질러 예시한다는 점에서 혁명적 시간을 예증하는 시적 혁명은 그러나 그 내용에서부터 정치적 혁명과는 구별되어야 한다. 적어도 시적 혁명은 역사의 종점에 도달하기 전까지 꾸준히 인내해야 한다는 목적론적 사고와는 구별된다. 정치적 혁명과 시적 혁명의 차이에 대해서 김수영은 다음과 같이 말하고 있다.

> 말하자면 혁명은 **상대적 완전**을, 그러나 시는 **절대적 완전**을 수행하는 게 아닌가(『전집2』, 332쪽-강조는 인용자).

　익히 잘 알려진 구절이지만 다시 살펴볼 필요가 있다. 정치적 혁명과 시적 혁명의 근원적인 차이는 다음과 같다. 첫째, 혁명을 구성하는 두 가지 시간(직선적 시간/순환적 시간)의 우선순위가 다르다. 정치적 혁명이 상대적인 이유는 그 혁명이 〈직선〉을 최종목적으로 삼기 때문이다. 정치적 혁명은 항상 또 다른 혁명을 향해 개방되어 있다는 점에서 불완전성의 요소를 내포하고 있다. 그러나 시적 혁명

---

8) 그에 반해서 정치는 그 목적을 정치인의 소멸에 두지 않는다는 점에서 시인과 구별된다; "진지한 시인은 언제나 이 양극의 마찰 사이에 몸을 묶고 균형을 취하려고 애를 쓴다. 여기에 정치가에게 허용되지 않는 시인만의 모랄과 프라이드가 있다. 그가 사랑하는 것은 〈불가능〉이다. 연애에 있어서나 정치에 있어서나 마찬가지. 말하자면 진정한 시인이란 선천적인 혁명가인 것이다."(『전집2』, 175쪽)

은 단 한번으로 그 혁명(곧 작품의 완성)의 성패가 결정되어야 한다. 이는 작품이 일회적이어서가 아니라 시적 혁명에서는 〈순환〉이 지배적이기 때문이다. 정치적 혁명에서는 〈직선적 시간〉이 〈순환적 시간〉보다 더 근본적이지만, 시적 혁명에서는 〈순환적 시간〉이 〈직선적 시간〉보다 우선적이다. 차라리 순환적 시간만이 있다고 할 수 있는데, 이 순환적 시간으로 인해 시인은 오직 단 한번에 혁명이 달성되었는지 아닌지를 판가름해야 한다. 둘째, 시간이 흐르는 방향이 다르다. 정치적 혁명은 직선이 우선하기 때문에 과거에서 미래로 진행되는 시간이 더욱 중요하다. 그러나 시적 혁명은 순환이 우선하기 때문에 지금 당장 모든 혁명이 완성되었다는 데에서 시작되어야 한다. 시적 혁명은 혁명이 종결된 미래에서 과거로 진행되어야만 한다. 다시 말하면, 그 성패 여부와 상관없이 항상 전진해야만 하는 정치의 경우 모든 혁명은 아직 끝나지 않은 미완의 혁명이지만, 시적 혁명은 이미 모든 혁명이 종결된 상태에서 시작되어야 한다는 것이다.[9] 하나의 작품에서 혁명은 완성되었고, 지나갔다.

우리 시단의 참여시의 후진성은, 이미 가슴 속에서 통일된 남북의 통일선언을 소리높이 외치지 못하고 있는 데에 있다. 이

---

9) "시를 쓴다는 것이 무엇인지를 알면 다음시를 못 쓰게 된다. 다음시를 쓰기 위해서는 여직까지의 시에 대한 思辨을 모조리 파산을 시켜야 한다. 혹은 파산을 시켰다고 생각해야 한다."(『전집2』, 250쪽)

것은 우리의 참여시의 **종점**이 아니라 **시발점**이다(『전집2』,
264쪽-강조는 인용자).

    이처럼, 〈지금 당장 혁명이 완성되었다〉는 데에서 시작하는 것이
시적 혁명이다. 그러므로 시적 혁명의 시간은 〈미래적 과거〉 혹은
〈지나간 미래〉라고 할 수 있다. 그리고 이것이 김수영의 참여시-그
것을 참여시라고 하다면-와 다른 참여시가 구별되는 중요한 지점
중의 하나이다. 참여시가 만약 혁명을 지향하는 것이라면, 그것은
정치적 혁명처럼 〈직선적 시간〉을 우월하게 여길 것이다. 이렇게 시
적 혁명보다 정치적 혁명을 앞에 두면 시는 정치에 봉사하는 기능에
만 초점을 맞출 수밖에 없다. 그렇기 때문에 시의 자율성이 정치적
참여를 거절하는 데서 결정된다고 많은 사람들은 믿지만, 김수영이
정치적 참여를 통해서 시의 자율성을 지킬 수 있었던 것은-아니, 차
라리 시의 자율성을 당당하게 입증할 수 있었던 것은-이처럼 〈정치
적 혁명〉보다 〈시적 혁명〉을 우월한 위치에 두었기 때문이다. 시가
정치의 뒤를 추종하는 것이 아니라, 시가 선구적으로 정치를 이끌어
야 한다. 이것은 시의 자율성을 지키기 위한 진정한 전위부대(아방
가르드)의 정신적 품격이라고 할 수 있으며, 시의 최고의 정치적 참
여를 보장하는 열쇠라고 할 수 있다.[10] 김수영이 〈정치적 혁명〉보다

---

10) 김수영은 자주 〈시적 혁명〉을 〈명령〉이라는 말로 표현했는데, 이것은 정치를

<시적 혁명>을 앞세우는 것, 그러므로 <순환적 시간>을 <직선적 시간>보다 우월하게 생각한 것은, 그가 시의 자율성과 시의 정치적 선구성을 변증법적으로 결합시킨 성공적인 매듭(articulation)의 지점을 발견한 것이라고 할 수 있다. 그러므로 김수영은 시를 들고 거리로 나갈 필요가 없었다. 1954년 겨울, 그는 일기장에 이렇게 쓰고 있다: "나는 이 이상 더 눈앞의 현실을 연구할 필요가 없다. 이것들을 어떻게 <담느냐>가 문제이다."(『전집2』, 321쪽)[11]

능가하는 시의 우월성에 대한 확고한 신념-이것이 나중에 목적문학이라는 오해의 계기가 된다-이 있었기 때문에 가능했다. 이러한 신념은 그의 시론에서 자주 <사상>이라는 것으로 등장하는데, 시적 혁명이 현대성의 근간이라는 것, 그리고 이를 통해 시의 절대적 우월성을 입증할 수 있다는 자신감의 표현이기도 하다. 순환적 시간에서 시작되는 시적 혁명의 절대적 우월성을 바타이유는 자율성이라는 용어 대신에 <주권성(sovereignty)>이라고 표현했는데 (Georges Bataille, *The Accursed Share-An Essay on General Economy*, Zone Books, 1993.의 Ⅲ권 참조), 이런 측면을 <미래적 과거>의 데리다식 변형들에서 발견하고 아도르노의 자율성과 비교하여 그것을 미적 부정성의 정점으로 놓는 경우도 있다.(Christoph Menke, trans. Neil Solomon, *The Souvereignity of Art*, The MIT press, 1998. 참조) 김수영은 바타이유의 『문학의 악』을 읽고 "너무 마음에 들어서 읽고나자마자 즉시 팔아버렸다"(『전집2』,294쪽)고 말하고 있다.

11) 그는 포로수용소를 막 나오면서 쓴 「祖國에 돌아오신 傷病捕虜 同志들에게」라는 시에서 다음과 같이 노래하고 있다. "나는 지금 自由를 硏究하기 위하여 「나는 自由를 選擇하였다」의 두꺼운 冊張을 들춰볼 필요가 없다 /…/ 捕虜收容所가 너무나 自由의 天堂이었기 때문이다."(『전집1』,32쪽). 두꺼운 책의 이름은

따라서 김수영에게 있어서 시적 혁명이란 혁명〈에 대한〉 시를 뜻
하는 것이 아니라 그 자체로 혁명〈인〉 시를 의미한다. 이를테면 시
적 혁명은 충격적이고도 혁명적인 시대를 미리 담아내는 예언적인
언어형식[12], 아직은 이해되지 않지만 언젠가는 소통되어야 할 역설
과 아이러니의 형식을 발굴하고 예시하는 것을 뜻한다. 슐레겔의
표현을 빌자면 그러한 언어는 당시의 상식으로는 이해될 수 없는
"불가해한" 언어일 텐데, 그렇기 때문에 그 언어는 지금 당장은 사
실상 "침묵"에 가깝다고 할 수 있다. 그것은 "시인의 헛소리가 헛소
리가 아닐 때" "헛소리가 참말이 될 때의 경이와 기적"(『전집2』,
252쪽)의 순간을 앞당기는 언어라고 할 수 있다. 이처럼 시인의
"헛소리"는 기존 언어의 낡은 틀을 벗어나서 새로움의 차원에 도달
했을 때 "참말"로서 이해되는, 그런 미래의 언어의 현현이므로, 시
적 혁명은 그 자체로 폐쇄된 정신을 당황하게 하는 이미지의 계시
인 것이다.

그러므로 시적 혁명의 순간에는 막대한 양의 모순이 내포되는 강
렬성이 있어야 하는데, 김수영은 그런 상태를 "깊은 섬광(閃光)"(『전

사르트르의 『존재와 무』이며, 이 책은 이후 김수영의 〈시적 혁명〉의 개념을 보
완하는 중요한 정신적 자산으로 남게 된다. 이 책의 주된 메시지는 인용된 시의
구절과 동일하다. 이와 유사한 사르트르의 유명한 말은 이렇다. "독일군 점령
기보다 우리가 더 자유로왔던 적은 결코 없었다"(Alfred Stern, *Sartre*, The
Liberal Arts Press, 1953, 85쪽)

12) 칼 하인츠 보러, 최문규 옮김, 『절대적 현존』, 문학동네, 1998, 26쪽.

집2』, 198쪽)이라고 표현한다. 번개처럼 한 순간에 나타났다가 사라지는 강렬한 에너지를 얻기 위해서는 "대극(對極)"의 강렬한 충돌이 요청된다. 삶과 죽음, 있음과 없음, 빛과 어둠의 관계처럼 시적 혁명을 발생하게 하는 대극의 것들은 결코 동시에 병존할 수 없는 것이어야만 한다. 이 극단의 대립의 "사이"에 김수영은 〈현대성〉을 자리 잡게 만든다. 이때 김수영이 가리키고 있는 이 "사이"는 절충적으로 양쪽의 에너지를 중화시키는 중앙지점이 결코 아니다. 그 사이라는 것은 오히려 양자의 화해를 도모하기는커녕 양자를 더욱 크게 갈라서게 만들고 싸움을 부채질하는 지점이다. 그런 상황을 김수영은 그 유명한 에세이 「반시론」의 끝머리에서 다음과 같이 진술하고 있다.

> 歸納과 演繹, 內包와 外延, 庇護와 무비호, 유심론과 유물론, 과거와 미래, 남과 북, 시와 반시의 **대극의 긴장, 무한한 순환, 圓周의 확대**, 곡예와 곡예의 혈투, 뮤리엘 스파크와 스프트니크의 싸움, 릴케와 브레히트의 싸움, 엘비와 보즈네센스키의 싸움, 더 큰 싸움, **더 큰 싸움, 더, 더, 더 큰 싸움**…반시론의 반어(『전집2』, 264쪽-강조는 인용자).

인용문 중간의 〈말줄임표〉는 양자의 싸움이 극한 상황으로 치닫는다는 것을 암시한다. 그리고 그 극한 싸움의 끝에서 우리는 모순이 병존하게 되는 사태, 즉 〈반어〉를 발견하게 된다. 극한 싸움의 끝에서 결코 화해할 수 없을 것 같은 양자는 어느새 서로 같아진다. 이처럼 김수영의 〈현대성〉은 양자의 차이를 극단화시키면서도 결국 양자의 유사성을 유도해내는 저 "사이"의 마술적 기능에 닿아 있다.[13] 이처럼 김수영이 파악한 현대성의 정신은 〈화해가 불가능한 양극의 화해가능성〉을 추구한다는 데에 있다. 김수영이 제시하는 현대성의 시야에서 순수와 참여의 논쟁을 바라본다면, 그것이 진정한 논쟁이 되기 위해서는 양측이 〈화해〉를 지향했을 때인데, 그때 싸움은 가장 치열하면서도 진지한 것임에 틀림없다. 다시 말해서 순수는 참여〈임〉을 욕망해야 하고, 참여는 순수〈임〉을 욕망해야 한다는 것이다.

그리고 보면 우리에게는 진정한 참여시가 없는 반면에 진정한

---

13) 우리는 『동일성과 차이』라는 하이데거의 저서에서 이와 동일한 기능을 행하는 〈사이Unterschied〉라는 단어를 발견할 수 있다. 하이데거의 경우 사이(혹은 사이나눔UnterSchied)는 형이상학에 의해서 망각된, 〈존재자〉와 〈존재〉의 〈차이〉를 가리킨다. 하이데거의 맥락에서 〈존재〉의 망각 혹은 은폐는 다름 아닌 바로 이 〈사이〉의 망각에서부터 비롯된다. (마르틴 하이데거, 신상희 옮김, 『동일성과 차이』, 민음사, 2000. 참조) 양자의 싸움을 부채질하는 〈사이〉의 기능을 확인하고 싶다면 하이데거의 『예술작품의 근원』(오병남 · 문형원 공역, 경문사, 1979)을 참조. 특히 뒤의 책에서는 예술작품에서 벌어지는 세계와 대지 사이의 〈투쟁〉을 자세하게 설명하고 있다. 김수영은 「반시론」에 앞서 발표된 「시여, 침을 뱉어라」에서 세계와 대지의 상극적 성격을 도입한 바 있다.

포멀리스트의 절대시나 초월시도 없다고 보는 것이 타당할 것
이다. 브레히트와 같은 참여시 속에 범용한 포멀리스트가 따
라갈 수 없는 기술화된 형태의 축도를 찾아볼 수 있고, 전형적
인 포멀리스트의 한 사람인 앙리 미쇼의 작품에서 예리하고
탁월한 문명비평의 훈시를 받을 수 있다는 것을 생각해볼 때,
참여시와 포멀리즘의 관계는 결코 간단하게 구별할 수 있는
문제도 아니고 고정된 정의를 내릴 수 있는 문제도 아니다
(『전집2』, 401쪽).

　　김수영의 입장에서, 참여가 〈아님〉을 증명하는 순수문학과 순수
가 〈아님〉을 증명하는 참여문학 사이에서 진행된 순수·참여 논쟁
은 결코 진지한 싸움이라고 할 수 없으며, 오히려 싸움의 흉내를 낸
것에 불과하다. 따라서 가장 진지한 순수문학은 참여를 지향하는 순
수의 문학이며, 가장 진지한 참여문학은 순수를 지향하는 참여의 문
학이다. 물론 각자 상대편을 지향한다고 해서 한쪽이 다른 쪽으로
흡수 통합되는 사태를 뜻하지는 않는다. 양측은 이미 화해할 수 없
을 만큼 극단적인 반대방향으로 향해 있기 때문이다. "대극"의 성격
을 고스란히 보존하면서도 통일되는 사태, 즉 최고의 싸움이자 최고
의 고요라고 할 수 있을 그 상태를 김수영은 〈현대성의 원리〉로 파
악하고 있는데, 그 현대성의 원리를 통해서 극단을 이루는 양자는
〈적대적 화해〉라는 모순적 관계를 맺게 된다. 그 적대적 화해의 모

습이 시적 혁명의 모습이다. 그의 시 「미역국」은 그런 상태를 물과
기름의 대극을 통해 예시하고 있다.

> 미역국 위에 뜬 기름이
>
> 우리의 歷史를 가르쳐준다 우리의 歡喜를
>
> 풀 속에서는 노란꽃이 지고 바람소리가 그릇 깨지는
>
> 소리보다 더 서걱거린다 우리는 그것을 永遠의
>
> 소리라고 부른다
>
> (…)
>
> 人生도 人生의 부분도 통째 움직인다 우리는 그것을
>
> 結婚의 소리라고 부른다
>
> — 「미역국」(1965)의 첫연과 마지막연

물과 기름이라는, 서로 어울릴 수 없을 것 같은 "대극"의 결합이
이루어내는 "結婚의 소리"는 다른 한편으로 "戰鬪의 소리"(「미역국」
2연)이기도 하다. 물은 기름으로 환원되지 않기 위해서, 기름은 물
로 환원되지 않기 위해서 치열한 "전투"를 벌이지만, 그 전투는 오
로지 "미역국"을 목적으로 할 때 의미를 갖는다. 다른 한편으로 "미
역국"이라는 것은 물이 기름이 되고, 기름이 물이 되기 위한 불가능
한 욕망의 결정체이기도 하다. 미역국은 물과 기름의 싸움이 만들어
낸 지친 표정[14]인 것이다. 그 지친 표정의 현대성을 김수영은 "변증

법적 과정"이라고 말하면서, 그 "대극"이 "서로 강렬하게 충돌하면 할수록 힘있는 작품이 나온다"고 주장한다. 그렇기 때문에 양측이 "충분한 충돌을 하기 전에 어느 한쪽이 약화될 때 그것은 작품의 감응의 강도에 영향을 줄 뿐 아니라 작품의 성패를 좌우하는 치명상을 입히는 수도 있다"(『전집2』, 245쪽)는 것이다. 시적 혁명은 작품의 완성 여부를 판가름하는 중요한 과정이라는 것을 알 수 있다. 그것은 양극의 "內戰"를 통해서 획득되는 순간적인 "結婚"에 비유할 수 있을 것이다. 그 내전의 양상은 특이한데, 김수영의 현대성은 적(敵)이 되지 않기 위한 싸움이 아니라 〈적이 되기 위한〉 싸움, 그 불가능에 도전하는 용기를 가리키고 있기 때문이다. 자기 자신을 〈적〉으로 삼을 수 있는 용기를 요구하는 것이 이 순간인데, 이때는 자신은 이미 자신을 넘어서 타인의 자리로 이동하게 된다.

자기 자신의 〈부정〉을 잉태하는 이 시적 혁명의 순간을 김수영은 〈죽음〉이 완료된 순간이라고 생각한다.

> 그러고 보면 나는 이미 종교의 세계에 한쪽 발을 들여놓고 있는지도 모른다. 아무튼 여자를 그냥 여자로서 대할 수가 없다. 남자도 그렇고 여자도 그렇고 죽음이라는 전제를 놓지 않고서는 온전한 형상이 보이지 않는다. 그리고 이러한 눈으로 볼 때

---

14) 이는 물과 기름이 서로 상대방을 강력하게 부각시킨 상태라고 할 수 있다.

는 여자에 대한 사랑이나 남자에 대한 사랑이나 다를 게 없다. 너무 성인같은 말을 써서 미안하지만 사실 나는 요즘 이러한 運算에 바쁘다. 이런 운산을 하고 있을 때가 나에게 있어서는 가장 행복한 시간이다. 나의 여자는 죽음 반 사랑 반이다. 나의 남자도 죽음 반 사랑 반이다. 죽음이 없으면 사랑이 없고 사랑이 없으면 죽음이 없다. …(중략)… 나이가 들어가는 징조인지는 몰라도 죽음에 대한 생각을 하는 빈도가 잦아진다. 모든 것과 모든 일이 죽음의 척도에서 재어지게 된다(『전집2』, 89쪽).

우리가 경험하는 것은 〈죽음 일반〉이 아니다. 언제나 〈나의 죽음〉만을 경험할 수 있을 뿐이다. 어쩌면 그것을 경험해야 할 당사자조차도 이미 경험할 수 없는 〈경험불가능성〉에 가까운 것이 죽음이다. 죽음의 순간은 타인에게 양도할 수 없다는 뜻에서 가장 고독한 순간일 것이며, 또한 가장 자신에게 정직한 순간이라고도 할 수 있다. 그렇다면 죽음을 앞둔 것과 같은 어떤 결단의 순간이 있다면, 그때는 다른 사람의 도움을 받을 수도 없으며, 그래서 그것이 올바른 결단인지조차 확인할 도리가 없기 때문에, 자기 스스로 도박을 하지 않을 수 없게 된다. 그러나 죽음은 지금 현재 자기 자신이 감당할 수 없다고 생각되는 어떤 불가능성의 지점으로 도약하는 것이기 때문에 그 성공과 실패 여부를 떠나서 가장 자유로운 행위라고 할 수 있

다. 과거의 모든 규준의 도움도 받을 수 없는 이 죽음의 극복을 통해
서만 시인은 다른 사람을 모방하거나 흉내내지 않고 자기 고유의 스
타일을 획득할 수 있는 것이다.[15] 따라서 죽음의 공포를 극복한 시는
그의 고유한 시적 생명이 잉태되는 순간인 동시에 새로움의 차원이
개시되는 순간이라고 할 수 있다. 죽음의 극복 이후에 잉태한 시의
스타일은 미래가 수태한 생명인 것으로 아직 알 수 없는 것의 현재
화라고 할 수 있다. 따라서 죽음의 완수는 미지를 향한 도약인 동시
에 미지의 도착이기도 하기 때문에, 그 자체로 순환적 시간의 구조
를 지니고 있는 것이다. 그러나 죽음에 대한 공포와 불안을 이기지
못한 시는 그것이 아무리 최신의 언어와 기술을 도입한 것이라고 할
지라도 자기자신의 고유한 스타일을 획득하지 못했다는 점에서 정
체되고 낡은 시와 다름이 없게 된다.

　김수영은 박용철의 애수의 세계를 가리켜서 "한국적 애수와 그만
큼 피나는 격투를 한 시인도 드물 것"이라고 지적하면서, 그의 「빛
나는 자취」같은 아름다운 시에서 그는 드디어 애수를 탈각하고 힘에
도달"(『전집2』, 272쪽)하였다고 했는데, 이때 박용철의 피나는 〈격
투의 대상〉인 애수는 박용철 자신이 깊이 몰입해 있는 세계이기 때

---

15) 김수영은 김현승의 시 「파도」를 평하면서, "이 정도의 작품이면 죽음을 디디고
　　일어선 자기의 스타일을 가진 강인한 정신의 소산"(407쪽)이라고 극찬하고 있
　　는데, 이는 죽음을 극복하는 것이 시의 완성(새로움)을 판가름하는 중요한 기
　　준이면서, 자기 자신의 고유성에 도달하는 길이라는 것을 제시한 것이다.

문에 그 세계를 뚫고 간다는 것은 여간 어려운 일이 아니었을 것이다. 그러나 박용철이 자기 자신의 한계를 뚫고 도달한 그 〈힘〉이 있는 지점은 그 자신의 죽음의 통과지점인 동시에 자유의 구멍이며, 또 자기의 스타일이 탄생한 출구라고도 할 수 있다. 김수영은 그런 식의 죽음에 실패한 김억을 일러 "페이소스는 쉽지만 예술은 어렵다"라는 교훈을 남기고 있는데, 그것은 자기 자신이 가장 익숙한 세계에서는 자신의 부정의 지점을 끌어들여 그곳으로 도약하지 않고는 새로움의 차원으로 이동할 수 없다는 것을 다시 한번 강조한 것이다. 이때 김수영이 제시하고 있는 시와 예술의 〈힘〉은 기지의 것(애수)과 미지의 것(애수 이후) 사이의 가장 맹렬한 싸움의 결과로 획득되는 것이면서, 그 둘의 팽팽한 긴장감을 여전히 보유하고 있는 상태를 말한다. 이처럼 자신의 한계를 스스로 극복함으로써 한계 바깥으로 나올 수 있는 것은 그가 이미 자신의 한계 바깥, 그러니까 자신이 부정되는 지점을 끌어들였을 때에만 가능하다고 할 수 있다. 그렇게 통과한 이후에야 그는 자신의 한계를 확인할 수 있는 위치에 서게 되는 것이다. 〈부정〉의 도움이 없다면 그는 한계 바깥을 꿈꿀 수도 없고 자기 자신의 한계를 딛고 새로운 가능성의 지점으로 이동할 수도 없을 것이다.

그렇다면 진정한 대립은 자기의 〈부정〉을 자기 속으로 끌어들였을 때에만 가능하다.

문명에 대항하는 비결은

당신 자신이 문명이 되는 것이다

미스터 리!

　　　－「미스터 리」의 부분

　일반적인 참여시라면 문명과 대립하는 방식으로 문명에 대항해야
한다고 믿었지만, 김수영은 문명과 대립하기 위해서는 자기 자신이
문명이 되어야 한다고 말한다. 자기 내부에서 〈문명이 되려는 충동〉
과 〈문명을 거부하는 충동〉이 팽팽하게 대립할 때 그 싸움의 극한에
서야 그는 문명 이후를 상상할 수 있기 때문이다. 오히려 대립하려
는 대상과 외면적으로만 관계하려 하고 그 대신에 자기 자신의 순수
성을 주장하는 것은 대립의 해소는커녕 자기를 정지된 상태로 고정
시키려는 것인 동시에 문명에 대해서도 아무런 새로운 관점을 제시
할 수 없을 것이다. 그것은 문명의 본질이라는 추상물과 대결한 것
에 지나지 않는다. 그는 피부로 전해지는 문명의 움직임을 포착할
수 없었던 것이다. 그와는 반대로, 대립하고 있는 대상을 변화와 움
직임 속에서 파악할 때, 그리고 파악하고 있는 자신도 얼마든지 다
른 관점으로 볼 수 있는 변화가능성의 상태를 염두에 두었을 때, 그
런 유동적인 관계에서 진정한 대립이 가능하다. 자신이 대립하려는
것을 불러들여 그것과 극단적인 투쟁의 과정을 거치고 그 싸움의 성
패가 결정되었을 때, 그것이 바로 〈시적 혁명〉을 통과한 작품이 되

는 것이다.[16]

자기 자신의 한계를 극복하기 원한다면 그 한계를 직접 볼 수 있는 위치에 있어야 하는데, 진정한 시인은 자신의 친숙한 언어와 형식을 〈부정〉하고 자기의 언어와 형식으로는 도달할 수 없는 불가능성에 도전함으로써 새로운 지점으로 이동할 수 있으며, 그렇게 통과한 지점에서 그는 이전의 한계를 〈부정적으로〉 바라볼 수 있게 되는 것이다. 결국 이러한 시적 혁명의 과정을 몸소 거친 시인이라면, 그는 남을 흉내내는 단계에 있지 않을 것이다. 그가 넘어선 한계는 다른 사람의 한계가 아니라 바로 자기 자신의 한계일 것이기 때문이다. 시적 혁명의 결과 그는 자기의 한계에 갇혀 있지 않을 것이며, 고유한 자기 나름의 스타일로 도약할 수 있게 된 것이다. 그러나 그가 갇혀 있었던 한계라는 것이 사회적 금기에 관련되는 것이고 보면, 시적 혁명을 통과한 시인의 작품은 이미 사회적 금기의 선을 넘

---

16) 적을 극복하기 위해서는 외면적으로 관계하지 않고 내면으로 끌어들여서 극단적인 투쟁의 과정을 거쳤을 때 가능하다는 것이다. 타자를 자기의 중심에 도입해야 한다는 것은 스스로 〈적이 되려는 욕망〉을 품었을 때를 말하는 것으로, 그때 가장 진지한 싸움이 가능하기 때문이다. 특히 참여시와 순수시의 대립에서 순수를 욕망하는 참여와 참여를 욕망하는 순수 사이의 싸움을 제시하고 있는데, 이런 상태에서 가장 진지한 싸움이 가능한 까닭은 외면적으로만 각자의 결벽성을 주장하지 않고 각자 내부에서부터 극단적 싸움의 과정을 통과할 것이기 때문이다. 이는 적대적 관계의 내면화를 통해서만 모든 진정한 싸움이 가능하며, 그럴 때 적을 극복할 수 있다는 것을 의미한다.

은 것이다. 사회적 금기의 선을 넘음으로써 시인은 그때까지 사회에 유통되지 못했던 전혀 새로운 언어를 제공하게 되는데, 그 미지의 언어는 사회를 전혀 새로운 각도에서 바라볼 수 있는 기회를 제공하게 된다.

변함없이 자기 고유의 세계에 칩거하는 시인, 그리고 지속적으로 세계시단의 첨단 기술을 도입하는 데 급급한 시인들보다도 김수영이 애정을 두는 시인은 이처럼 자기의 한계를 스스로 넘어서는 죽음의 이행을 통해서 진정한 자기의 언어와 자기의 세계를 새롭게 경작하는 일하는 자세를 보여주는 시인이다. 그러한 노력은 그 자체로 사회에 은폐된 은밀한 금기의 선을 뚫고 그 선 바깥에서 새롭게 세상을 조망할 수 있게 해주는 미래의 눈을 제공하는 것이며, 문화의 낙후성과 정체성(停滯性)을 벗어나는 첩경이기 때문이다. 그러므로 다소 거칠긴 하지만 자기 내부에서 극단적인 언어들 간의 투쟁의 고통을 감수하는 시인이라면 참여시와 순수시를 초월해서 진정한 〈시〉의 모델과 〈시인〉의 자세를 보여주는 것이라고 할 수 있다. 다만 투쟁의 성패라는 것은 혁명처럼 느닷없이 도래하는 순간적인 일이므로 시인 스스로 운산(運算)[17]하고 충분히 검증하지 않는다면 알아챌 수 없다.

---

17) 4·19 직후 김수영은 자신의 일기장에서 이러한 "運算"이 현저히 느슨해졌다고 적고 있다. : "시의 運算이 과거처럼 집착함이 없다. 전혀 거울을 아니 들여다보는 것은 아니지만 놀라울만치 적어진 것이 사실이다. 기쁜 일이다."(『전집 2』, 332쪽)

이처럼 김수영이 제안하는 시적 혁명의 개념은 개인의 한계와 사회적 금기의 장벽을 넘어서는 혁명의 과정을 문학 내부에서부터 재연(再演)하는 것을 말한다.[18] 사실 현대시는 그 내부에서부터 이미 자기를 부정하고 새로움을 제시하는 혁명의 작동 과정을 제시하고 있는 것이라면, 김수영은 이미 종결된 문학적 혁명의 결과로 얻어진, 이러저러한 사조들로부터 수집한 기술적 도구에 만족하지 않고 그 근간이 되는 진정한 시적 혁명의 정신을 탐구하여 시 창작과정에 "영구 혁명으로서의 현대성"이라는 기본 성격을 부여하려 했던 것

---

18) 이러한 일련의 과정은 우선 그가 연극 무대에서 배운 것이라고 추측할 수 있다. 시를 쓰기 전에 연극에 몰두하였던 그는 연극 무대 위에서 발생하는 인물들간의 극단적인 투쟁과 사건의 종점에서 반전되는 연극공연의 묘미를 익히 경험하였고, 그것을 자기의 삶과 시에서 재연(再演)할 수 있으리라 믿었던 것이다. 전향기(「연극에서 시로 전향」)를 나중에 쓴 것으로 봐서 한참 동안 연극의 모델을 염두에 두었던 것 같다. 그렇다면 그는 이미 시로 전향하기 이전에 그의 시작법과 시론의 윤곽을 연극 모델에 의존해서 이미 정해놓고 있었으며, 그것에 대한 "철학적" 검증을 시도해온 것으로 생각된다. 그의 초기 시에 자주 등장하는 〈책〉의 모티프는 대부분 그가 열어보기 두려워하는, 어렵고 복잡한 철학 서적이었을 가능성이 있으며, 그 중에는 헤겔을 비롯한 변증법 관련 서적이 중심을 차지했으리라 생각된다. 그가 『파르트잔 리뷰』와 같은 좌익 잡지를 구독하게 된 것도 좌익의 동향을 살피기 위해서가 아니라 자기 시론의 모델이 될 만한 변증법적 사고의 구조를 이론에서부터 검증하려던 뜻이 있었던 것이다. 해방 이후의 "몽마르프 같은 시기"라고 회고하던 좌우의 구별이 없었던 시기에 시작된 그의 시론은 〈형식의 불온성〉을 허용하지 못하던 때가 지나고 4·19 이후에야 선을 보일 수 있었지만 사실상 그전부터 준비되었던 것이다.

이다. 이처럼 김수영에게 있어서 문학 내부에서 작용하는 시적 혁명
의 원리는 시에 대한 이론적 사유("시를 논하는 것")와 시창작과정
에 대한 실천적 사유("시를 쓰는 것")를 두루 관통하고 있다고 할 것
이다.

내용과 형식의 관계

앞에서 살펴보았듯이 김수영은 사실상 순수시나 참여시 어느 쪽을 지지하는 데는 관심을 두고 있지 않다. 그가 지향하는 〈현대성〉은 순수와 참여 이전의 문제이기 때문에 그의 주된 관심의 방향은 자연스럽게 〈시의 완성〉 여부를 판정하는 것으로 향해 있다.[19] 그때 시다운 시, 작품다운 작품을 탐색하는 그에게 가장 중요한 것은 그 작품에 〈시〉가 들어 있는지 여부를 결정하는 것이다. 시 속에서 또 다시 〈시〉를 묻는 김수영의 남다른 태도는 작품 전체의 완성도를 일거에 결정할 만한 최종적인 〈핵(核)〉을 탐색하는 것이라는 점에서 작품의 형식

---

19) "〈참여시〉니 〈순수시〉니 하기 전 우선 작품의 수준에 달해야 한다"(『전집2』, 244쪽)는 김수영의 주문은 시의 완성이 최우선의 과제임을 상기하게 한다.

적 완결성이나 그 내용의 현실 적합성과 작가의 진정성에만 관심을 두는 편향된 태도를 넘어서 있다고 할 수 있다. 그가 관심을 두고 있는 시의 〈핵〉은 시의 완성 여부를 결정짓는 화룡점정에 가까운 것으로 그것이 특정 작품에서 확인된다면, 그것은 이미 그 작품이 시의 형식적 완결성을 달성했다는 것을 말해주며, 또한 그것 자체가 시 전체를 감싸고 있는 고민의 해결지점이라는 면에서 그 작품이 이행한 자유의 순간을 보존하고 있다는 것을 뜻한다.[20] 따라서 만약 김수영이 특정한 시에 대해서 "평자는 아무리 분석을 해보아도 이 글의 어디에 詩가 담겨 있는지 알 수가 없다"(『전집2』, 409쪽)라고 말한다면, 그것은 시가 아니라는 것을 가리킨다. 이처럼 "투박한 표면의 뒤에 숨어 있는 〈시〉의 소재(所在)를 내탐"(『전집2』, 365쪽)하는 것을 시평의 과제로 생각하는 김수영에게 내용과 형식을 분리해서 생각한다는 것은 이미 상상할 수도 없는 일이다. 내용과 형식은 시라는 건물 전체를 떠받치고 있는 아주 작은 주춧돌 하나에서 합치되는 것이므로, 또 그 합치를 통해서만 시는 완성되는 것이므로, 〈시〉의 완성 이전에 미리 존재하는 내용과 형식을 가정할 수도 없으며, 〈시〉의 완

---

20) 김수영은 시의 완성을 "행동에의 계시"라고 말하면서, 그것을 "문갑을 닫을 때 뚜껑이 들어맞는 딸각소리"에 비유하고 있다. 이처럼 "들어맞지 않던 행동의 열쇠가 열릴 때 나의 시는 완료되고 나의 시가 끝나는 순간은 행동의 계시를 완료한 순간"(『전집2』, 288쪽)이라는 것은 시의 완성이 행동이 되는 시적 혁명의 순간을 가리킨다.

성 이후에 그것은 이미 식별할 수 없게 일체가 된 상태로 나타난다.[21]

김수영이 탐색하는 〈시의 핵〉은 현대성이 관통하는 구멍과 같은 지점이라서 내용과 형식, 사회와 문화가 한꺼번에 밀집되는 지점이면서, 그 모두가 새 옷으로 갈아입는 장소이다. 마치 블랙홀과도 같은 이 지점에서는 현실에서 유통되는 모든 가치의 전복이 발생한다. 현실적인 가치 기준에 의해서 추방된 것들이 복원되면서 현실에서 악한 것이 선한 것으로, 현실에서 추하다고 평가받는 것이 아름다움으로 옷을 갈아입게 된다는 것이다.

> 기인이나, 집시나, 바보 멍텅구리는 〈내용〉과 〈형식〉을 논한 나의 문맥 속에서는 물론 후자 즉 〈형식〉에 속한다. 그리고 나의 판단으로는 아무리 너그럽게 보아도 우리의 주변에서는 기인이나 바보 얼간이들이, 자유당 때하고만 비교해보더라도 완전히 소탕되어 있다(『전집2』, 253쪽).

---

21) 형식이 먼저 있고 그에 합당한 내용물을 채우는 것은 상품주조에 사용되는 방식에 가깝다. 상품형식은 시의 형식과 달리 매번 다른 재료에 동일한 형식의 도장을 새겨 넣는 것이기 때문이다. 시의 형식은 반복불가능성을 특징으로 한다는 점에서 내용에서 분리해낸 반복가능한 형식은 그 자체로 상품형식으로 전락하고 만다. (Agamben, 앞의 책) 내용과 형식을 분리할 수 없다고 생각하는 김수영의 입장에서 상품형식처럼 유통되는 형식은 〈자기의 형식〉이 아니라는 것을 뜻하는 것이며, 모방가능하고 반복가능한 서구의 형식을 직수입했다는 것을 자랑하는 것에 지나지 않는다. 물론 그것은 〈시〉가 아니다.

이처럼 사회에서 추방된 것(타자)들, 다시 말해 "기인이나, 집시나, 바보 멍텅구리"라고 무시되는 것들이 시에서 등장할 때, 그 통로를 김수영이 〈내용〉이라 하지 않고 〈형식〉이라고 주장한다는 점에 주목해야 한다.[22] 사회에서 추방된 것, 억압된 것[23]을 대변하는 목소리는 시의 내용이 아니라 형식이다. 따라서 시의 형식은 "群居하고, 인습에 사로잡혀 있고, 순종하고, 그 때문에 자기의 장래에 대해 책임을 질 것을 싫어하고, 만약에 노예제도가 아직도 성행한다면 기꺼이 노예가 되는 것도 싫어하지 않"(『전집2』, 253쪽)는 무기력한 삶의 형식을 부정하는 것이다. 따라서 시인의 행동은 시의 내용에서가 아니라 사회적 금기를 넘어서는 형식의 실천과 그 완성에서 이루어진다.

시를 행할 수 있는 사람이 있으면 4월 19일이 아직도 공휴일

---

22) 여기에서 우리는 무지를 가장하는 소크라테스의 아이러니를 김수영의 형식에서 발견할 수 있다.

23) 그것들이 만약 사회에 존재한다면, 그것은 그 사회가 정해놓은 가치의 서열에서 가장 낮은 위치를 차지할 것인데, 가장 낮은 곳에 설 때 시인은 가장 높은 긍지를 만끽할 수 있다는 역설적 정신을 담고 있다. 사회적으로 가장 낮은 것이 시인에게는 가장 높은 것이고, 사회적으로 높게 평가받는 것이 시인에게는 낮게 보이는 것, 이는 상명하달보다 하극상을 선호하는 김수영의 혁명적 사고를 보여준다. 물론 가장 낮은 가치등급이 매겨지는 그것들의 이름은 사실상 〈낯선 것〉, 〈새로운 것〉이다.

이 안된 채로, 달력 위에서 까만 활자대로 아직도 우리를 흘겨
보고 있을 리가 없다. 그 까만 19는 아직도 무엇인가를 두려워
하고 있다. 우리 국민을 믿지 못하고 있고, 우리의 지성을 말
살하다시피 하고 있다(『전집2』, 140쪽-강조는 인용자).

〈시를 행한다〉는 생소한 표현을 통해서 우리는 〈시〉라는 개념을
특정한 장르에 한정하지 않으려는 김수영의 의도를 읽을 수 있다.
그렇다면 종이 위에 씌어진 한 편의 시에서도 전혀 〈시〉를 찾아볼
수 없는 경우가 있는 것이고, 그 반대로 단 한 편의 시도 써보지 않
은 사람의 삶에서 〈시〉를 목격할 수도 있을 것이다. 앞서도 말했듯
이 시를 쓴다는 것은 이미 시적 혁명의 정신을 이행한다는 것을 뜻
하기 때문이다. 시적 혁명의 정신을 담고 있는 〈시〉의 이행은 시인,
소설가, 화가, 비평가를 비롯해서 모든 일반 사람들의 삶의 형식에
서 두루 찾아질 수 있는 삶의 〈윤리〉인 것이다.

그러나 〈시를 쓰는 것〉은 외부에 세워둔 별도의 윤리적 목적을 달
성하기 위한 노예적 봉사의 수단이 아니다. 오히려 모든 삶의 윤리
는 〈시를 쓰는 것〉에 담겨진 시적 혁명의 정신을 모델로 삼아야 한
다. 시를 쓰는 것은 이미 자기목적성을 갖는 행위인 것이다. 따라서
특정 목적을 달성하기 위한 실용적인 수단으로서, 혹은 주관적 감정
이나 이념을 효과적으로 전달하기 위한 수사적인 행위로서 간주되
는 시쓰기에서 〈시〉는 실종된다. 시를 쓰는 행위 이전에 이미 준비

된 사상과 감정을 전달하기 위해 연필을 사용하는 것은 〈시를 쓰는 것〉과 아무런 관련성도 없다. 시쓰기는 그 자체로 예측하지 못한, 전혀 새로운 자유의 차원을 〈경험〉하는 것이기 때문이다. 이처럼 시를 통해 새로운 경험의 차원이 알려진다는 점에서 시쓰기는 인식의 측면을 지니고 있으며, 또한 그것 자체가 행동이라는 점에서는 실천적 측면을 내포하고 있다.

> 시나 소설을 쓴다는 것은 그것이 곧 쓰는 사람의 사는 방식이 되는 것이다. 따라서 **시나 소설 그 자체의 형식은 그것을 쓰는 사람의 생활의 방식과 직결되는 것**이고, 후자는 전자의 부연이 되고 전자는 후자의 부연이 되는 법이다. 사카린 밀수업자의 붓에서 「두이노의 悲歌」가 나올 수 없는 것처럼 「진달래꽃」을 쓴 素月은 자기반의 부유한 아이들을 10여명씩 모아놓고, 高價의 과외공부를 가르치는 국민학교 6학년 선생이나 중학교 3학년의 담임선생은 될 수 없었다(『전집2』, 145쪽-강조는 인용자).

〈시를 쓰는 것〉이 기존의 가치 기준을 넘어서는 새로운 차원을 개시하는 실천적 행위라고 한다면, "시나 소설 그 자체의 형식은 그것을 쓰는 사람의 생활의 방식과 직결"된다는 말은 어색하지 않다. 여기에서도 시인의 생활 방식이 반영되는 것은 시의 〈내용〉이 아니라 그 〈형식〉이다. 드러난 시의 형식을 통해서 그가 어떤 생활 방식을 지향하고 있는지를 파악할 수 있다는 것이다. 형식에서 이루어진 시적 혁명이 사회적 금기의 벽을 뛰어넘는 것이라면, 그것은 삶의 형식을 바꾸어놓는 정치적 혁명과 동등한 무게를 지니게 된다. 시적 혁명을 단행하는 〈시쓰기〉는 그것 자체만으로도 사회에 위협적인 것이다. "진정한 새로운 문학은 그것이 내향적인 것이 될 때는―즉 내적 자유를 추구하는 경우에는―기존의 문학형식에 대한 위협이 되고, 외향적인 것이 될 때에는 기성사회의 질서에 대한 불가피한 위협이 된다"는 사실이 "문학과 예술의 영원한 철칙"(『전집 2』, 158쪽)이라는 김수영의 주장은 〈시적 혁명〉의 위력에 대한 김수영의 믿음을 입증한다. 그렇기 때문에 김수영은 "정치적 금기에만 다치지 않는 한, 얼마든지 〈새로운〉 문학을 할 수 있다"(『전집 2』, 252쪽)는 태도를 이해하지 못한다. 정치적·사회적 금기의 형식을 넘어서는 것이 곧 시적 형식의 새로움을 가늠하는 기준이기 때문이다.

이 문제는 좀더 깊이 생각해볼 필요가 있다. 사실상 김수영 시론의 정점에 있다고 할 수 있는 「시여, 침을 뱉어라」는 이러한 통념을 깨는 것을 중요한 목적으로 삼고 있기 때문이다. 정치적 금기의 울타리 안에서 그 선을 넘지 않으면서도 시의 형식이 마음껏 자유를 누릴 수 있다는 주장은 김수영의 입장에서 보면 현대성의 정신이 아니라 현대성을 정면으로 거부하는 태도에 불과하다.[24] 그러한 주장은 내용(사회, 정치) 환원론으로부터 시의 형식을 구제하려는 애초의 의도에도 불구하고 결국에는 벗어나고자 하는 바로 그 내용의 보호막에 갇히는 결과를 낳게 된다. 김수영의 입장에서 보면, 오히려 형식이 내용으로 환원되지 않기 위해서는 형식이 내용의 장벽을 뚫고 그것을 초과하는 지점으로 향해야만 한다. 다시 말해서 형식은 내용에 대한 두려움을 〈극복〉해야 한다. 그렇지 않고 내용의 위협으로부터 형식을 방어적으로 감싸는 것은 형식의 새로움을 진부한 것의 반복으로 전락시키고 만다. 따라서 내용으로 환원되는 것을 두려워하는 소극적 형식이 아니라[25] 내용으로 환원되지 않는 지점을 적극적으로 개방하는 형식이 진정한 현대성의 정신을 보여주는 것이다. 내용에 종속된 형식을 극복하는 진정한 길은 형식으로부터 내용을 제거하는 데서가 아니라 내용을 초과하고 돌파하려는 과정에서

---

24) 김수영은 그것을 "시대착오적 유미주의"(『전집2』, 246쪽)라고 했다. 김수영은 현실에서부터 예술을 분리해내는 데 성공한 유미주의의 성과를 인정하면서도, 그 단계를 과거의 것으로 돌린다. 본의 아니게 현실을 방조하고 긍정하게 된 유미주의를 넘어서서, 김수영은 유미주의의 〈현실부정〉 정신을 〈실행〉으로 옮겨야 한다는 것을 강조한다. 유미주의의 현실 긍정 효과에 대해서는 페터 뷔르거, 최성만 역, 『전위주의의 새로운 이해』(심설당, 1986)와 마르쿠제, 「예술의 영구성」, 김문환 편역, 『마르쿠제 미학사상』(문예출판사, 1989) 참조.

25) 내용에 대한 두려움을 가리켜 김수영은 이렇게 충고한다 : "구데기가 무서워 장을 못 담글 수는 없다"(『전집2』, 245쪽). 목숨을 건 싸움을 통해서 두려워하는 대상을 극복해야 한다는 것은 〈적〉에 대한 김수영의 태도를 잘 나타내 준다.

열리게 된다.[26] 내용에 무관심한 형식주의나 내용에 적합한 형식을 찾는 내용주의 양자에 대해서 김수영은 내용을 극복하는 형식, 내용을 배반하는 형식을 제시한 것이다.

그러나 우선적으로 이 글(「시여, 침을 뱉어라」)은 소심한 형식주의를 향하고 있기 때문에, 김수영은 여기에서 "〈내용〉을 인정하지 않는 사회에서는 〈형식〉도 인정하지 않는 것"(『전집2』, 252쪽)이라는 자신의 입장으로 맞서고 있다. 물론 이 말은 내용의 자유를 허용하지 않는 사회에서 그와는 무관하게 형식의 자유를 누릴 수 있다는 입장을 반박하려는 뜻을 내포한다.[27] 그리고 "창작의 자유는 백퍼센트의 언론자유가 없이는 도저히 되지 않는다"(『전집2』, 130쪽)고 주장하는 김수영에게 "〈내용〉을 인정하지 않는 사회"란 100%의 언론자유가 보장되지 않는 사회를 뜻한다. 그렇다면 형식이란 99%의 언론자유보다도 1%의 부자유를 향해서 비상하는 것이고, 그 1%를 통해서 새로움을 획득하는 것이다. 사회가 허용하는 99%를 초과하지 못하는 형식은 진정한 의미에서 자유로운 형식, 새로운 형식이라고 할 수 없다. 자유로운 형식, 새로운 형식은 99%의 범위를 초과한다

---

26) "예술파는 〈내용제거〉만을 주장하지 자기들의 새로운 미학을 제시하지 못하고 있다"(『전집2』, 243쪽)는 김수영의 지적에서 새로운 미학은 〈내용을 극복하는 형식〉을 가리키고 있다.

27) 여기에서 김수영은 아방가르드의 형식파괴에 대한 나치와 러시아의 탄압을 상기하고 있다.

는 의미에서 사회적으로는 사망선고를 받은 것과 다름이 없다. 결국 〈타부를 넘어서는 자는 그 자체가 타부가 된다〉는 프로이트의 명제[28]를 수행하는 형식은 사회의 금기의 장벽을 넘어섬으로써 죽음을 받아들이고 거기에서 새로운 생명력을 획득하게 되는 것이다.

이처럼 김수영의 경우 형식은 항상 내용보다 한 걸음 앞서 있어야 한다. 왜냐하면 내용이 항용 현실에 발을 담그고 있는 때에 형식은 항상 그 현실을 넘어서는 환상을 미지의 영역에서부터 길어와야 하기 때문이다. 형식은 내용의 장벽을 뚫고 새로운 의미-아직 의미로서 이해될 수 없다는 점에서 〈잠정적인 의미〉, 즉 무의미-를 성공적으로 개시했을 때 완성되는 것이라는 점에서 내용을 〈극복〉하는 것을 사명으로 한다. 그러나 형식이 〈이해〉되고 소통되기 위해서는 부

---

28) 프로이트, 김종엽 옮김, 『토템과 타부』, 문예마당, 1995, 46쪽. "가장 이상한 점은 그러한 금지를 위반한 사람 자신이 마치 위험한 힘 전체가 그에게로 이양된 듯이 금지 대상이 된다는 점이다. 이 힘은 왕, 제사장, 신생아 같은 특별한 사람들 모두에게 붙어 있다. 또 월경, 사춘기, 출생 같은 예외적 상태와 질병, 죽음 같은 모든 무시무시한 것과 연결된다. 그리고 전염이나 전파력을 통해 비일상적인 것과 관련된 모든 것들과도 연결된다. '타부'는 사람·장소·사물·일시적 상태 등 이 비밀스러운 속성의 운반자나 근원이 되는 모든 것을 가리킨다. 또한 타부는 이 속성에서 비롯되는 금지를 지시한다. 끝으로 타부는 말뜻 그대로 '신성하고' '일상적인 것을 넘어서는' 것을 의미하며, 동시에 '위험하고' '부정하며' '무시무시한' 것을 포함한다."(같은 책, 48-9쪽) 김수영은 시의 형식이 사회적 금기를 위반하는 함으로써 그 자체로 위험하고, 무시무시한 것이 된다고 생각한다.

득이 내용의 도움을 받지 않을 수 없다. 형식이 제시하는 낯설고 이해할 수 없는 무의미는 그것을 의미로 전환하려는 노력이 없다면 경험할 수조차 없기 때문이다. 예측할 수 없는 뜻밖의 새로움을 개시하는 〈시〉를 그 내부에 품고 있는 작품이라면, 그때 그 작품의 형식이라는 것은 이미 그 사회에서 통용되고 있는 상식의 선을 훌쩍 뛰어넘어, 쉽게 이해를 얻지 못하는 몰상식의 지점을 향하고 있을 것인데, 이때 그 몰상식하고 부조리한 형식을 다시 상식의 지점으로 끌어내려서 다수에게 이해 가능하게 만드는 것은 내용의 몫이라는 것이다.

그러나 내용이 이해하지 못하는 지점에서 무의미를 길어오는 형식의 노고와 그 무의미를 의미로 전환하려는 내용의 지속적인 작업은 상호협조의 관계와는 거리가 멀다. 이때 내용과 형식은 각각 이미 〈의미를 이루려는 충동〉과 〈의미를 이루지 않으려는 충동〉(『전집2』, 245쪽)이라는 모순의 관계를 맺고 있으며, 그 두 충동 사이에 감도는 긴장감은 전혀 화해의 가능성이 보이지 않기 때문이다. 형식은 내용의 폐쇄성을 뚫고 새로운 의미를 개시하려고 하지만, 내용은 그 새로운 의미를 낡은 것으로 전환하지 않고는 형식을 개시할 수 없기 때문이다. 내용과 형식의 이러한 불협화음과 부조화는 〈시〉를 이해하지 못하는 산문 시대의 맹목성(盲目性)을 반영하고 있으며, 그것이 조화를 지향하기 때문에 더욱 치열한 싸움의 양상으로 드러나는 것이다.[29]

김수영은 그것을 하이데거의 세계와 대지의 싸움에 연결짓고 있
다.[30]

---

29) 내용과 형식의 부조화를 현대성의 특징으로 처음 주목한 사람은 헤겔이다. 현
대 사회를 〈내면성〉과 〈주관성〉의 시대, 즉 (절대)정신에 가까이 근접한 시대
로 파악하는 헤겔은 여전히 예술 고유의 감각적인 형식으로 정신을 표현하지
않으면 안 되는 예술 형식의 〈외면성〉과 〈객관성〉을 예술이 스스로 극복해야
하는 단계에 돌입했다고 파악했다. 따라서 헤겔은 예술이 자기 자신의 고유한
감각적 형식을 극복하고 정신적 형식에 최대한 근접해 있는 〈시문학〉을 최고
의 예술 형식이자 최후의 예술 형식으로 꼽고 있다. 결국 내용과 형식이 최고
의 통일성을 보여주었던 고대 그리스의 〈아름다웠던 시절〉이 지나갔으므로,
예술은 이제 〈새로운 내용〉의 출현과 전진을 위해 길을 내주어야 하는 〈과거
의 형식〉이 되었다는 것이다. 예술이 자기의 고유한 형식을 부정하지 않으면
살아남을 수 없게 된 〈반예술의 시대〉, 즉 낭만주의를 헤겔은 예술이 도달한
최후의 단계라고 파악하였다. 그것은 내용의 발전 속도를 따라잡지 못하는 형
식은 살아남을 수 없다는 것, 부단한 형식의 교체를 통해서만 예술이 생존할
수 있다는 냉혹한 현실을 증언하고 있다. "우리가 살고 있는 현재의 시대는 그
일반적 상황으로 볼 때 예술에게 유리한 시대가 아니다"(헤겔, 두행숙 역, 『헤
겔미학1』, 나남, 1996, 40쪽)
30) 사실 내용과 형식의 관계(질료와 형상의 관계)로 예술작품을 이해하려는 그 동
안의 통념을 극복하려는 뜻에서 새롭게 도입한 것이 하이데거의 세계와 대지
라는 개념이다. 예술작품을 해명하는 데 하이데거가 질료와 형상 개념의 도입
을 부정한 것은, 그것이 창조주의 천지창조 행위를 본딴 것이면서 줄곧 사물을
정의하는 데 사용된 것이라는 것, 따라서 작품을 〈창조된 것〉(제작된 것)으로
고정화시키고, 사물(혹은 제품, 상품)을 통해서 예술작품을 이해하려는 잘못된
사고방식을 유포하기 때문이다. 작품은 오히려 끊임없이 진리가 발생하는 터
전이며, 그 터전 속에서 사물이 사물다운 모습으로 발견된다는 점에서 하이데

산문이란, 세계의 개진이다. 이 말은 사랑의 留保로서의 〈노래〉
의 매력만큼 매력적인 말이다. 시에 있어서의 산문의 확대작
업은 〈노래〉의 유보성에 대해서는 侵攻적이고, 의식적이다.
우리들은 시에 있어서의 내용과 형식의 관계를 생각할 때, 내
용과 형식의 동일성을 공간적으로 상상해서, 내용이 반 형식
이 반이라고 도식화해서 생각해서는 아니 된다. 〈노래〉의 유
보성, 즉 예술성이 무의식적이고 隱性的이기는 하지만, 그것
은 반이 아니다. 예술성의 편에서는 하나의 시작품은 자기의
전부이고, 산문의 편, 즉 현실성의 편에서도 하나의 작품은 자
기의 전부이다. 시의 본질은 이러한 개진과 은폐의, 세계와 대
지의 양극의 긴장 위에 서 있는 것이다(『전집2』, 251쪽).

앞서 살펴보았던 것처럼, 하이데거의 경우에도 세계와 대지는 투
쟁적 관계를 맺고 있는데, 그 투쟁의 양상은 인간(세계)과 자연(대
지)의 오랜 싸움의 역사를 보존하고 있다. 인간이란 짐승처럼 광야
에서 사는 대신에 인간적 세계를 구축하고 그 〈안〉에 살고 있지만,
또한 그 세계를 받쳐주는 대지 〈위〉의 존재라는 점을 무시할 수 없
다. 인간은 역사적·사회적 존재이면서 또한 자연적 존재이기 때문

거는 질료/형상의 개념을 폐기하고 예술을 세계/대지의 관계로 이해할 것을
제안하고 있다. (하이데거, 「예술작품의 근원」, 폰 헤르만, 이기상·강태성 옮
김, 『하이데거의 예술철학』, 문예출판사, 1997, 564-70쪽 참조)

이다. 인간의 이러한 이중성 때문에 "세계와 대지는 서로 다르면서도 결코 분리되어 있지 않다."[31] 인간은 세계와 대지가 거기에서 결합되는 장소라고 할 만하다. 그런 의미에서 하이데거는 인간을 〈거기를 밝히는 존재〉, 즉 다자인(Da-sein)이라고 부른다. 인간은 세계와 대지라는 서로 다른 두 계기가 싸움을 벌이면서 결합하는 장소를 제공하는 존재인 것이다.[32] 우리가 주목할 것은 우선 이 싸움의 양상이다. 『예술작품의 근원』에 주석을 달고 있는 헤르만에 따르면 그 싸움은 다음과 같은 의미를 지닌다.

> 투쟁하는 것들은 상호 파괴하는 대신에 서로를 "그 본질의 고
> 수에로" 끌어올린다. 〈세계〉는 대지와의 싸움에서 이 대지를
> 그것의 자기를 닫아버리는 본질의 자기고수에로 끌어올리고,
> 〈대지〉는 세계와의 싸움에서 이 세계를 그것의 스스로를 여는
> 본질의 자기고수에로 끌어올린다. 싸움은 타자의 파괴가 아니
> 다. 오히려 싸움은, 싸움을 벌이는 것이 자기를 자기의 고유한

---

31) 하이데거, 앞의 글, 591쪽.

32) (어머니로부터의) 분리와 (아버지와의) 결합이 발생하는 장소가 인간이라는 개념을 라캉은 〈자아〉 형성 과정의 중요한 메커니즘으로 설명한 바 있다. 그 반대의 방향, 즉 (아버지로부터의) 분리와 (어머니와의) 결합은 인간의 다른 쪽 측면을 형성하고 있으며, 그것은 욕망의 방향이다. 주체형성의 방향과 주체소멸의 방향은 서로 분리될 수 없는 것으로 인간의 내면에 잠재하는 이중성을 형성한다고 하겠다.

본질에 있어 고수하도록 이끔으로써, 타자를 촉진한다. … "이 래서 싸움은 더 격렬해지고 더 본래적이 되어 그것이 무엇인 바 그것이 된다". 왜냐하면 싸움을 벌이는 것들이 서로를 그 본질의 자기주장에로 끌어올려 줌으로써, 싸움을 벌이는 것들 이 싸움을 벌이게 됨으로써 절름발이가 되지 않고, 오히려 강 해지기 때문이다.[33]

그렇다면, 세계와 대지의 싸움이 발생하는 장소에서 세계는 더욱 세계다움에 가깝게 되고 대지 또한 더욱 대지다움에 가깝게 되는 사 건이 발생한다. 상대방을 제거하는 싸움이 아니라[34] 상대방을 더욱 촉진하는 싸움의 양상이 전개되는 그 장소를 하이데거는 〈예술작품〉 이라고 했거니와, 거기에서 "바위는 … 비로소 바위가 되며, 금속은 … 비로소 금속이 되고, 색조는 … 비로소 색조가 되며, 소리는 … 비로소 소리가 되고, 낱말은 … 비로소 낱말이 된다."[35] 이 글 끝에 서 하이데거가 "모든 예술은 존재자의 진리의 도래를 발생케 하는 것으로서 그 자체 본질에 있어서는 시작(詩作/Dichtung)이"[36]라고

---

33) 폰 헤르만, 앞의 책, 274-5쪽.

34) 이는 자연을 지배와 착취의 대상으로 바라보는 것을 뜻한다. 지배와 착취 이전 에 인간이 자연으로부터 가장 먼저 제거하려고 하였던 것은 자연의 비밀과 신 비였으며, 그것들은 미신이라는 이름으로 제거되었다.

35) 하이데거, 「예술작품의 근원」, 앞의 책, 588쪽.

36) 하이데거, 같은 책, 618쪽.

한 것을 보면, 진정한 싸움은 인간의 〈시작(詩作)〉을 통해서 드러난
다는 것을 알 수 있다. 그것은 타자를 파괴하지 않고 타자를 촉진하
는 싸움으로, 세계는 숨겨진 대지를 솟아오르게 만들되 대지의 은폐
를 보존하며, 대지는 세계를 뚫고 솟아오르면서도 세계의 개방 욕망
을 떠받치고 감싸준다. 자연의 비밀을 남김없이 드러내고야 말겠다
는 개방을 향한 인간의 욕망을 발산하게 하면서도, 또한 그러한 인
간의 욕망으로부터 자연의 비밀이 은폐된 채로 충분히 보장되는 싸
움터, 그곳을 인간이 제공받게 되는 것은 그가 〈시인〉이 될 때라고
하이데거는 말한다. 하나의 낱말이 시인에게 주어졌을 때, 그 낱말
의 의미에 우리가 충분히 익숙해 있음에도 불구하고, 그 낱말이 우
리가 아직 알지 못하는 낯선 의미를 또한 풍부하고 포함하게 되는
것은, 그 낱말에서 〈시작(詩作)〉을 통한 개방과 은폐의 싸움이 충분
히 전개되었기 때문이다.

　하이데거에 의하면 〈시작(詩作)〉은 "세계와 대지의 투쟁의 놀이공
간"[37]이다. 그 공간에서는 "대지는 세계의 열린 장 없이 지낼 수 없"
고, "세계도 다시금 대지로부터 훨훨 떠나갈 수 없"을 만큼 결합되
어 있다. 마찬가지로 세계와 대지의 투쟁이 없다면, 그 공간도 열리
지 않을 것이다. 세계와 대지, 혹은 내용과 형식의 투쟁으로 인한 양
자의 결합은 투쟁으로 인해 갈라진 그 놀이공간을 통해서 이루어진

---

37) 하이데거, 같은 책, 620쪽.

것이다. 다시 말해서 양자의 투쟁으로 발생한 균열을 통해서 둘은 결합할 수 있게 된 것이다. 그것은 차이를 통한 결합이라고 해야 할 것이다. 투쟁으로 양자의 차이는 더욱 두드러졌기 때문이다. 내용과 형식의 경우에도 마찬가지 현상이 발생한다. 내용과 형식의 투쟁은 내용과 형식의 차이를 벌어지게 만들지만, 그때 발생하는 차이는 내용과 형식의 합작품이라고 할 수 있다. 싸움의 결과로 발생한 그 차이는 내용의 것이면서 동시에 형식의 것이다. 그러나 싸움의 첫 대면은 그렇게 순탄치 못하다. 평범한 사람들이 새로운 언어를 잉태한다는 것이 얼마나 어려운지 우리는 잘 알고 있다. 산문적 내용에 익숙한 상황에서 그 장벽을 뚫고 낯설고 새로운 의미를 개시하려는 형식의 시도를 내용이 방관만 할 수는 없기 때문이다. 그러한 시도는 종종 좌절되며 성공하더라도 넌센스에 그치는 경우가 허다하다.[38] 우리는 그것이 목숨을 걸 만한 일이라고까지 생각하지는 않기 때문이다.

　내용의 장벽을 성공적으로 돌파하고 새로운 의미의 형식이 제시되었을 때, 새롭게 선보인 그 의미를 우리는 〈무의미〉라고 한다. 그것은 지금까지 "아무도 하지 못한 말"(『전집2』, 254쪽)이기 때문이

---

38) 김수영이 가장 불쾌감을 감추지 못하는 것이 바로 이러한 부질없는 불가해성의 대량생산이다. 그렇기 때문에 그는 〈사이비 난해성〉과 〈진정한 난해성〉을 구별한다. 난해성은 단순히 "논리와 상식이 닿지 않는 말"(『전집2』, 208쪽)의 기교가 아니다.

다. 그것은 차라리 침묵에 가깝다. 그것이 가리키는 대상이 아직 현실에 존재하지 않는 것이라는 점에서 그것은 예언적인 언어이며, 미지의 언어, 혼돈의 언어라고 할 수 있다.[39] 그것은 지금 당장은 혼돈으로 받아들여지지만 시일이 지나고 사회가 그것을 포용할 수 있을 만한 단계에 도달하면 그것도 하나의 질서로 받아들여지게 된다. 그런 맥락에서 이 새로운 언어의 혼돈은 〈미래의 질서를 앞당겨 예시하는 혼돈〉이라고 할 수 있다. 산문적 내용과 시적 형식의 거리와 차이에서 발생하는 것이 무의미라면, 그것은 산문적 내용 쪽에서 보았을 때 시적 형식이 저만큼 초월해 있는 거리일 것이며, 시적 형식에서 보았을 때 산문적 내용이 그만큼 뒤떨어진 간격이기도 할 것이다. 내용과 형식 사이에 벌어진 그 심연과도 같은 거리와 간격을 통해서 내용은 비로소 내용으로 되고, 형식은 비로소 형식으로 된다. 그리고 그것은 형식의 차원에 도달하려는 내용의 노력의 크기이고, 내용의 차원에 도달하려는 형식의 노력의 크기를 보여준다. 김수영은 "나는 얼마나 남느냐보다는 얼마나 힘이 드느냐를 먼저 생각하는 버릇"(『전집2』, 51쪽)이 있다고 했는데, 그것은 그 거리와 간격을 보존하면서도 극복하려는 양자 간의 긴장의 크기를 말하는 것이다. 내용과 형식 사이의 이런 사랑의 싸움은 양자의 거리

---

39) 김수영은 "작품이 끝난 후 반년정도의 앞을 예언할 만한 시는 쓰고 싶다"(『전집2』, 288쪽)는 소망을 조심스럽게 피력하고 있다.

가 멀면 멀수록 힘이 든다고 할 수 있는데,[40] 그렇게 투여된 힘은 그대로 시의 〈힘〉으로 살아남게 된다. 이것이 김수영이 제시하는 진정한 싸움의 모델이다.

그러나 내용과 형식의 싸움이 격렬해지는 것은 내용이 몸담고 있는 현실에서 의미의 유동성을 차단하고 고정시키려 할 때이다. 현실과 내용(의미)의 불가피한 밀착은 내용이 빠져 있는 의미의 체계를 현실이 장악하고 있다는 데서 기인한다. 특히 의미의 유동성을 정치권이 통제하려 들 때, 내용의 한계는 곧바로 형식의 한계로 표출될 수밖에 없다.

> 무식한 위정자들은 문화도 수력발전소의 땜처럼 건설하는 것이라고 생각하고 있는 것같지만, 최고의 문화정책은, 내버려두는 것이다. 제멋대로 내버려두는 것이다. 그러면 된다. 그런데 그러지를 않는다. 간섭을 하고 위협을 하고 탄압을 한다. 그리고 간섭을 하고 위협을 하고 탄압을 하는 것을 문화의 건설이라고 생각하고 있다(『전집2』, 155쪽).

내용이란 의미의 차원이고 그것은 곧 언어의 문제라고 한다면, 내용이 관계할 수밖에 없고 눈치를 볼 수밖에 없는 것이 문화일 텐데,

---

40) 유사성보다는 극단적인 차이의 병치를 통한 은유는 초현실주의의 흔적이다.

그 문화를 정치권력이 간섭하고 탄압할 때 사회적으로 유통가능한 의미가 고정되어 있는 만큼 시의 형식의 자유로운 비상도 불가능할 수밖에 없다. 형식은 항상 내용을 앞서는 것이긴 하지만, 내용이 고정되어 있다면 형식의 비상거리가 항상 같은 지점을 맴돌 수밖에 없을 것이고, 그렇게 되면 현실이 뒤떨어지는 만큼 내용이 뒤떨어지고 그에 따라서 형식의 몸부림조차 낮은 수준에서 이루어질 수밖에 없다. 이처럼 현실정치의 영향력은 시의 내용을 통해서 전해오는 것이지만 그 내용을 〈극복〉하는 것이 형식이라고 생각하는 김수영에게, "정치적 금기만 다치지 않는 한, 얼마든지 〈새로운〉 문학을 할 수 있다"는 생각은 현실을 무시한 채로 현대성을 저 이데아의 수준으로 옮겨놓았다는 것과 같다. 그런 뜻에서 김수영은 내용과 대립하는 형식주의를 〈현대성에의 도피〉라고 비판한다. 공중에 떠 있는 초월시가 아니라 "대지에 발을 디딘 초월시"(『전집2』, 401쪽)를 지향하는 현대성의 정신은 피를 흘리지 않고 날아오르는 것을 의심스럽게 바라본다.

> 나는 소설을 쓰는 마음으로 시를 쓰고 있다. 그만큼 많은 산문을 도입하고 있고 내용의 면에서 완전한 자유를 누리고 있다. 그러면서도 자유가 없다. 너무나 많은 자유가 있고, 너무나 많은 자유가 없다. 그런데 여기에서 또 똑같은 말을 되풀이하게 되지만, 〈내용의 면에서 완전한 자유를 누리고 있다〉는 말은

사실은 〈내용〉이 하는 말이 아니라, 〈형식〉이 하는 혼잣말이다. 이 말은 밖에 대고 해서는 아니될 말이다. 〈내용〉은 언제나 밖에다 대고 〈너무나 많은 자유가 없다〉는 말을 해야 한다. 그래야지만 〈너무나 많은 자유가 있다〉는 〈형식〉을 정복할 수 있고, 그때에 비로소 하나의 작품이 간신히 성립한다. 〈내용〉은 언제나 밖에다 대고 〈너무나 많은 자유가 없다〉는 말을 계속해서 지껄여야 한다. 이것을 계속해서 지껄이는 것이 이를테면 38선을 뚫는 길인 것이다(『전집2』, 251쪽).

내용의 제약을 극복한 형식의 자유로운 비상에는 그것이 돌파한 내용의 부자유가 실려 있어야 한다. 형식의 자유는 상대적으로 내용이 갇혀 있는 부자유를 대변하는 목소리인 것이다. 99%의 언론자유보다는 단 1%의 금지된 영역을 향해 비상하는 형식의 자유가 나머지 99%를 비로소 부자유의 눈으로 바라볼 수 있는 기회를 제공하기 때문이다. 99%의 테두리 안에 머물러 있는 시의 내용에 자유를 선사하는 것은 그 1%의 금기를 넘어선 형식의 자유이지만, 그것은 99%의 자유를 부자유로 전도시키는 행위이기도 하다. 사회의 부자유를 대변하는 형식은 그 사회가 허용하고 있는 내용의 한계를 극복하는 자유로운 형식이다. 그렇기 때문에 〈형식의 자유〉에는 시인도 알지 못하는 기만의 함정이 도사리고 있다. 그래서 시의 형식이라는 것이 과연 내용의 한계를 극복한 것인지, 아니면 그 한계 내부에 머

무르고 있는 것인지를 판정하는 과정에서 시의 완성 여부가 결정되는 것이다.

내용을 대변하는 형식인지 아니면 내용을 제거한 형식인지를 판정하고, 그 〈진위(眞僞)〉를 결정하는 사후적인 검증의 작업을 김수영은 〈운산(運算)〉이라고 말하는데, 그 〈운산〉에 대한 그의 과도한 집착은 〈사기(詐欺)〉에 대한 두려움을 반영하고 있다.[41] 그에 따라 "시작은 〈머리〉로 하는 것이 아니고, 〈심장〉으로 하는 것도 아니고, 〈몸〉으로 하는 것이다. 〈온몸〉으로 밀고나가는 것이다. 정확하게 말하자면, 온몸으로 동시에 온몸을 밀고 나가는 것"(『전집2』, 250쪽)이라는 절규 섞인 그의 호소는 형식에 치우친 기교나 내용 위주의 열정만으로 〈시〉가 완성될 수 없다는 노파심을 표현한 것이다. 앞서도 말했듯이 내용과 형식의 불가분성이 〈진짜〉가 되기 위해서,

---

41) 〈가짜〉, 〈사이비〉, 〈사기(詐欺)〉에 대한 강박관념은 김수영의 시론 전체를 지배하고 있는 지배적인 정조라고 해도 과언이 아닐 정도이다. "나는 미숙한 것을 탓하지 않는다. 또한 환상시도 좋고 抽象詩도 좋고 환상적 시론도 좋고 技術詩論도 좋다. 몇번이고 말하는 것이지만 기술의 우열이나 경향 여하가 문제가 아니라 시인의 양심이 문제다. 시의 기술은 양심을 통한 기술인데 작금의 시나 시론에는 양심은 보이지 않고 기술만이 보인다. 아니 그들은 양심이 없는 기술만을 구사하는 시를 主知的이고 현대적인 시라고 생각하고 있는 모양이다. 사기를 세련된 현대성이라고 오해하고 있는 모양이다."(『전집2』, 210쪽) 이처럼 김수영은 〈기술〉의 현대성보다는 〈양심〉의 현대성이 더 시급한 과제라고 생각하는데, 그것은 시적 혁명을 윤리의 차원으로까지 끌어올린 김수영의 입장을 잘 반영하고 있다.

양자는 서로의 차이와 간격을 통해서 결합되어야 하는데, 그것이
바로 〈온몸〉이 된 상태이다. 왜냐하면 내용의 장애를 극복한 형식이
만들어 놓은 그 차이와 간격은 내용과 형식 양자 모두의 것이기 때
문이다. 역설적이게도 내용과 형식은 양자의 차이를 통해서 비로소
견고하게 결합되는 것이다. 물론 그 차이를 통한 결합은 양자간 투
쟁의 산물이다. 형식은 내용의 부자유를 통해서 자신의 자유를 확인
하게 되며, 내용은 형식의 자유를 통해서 자신의 부자유를 절감하게
된다. 내용은 형식이라는 거울을 통해서, 형식은 내용이라는 거울을
통해서 자기를 확인하는 것이다.

> 이 시론도 이제 온몸으로 밀고나갈 수 있는 순간에 와있다. 〈막
> 상 시를 논하게 되는 때에도〉 시인은 〈시를 쓰듯이 논해야 할
> 것〉이라는 나의 명제의 이행이 여기 있다. 시도 시인도 시작하
> 는 것이다. 나도 여러분도 시작하는 것이다. 자유의 과잉을, 혼
> 돈을 시작하는 것이다. 모기소리보다도 더 작은 목소리로 시작
> 하는 것이다. 모기소리보다도 더 작은 목소리로 아무도 하지 못
> 한 말을 시작하는 것이다. 아무도 하지 못한 말을. 그것을…
> (『전집2』, 254쪽)

「시여, 침을 뱉어라」의 결론에 해당되는 이 대목에서 김수영은 동
음이의어를 통해서 시작(詩作)과 시작(始作)의 동일성을 표현하고

있다. 〈시작(詩作)〉이라는 것이 "아직까지 없었던 세계가 펼쳐지는 충격"(『전집2』, 252쪽)을 주는 것이라고 한다면, 그것은 새로운 역사의 시작(始作)을 알리는 신호이기도 하다. 모두가 그러한 의미의 〈시〉를 쓰고 행하는 〈시인〉이 된다면 "균형과 색조의 조화가 없는 부정의 건물, 서부영화를 본딴 국산영화, 보수주의와 상업주의의 신문·잡지, 〈6학년 담임 헌장〉이라는 기괴한 운동을 하는 교육자"(『전집2』, 143쪽)가 지배하는 현실을 극복하는 시야를 확보할 수 있기 때문이다. 그런 의미에서 시쓰기는 지금까지의 질서를 〈부정〉함으로써, 그 질서를 〈부정적〉으로 바라보게 만들고, 새로운 질서를 앞질러 개시하는 〈혼돈〉의 초대장이다.

3

언어에서의 시적 혁명

언어에 대한 김수영의 관점은 "시의 어머니는 어디까지나 언어"(『전집2』, 287쪽)라는 말 속에 집약되어 있다. 이 말은 시인에게 유일한 재료가 언어라는 것을 새삼 확인하는 수준을 넘어선다. 김수영이 항상 강조하는 〈시〉라는 것의 근본 속성을 떠올린다면, 언어만이 인간을 자유롭게 한다는 것을 뜻한다. 시를 쓰고, 시를 행하는 사람만이 인간다운 인간이라는 김수영의 생각에 따른다면 인간은 오직 언어를 통해서만 인간다움에 도달할 수 있게 되는 것이다. 그와 같은 뜻은 "언어는 최고의 상상"(『전집2』, 279쪽)이라는 말에서도 찾아볼 수 있다. 언어가 〈최고의 상상〉이라는 표현은 현실에 없는 것, 부재(不在)하는 것을 기호를 통해 불러내는 언어의 마술적인 힘을 가리키는 것이다. 그로 인해 언어는 인간에게 현실을 〈초월〉

하고 〈부정〉할 수 있는 가능성을 제공함으로써 인간다움의 거처를
마련해준다.

　이처럼 주어진 현실 그 이상을 꿈꾸게 하는 언어의 능력을 김수영
은 언어의 부단한 〈변천〉을 통해서 확인하고 있다. 태어나고 성장하
며 때가 되면 죽음을 맞이하는 언어의 생리에서 그는 〈시간〉의 지배
력을 보는 것이다.

> 언어의 로우테이션은 어느 시대에고 있는 일이지만, 다만 오
> 늘의 시대는 박자가 빠른 시대라 그에 따라서 그 회전도가 갑
> 자기 빨라져서 눈에 뜨일 따름이고, 때에 따라서는 비명까지
> 도 날 정도인 것이다. 그런데 우리말의 경우에는 일제시대의
> 저해로 회전을 하지 못하고 있던 낱말들이 요즘에 와서 새로
> 발동을 시작하고 있는 것들이 있어서 이것들의 처리가 힘이
> 들 때가 많다(『전집2』, 280쪽).

　현대에 이르러 언어의 회전 속도가 빨라진다는 것은 대상에게 가치
를 매기고 의미를 생산·유통시키는 문화의 재현 체계(representation
system)[42]에서 오늘날에는 그 유동성과 가변성이 지배적이라는 것

---

42) 의미를 생산하고 소비·유통하면서 문화적 동질감을 형성해나가는 과정을 일련
　　의 언어적 재현 체계로 본다는 것은 Stuart Hall이 편집한 *Representation-*

을 뜻한다. 따라서 우리는 김수영이 어떤 특정한 대상에 밀착해 있다고 믿어지는 고정된 의미보다는 그때마다 새롭게 생산되고 소비되는 의미들의 이동에 관심을 두고 있음을 알 수 있다. 해방과 더불어 낡은 언어와 새로운 언어가 부산스럽게 교체되는 언어 회전의 어지러움 속에서[43] 김수영은 이제는 낡아버린 어린 시절의 낱말이 "하나하나 어린 시절의 역사가 스며 있고 신화가 담겨 있다"(『전집2』, 281쪽)는 것을 알고는 있지만, 그런 언어에 담겨 있는 친숙함의 세계보다는 새롭게 생산되어 유통되는 언어의 어색함과 낯섦에 관심을 두고 있다. 더 나아가서 아직 존재하지도 않는 대상을 가리키는 "眞空의 언어"(같은 쪽)에서 "어떤 순수한 현대성을 찾아볼 수 없을까?"라고 묻고 있듯이 그가 미지의 대상을 미리 불러내는 언어의 상상력에 관심을 두고 있음을 알 수 있다. 현대시는 낡고 익숙한 의미를 통해 동질감을 확인하기보다는 새롭고 낯선 의미를 발굴하고 제시함으로써 언어에 대한 이질감을 경험하게 하는 것을 생명으로 하

Cultural Representations and Signifying Practices(The Open Univ., 1997)에서 특히 1장을 참조.

43) 김수영은 자기 세대를 언어가 교체되는 과정에 있는 중간세대라고 생각한다. "좌우간 나로 말하자면 매우 엉거주춤한 입장에 있다. 〈얄밉다〉〈야속하다〉〈섭섭하다〉〈방정맞다〉 정도의 낱말이 퇴색한 말로 생각되고 선뜻 쓰여지지 않는 반면에, 〈쉼표〉〈숨표〉〈마침표〉〈다슬기〉〈망초〉〈메꽃〉 같은 말들을 실감있게 쓸 수 없는 어중간한 비극적인 세대가 우리의 세대다."(『전집2』, 281쪽)

기 때문이다. 김수영은 그것을 "〈아름다운 것〉의 정의"가 바뀌어졌기 때문이라고 하면서, 과거의 언어에서 전해지는 아름다움이 이제는 진정한 아름다움이 아니며, 오히려 진정한 아름다운 낱말은 "진정한 시의 테두리 속에서 살아 있는 낱말들"(같은 글)이라고 말하고 있다. 그것은 언어의 변화에 민감하게 반응하는 것이 현대 시인의 자세라는 것, 따라서 현대시인이라면 과거의 언어보다는 "앞으로의 언어"(『전집2』, 279쪽)에 개방되어 있어야 한다는 것을 뜻한다. 김수영은 언어를 언어답게 만들어주는 것이 〈시〉의 몫이라고 말한다.

> 우리들의 실생활이나 문화의 밑바닥의 정밀경으로 보면 민족주의는 문화에는 적용되어서는 아니 된다. 언어의 변화는 생활의 변화요, 그 생활은 민중의 생활을 말하는 것이다. 민중의 생활이 바뀌면 자연히 언어가 바뀐다. 전자가 主요, 후자가 從이다. 민족주의를 문화에 독단적으로 적용하려고 드는 것은, 종을 가지고 주를 바꾸어보려는 우둔한 소행이다. 주를 바꾸려면 더 큰 주를 발동해야 한다. 언어에 있어서 더 큰 主는 시다. 언어는 원래가 최고의 상상력이지만 언어가 이 주권을 잃을 때는 시가 나서서 그 시대의 언어의 주권을 회수해주어야 한다. 그런 의미에서 모든 시간의 언어는 언어가 아니다. 그것은 잠정적인 과오다. 수정될 과오. 이 수정의 작업을 시인이 해야 하는 것이다. 그래서 최고의 상상인 언어가 일시적인 언

어가 되어서 만족할 수 있게 해야 한다. 아름다운 낱말들, 오
오 침묵이여, 침묵이여(『전집2』, 282쪽).

　시간의 변화에 저항하는 모든 것을 우상으로 바라보는 현대성의
관점에서 보았을 때, 김수영은 자국 언어의 순수성을 보존하는 데만
관심을 두는 민족주의적 태도를 다만 〈회고미학〉에 지나지 않는다
고 비판한다. 김수영의 관점에서 보면 그러한 태도는 문화를 간섭의
대상으로 바라보는 정치권력의 자세와 다르지 않다.[44] 문화라는 것
이 변화에 개방되어 있어야 하는 것이라면 언어 또한 생활이 변화함
에 따라 낡은 의미가 사라지고 새로운 의미가 소생하는 생명의 활동
을 하는 것이 자연스럽지, 그러한 변화를 인위적으로 차단하려는 것

---

44) 민족주의에 대해서 김수영은 항상 경계의 태도를 취하고 있었는데, 특히 참여
　　시가 "투박한 민족주의"(『전집2』, 246쪽)로 경도되는 과정에 대해서 우려의 뜻
　　을 감추지 않고 있다. 자신이 성공적인 참여시의 모델을 제시한 것이라고 평가
　　하고 있는 신동엽에 대해서도 김수영은 그의 단점으로 "쇼비니즘으로 흐르게
　　되지 않을까"(『전집2』, 636쪽) 싶을 정도의 짙은 민족주의적 색채를 꼽고 있
　　다. 그러나 김수영은 과거의 영광을 영원한 것으로 재생하려는 민족주의의 경
　　향에 대해서 비판적이었던 것이지, 민족주의 전체를 비난한 것은 아니었다. 예
　　컨대 신동엽의 「껍데기는 가라」를 칭찬하면서, 그의 "〈동학 곰나루〉는 서정주
　　의 "신라에의 도피"와는 전혀 다른 〈미래에의 비전과의 연관성〉을 제시"(『전집
　　2』, 407쪽)해준다고 지적하는 대목에서 과거의 것일지라도 미래의 개방성에
　　의해서 다시 씌어지는 역사를 긍정적으로 평가하는 것을 볼 수 있다. 그가 혐오
　　하는 것은 "민족의 고유한 특성"(『전집2』, 267쪽)에 대한 과거적 집착이다.

은 언어의 의미를 고정시키고 머물게 하려는 의도를 내포하고 있기 때문이다. 오히려 그 변화의 방향을 개방해놓은 상태에서 언어의 본래적 생산성이라고 할 수 있는 〈최고의 상상〉을 회복시켜주는 것이 시인의 임무라고 할 수 있다. 언어의 변화에 개방적이어야 하고, 동일한 대상에 대해서도 그 의미가 끊임없이 변할 수 있다는 가능성을 신뢰해야 하는 것이 현대시인의 자세라면, 시인은 대상에 대해 〈객관적인 의미〉가 항상 고정되어 존재하는 것처럼 믿게 하는 인식의 정체 상태를 극복함으로써 언어를 통해 세계의 〈변화가능성〉을 폭로해야 하는 것이다.

따라서 언어를 통제하고 의미의 고정성을 강요하는 당시의 문화적 풍토에서 김수영이 〈언론자유〉를 집요하게 주장한 것은, 언론의 자유에 대한 억압이 문화의 자연적인 〈변화가능성〉을 은폐함으로써 〈최고의 상상〉이자 인간다움의 조건이라고 할 수 있는 〈시〉의 이행을 불구로 만든다고 판단했기 때문이다. 이런 상황에서 〈시〉가 질식하는 것은 당연한데, 그것은 비단 공식적인 검열기관에 의해서만 자행되지 않는다. 그것은 사회 전반에 걸쳐 광범위하게 진행된다. 언어의 생산성과 변화가능성을 입증하는 〈무의미〉와 〈침묵〉을 추방하고, 공식적인 언어의 경계를 넘어서는 모든 〈새로움〉을 불온한 것이라고 낙인찍는 사회는 모든 인간을 평균적 몰개성의 상태로 몰아넣게 된다. 그러나 시인의 존재는 모든 언어가 시간에 따라 소멸할 언어라는 것, 그리고 새로운 의미는 꾸준히 생산된다는 것을 입증한

다. 시인은 우리가 언어를 통해 구성되고 통제된 세계 속에 살고 있
다는 사실을 폭로하고, 언어를 통해서 세계의 바깥을 경험하게 될
가능성을 제시해주어야 한다. 언어는 인간을 하나의 세계 안에 살게
만들고, 인간에게 다른 세계를 꿈꾸게도 만든다. 그것이 〈언어의 주
권〉[45]이다. 그러나 인간은 거꾸로 언어에 대해 주인 행세를 함으로
써 언어를 도구로 격하시키고 세계를 〈보여주는〉 언어의 능력을 은
폐하거나 박탈하게 되는데, 그것은 역설적이게도 인간을 해방시키
기보다는 자신을 자발적으로 물리적인 자연 사물의 일부로 만들고
자유를 망각한 채로 겨우 목숨을 연명하는 생명체로 타락하게 만드
는 것이다. 거기에는 언어에 대한 사람들의 오해가 내재해 있는 것
이다.

　　　　너는 언제부터 세상과 배를 대고 서기 시작했느냐

---

45) 언어를 도구적인 것으로 격하시키면서 상실된 언어의 친밀감, 그리고 자신이
　　언어를 지배하고 있다는 착각에 관련해서 김수영의 시 「謀利輩」는 다음과 같
　　이 노래하고 있다 : "言語는 나의 가슴에 있다 / 나는 謀利輩들한테서 / 言語의
　　단련을 받는다 / 그들은 나의 팔을 支配하고 나의 / 밥을 支配하고 나의 慾心
　　을 지배한다". 여기에서 그는 자신과 언어가 분리되어 있고 그렇기 때문에 하
　　나의 도구처럼 사용하고 있다는 통념에 반해서, 언어를 "나의 化身"이라고 하
　　면서 자신과 분리될 수 없이 자신의 온몸을 구성하고 있어서 언어 자체가 자신
　　의 생활이라는 신념을 피력하고 있다.("생활과 언어가 이렇게까지 나에게 밀접
　　해진 일은 없다")

너와 나 사이에 세상이 있었는지

세상과 나 사이에 네가 있었는지

너무 밝아서 나는 웃음이 나온다

(…)

음탕할만치 잘 보이는 유리창

그러나 나는 너를 통하여 아무것도

보지 않고 있는지도 모른다

(…)

부끄러움도 모르고

밝은 빛만으로 너는 살아왔고

또 너는 살 것인데

透明의 代名詞같은 너의 몸을

지금 나는 隱蔽物같이 생각하고

기대고 앉아서

安堵의 歎息을 짓는다

―「너는 언제부터 세상과 배를 대고 서기 시작했느냐」의 부분

   이 시에서 우리는 투명성이 오히려 불투명성으로 전도되는 장면을 보게 된다. "유리창"의 의미를 반드시 언어적인 현상에만 한정할 수는 없겠지만, 일반적으로 언어 또한 나의 의사를 〈투명하게〉 전달하는 매체라고 생각한다는 점을 상기한다면 이 시는 언어와 주체,

그리고 세계의 삼자 관계에서 〈투명성〉이 내포하는 기만적 측면을 포착하고 있다고 할 수 있다. 사람들은 언어를 통해서 세상을 보고 있음에도 불구하고 언어는 마치 유리창과도 같아서 사람들의 눈에 띄지는 않는데, 그래서 사람들은 자신이 보고 있는 세상이 언어가 보여주는 세상이라는 사실을 전혀 의식하지 못한 채로 살아간다. 유리창과도 같은 언어의 투명성은 언어의 매개 없이 자신과 세상이 직접 대면하고 있다는 착각에 빠지게 한다. 언어는 자신이 보고 있는 세상의 사물들을 지시하기는 하지만 전혀 시선을 〈왜곡〉하지 않는 충실한 도구이며, 또한 자신의 생각을 〈왜곡〉하지 않고 세상으로 내보내는 안전한 수단이라고 사람들은 생각한다. 언어를 이렇게 투명한 매체로 생각하게 되면, 언어를 도구로 간주하는 것은 당연한 일이며, 또한 언어의 투명성을 통해서 내가 보는 세상도, 내가 내보내는 나의 생각도 투명한 것이라는 신뢰감을 지니게 된다. 이처럼 세상과 내가 명백히 분리되어 있다는 순박한 믿음은 언어의 투명성에 대한 신뢰에서 비롯된 것이다. 세상의 객관성과 이기적인 나르시시즘의 탄생은 이처럼 언어가 투명성 속으로 소멸되어버렸다는 것을 뜻한다. 세상과 사람들의 친밀한 관계는 〈언어〉를 "隱蔽物같이 생각하고 / 기대고 앉아서 / 安堵의 歎息을 짓는" 사람들에 의해서 사라지게 된다. 언어를 투명한 도구로 만듦으로써 그 존재의 지배력을 망각하는 것은 언어에 대한 사람들의 관계가 타락했다는 것, 즉 문화의 타락을 증언하는 것으로, 시인은 다시 언어에서 〈보여주는 능

력〉을 회복시킴으로써 물리적 객관 세계에 노예적으로 예속되어 있
는 인간을 해방시키고, 그리고 그런 인간을 상대로 언어의 유동성을
인위적으로 차단하고 통제하는 권력체계의 의미망을 해체하는 기능
을 해야 하는 것이다. 그것이 언어의 주권을 회복시키는 길이며, 그
회복의 사명이 시인에게 주어진 몫이라고 할 것이다.

> 내가 여기에서 말하고 싶은 것은 언어의 문화를 주관하는 것
> 이 작가의 임무이며, 그밖의 문화는 언어의 문화에 따르는 종
> 속적인 것이며, 우리들의 언어가 인간의 정당한 목적을 향해
> 서 전진하는 것을 중단했을 때 우리들에게 경고를 하는 것이
> 작가의 임무라는 것이다(『전집2』, 206쪽).

"인간의 정당한 목적"이란 김수영의 지향점에서 보면 〈자유〉를
뜻한다. 인간으로 하여금 세상과 자유로운 관계를 맺게 해주던 언어
의 능력이 망각되면서 문화는 타락의 길로 들어서게 된다. 문화 전
반에 걸쳐 이미 자발적인 창조의 능력이 상실되었을 뿐 아니라, 오
히려 문화를 정치적 통제의 대상으로 바라보는 위정자들이 득세하
게 된 것이다. 이때 모든 문화의 중심을 〈언어〉에서 찾고 있는 김수
영은 외부에서부터 언어 문화에 개입하려는 모든 시도에 대해서 비
판적 자세를 견지해야 할 사람이 작가라고 말한다. 언어의 자연적
변천을 인위적으로 차단하고 언어를 고정된 대상처럼 바라보면서

언어적 표현에 말뚝을 세워두는 모든 행위에 대해 단호하게 "경고를 하는 것이 작가의 임무"라는 것이다. 특히 참여파의 시인들 중에서 〈투명하게〉 전달되는 메시지에 관심을 두고 있는 경우가 많은 만큼 그들이 언어의 투명성에 집착하는 것은 당연하다. 그러므로 참여파를 향해서 "우리 사회에 언론자유가 없다는 것을 과소평가한다"(『전집2』, 243쪽)라는 김수영의 지적은 언론자유 문제에 참여시인들이 관심을 가져야 한다는 권고의 뜻을 지니고 있지만, 다른 한편으로는 언어의 투명성에 대한 그들의 소박한 신뢰가 언론자유의 문제를 극복하는 데 오히려 방해가 될 수 있다는 뜻을 내포하는 것이기도 하다.[46] "정치세력의 변경만으로 〈현대인의 영혼〉이 구제될 수 없다는 것은 〈세계의 상식〉"(『전집2』, 246쪽)이라는 그의 생각은 제도의 변경 이상의 근본적인 참여가 요구된다는 것을 가리키는데, 그 근본적인 지점이 바로 〈언어문화〉로 향하고 있는 것이다.

김수영이 정치적 참여보다는 오히려 언어적 참여를 지향하고 있다는 것은 참여와 순수의 소속 여부에 대한 그의 무관심으로 나타나며, 그것은 참여와 순수 양 진영을 향해 비판적인 거리를 두는 것을 가능케 했다. 김수영의 관점에서는 참여와 순수의 싸움 이전에 〈시〉와 〈언어〉의 싸움이 문제인 것이다.

---

46) 그런 의미에서 김수영이 "이제 저항시는 / 방해로소이다 / 이제 영원히 / 저항시는 / 방해로소이다"(「눈」)라고 노래한 것은 언어를 수단으로 해서 세상과 맞대면하려는 저항시의 태도에 대한 불신을 뜻하는 것이기도 하다.

시를 쓰는 사람, 문학을 하는 사람의 처지로서는 〈이만하면〉
이란 말은 있을 수 없다. 적어도 언론자유에 있어서는 〈이만하
면〉이란 中間辭는 도저히 있을 수 없다. 그들에게는 언론자유
가 있느냐 없느냐의 둘 중의 하나가 있을 뿐 〈이만하면 언론자
유가 있다고〉 본다는 것은, 쉽게 말하면 그 자신이 시인도 문
학자도 아니라는 말밖에는 아니 된다(『전집2』, 129쪽).

"백퍼센트의 언론자유"(『전집2』, 130쪽)가 아니라면 언론자유가
없다고 여겨야 한다는 극단적인 발언은 언론의 자유에 대한 김수영
의 굳건한 신념을 드러내고 있다. 그는 "문화의 문제는 언론의 자유
의 문제와 직통되는 것이고, 언론의 자유는 국가의 정치의 유무와
직통되는 문제"임에도, "이런 단순한 이치를 몰각하고 무시하는 버
릇이 신문뿐이 아니라 문화인 자체 안에도 매우 농후하게 만연되어
있는 것은 말할 수 없이 서글픈 일"(『전집2』, 155쪽)이라고 하는데,
이처럼 그는 문화와 정치의 문제를 〈언어〉를 통해서 이해하고 있다.
언론자유를 얼마나 소중하게 여기는지에 의해서 문화와 정치의 생
사여부가 판가름난다는 것이다. 언론자유를 묵살하는 정치권과 그
것을 용인하는 문화인의 결탁은 정치와 문화의 실종을 입증하는 것
이라고 할 수 있다. 김수영의 경우 〈언론의 자유〉와 〈언어의 자유〉
는 결코 분리될 수 없는 관계를 맺고 있는데, 그것은 시인의 삶과 시
인의 시가 분리될 수 없다는 것, 그리고 시의 내용과 형식이 분리될

수 없다는 것과 무관하지 않다.

> 오늘날의 시가 가장 골몰해야 할 가장 큰 문제는 인간의 회복
> 이다. 오늘날 우리들은 인간의 상실이라는 가장 큰 비극으로
> 통일되어 있고, 이 비참의 통일을 영광의 통일로 이끌고 나가
> 야 하는 것이 시인의 임무다. 그는 언어를 통해서 자유를 읊
> 고, 또 자유를 산다. 여기에 시의 새로움이 있고, 또 그 새로움
> 이 문제되어야 한다. 시의 언어서술이나 시의 언어의 작용은
> 이 새로움이라는 면에서 같은 감동의 차원을 차지하게 된다.
> 따라서 우리의 생활현실이 담겨 있느냐 아니냐의 기준도, 진
> 정한 난해시냐 가짜 난해시냐의 기준도 이 새로움이 있느냐
> 없느냐에서 결정되는 것이다. 새로움은 자유다, 자유는 새로
> 움이다(『전집2』, 196쪽).

김수영은 오늘날 우리에게 상실된 것이 바로 〈자유〉라고 말한다. 자유를 상실한 인간은 노예적인 삶을 자유로 착각하고 살고 있는 것이다. 시인의 임무는 이 노예적인 삶으로부터 인간을 자유롭게 해방하는 것이다. 시인은 언제나 〈언어〉를 통해서 노예 해방의 길을 제시해왔다. 언어가 정치적으로 순결하고 중립적인 도구라는 믿음이 가능했을 때 시인은 언어를 통해 종교적 해탈에 버금가는 초월의 길을 제시할 수 있었다. 속세의 불순함을 털어내고 언어의 순수성을

보존하는 수도사적 태도가 가능했던 것이다. 그러나 언어가 더 이상 정치적으로 순결하고 중립적인 도구가 아니라는 사실이 알려진 현대 시인에게 요구되는 것은 모든 언어에서 순수를 증류해내는 것이다.[47) 더구나 언어가 도구이기는커녕 시인의 삶을 지배하는 것이라면,[48] 시인은 언어 속에서 상징적인 죽음을 단행하지 않으면 안된다. 과거에는 언어의 수도사였던 그 시인이 오늘날에는 언어의 순교자가 되어야 한다.[49] 이 순교의 장면에서 언어는 새로운 생명으로 다시 태어난다고 할 수 있다. 시인의 순교는 개인의 죽음이 아니라 사회 전체의 죽음인 것이며, 현존하는 사회 이후의 초대이다. 시인은 언어에서 그것을 단행하게 되는데, 그렇다면 시인의 죽음과 언어의

---

47) 라캉에 의하면 모든 언어는 아버지의 이름을 대표하며, 아버지의 이름에 꿰매어진 사람만이 사회적인 주체로 인정받게 된다. 그렇다면 언어를 통과하지 않고 인간이 될 수 있는 다른 방도가 없게 된다.

48) "우리는 언어로부터 벗어날 수 없다. 전문가들은 언어를 고립시키고 대상으로 변화시킬 수는 있다. 그러나 그때 그들은 원래의 세계에서 뿌리가 뽑힌 인공적 존재를 다루는 셈인데, 왜냐하면 과학이 다루는 대상들과는 달리, 말이란 우리 밖에 있는 것이 아니기 때문이다. 언어의 세계가 곧 우리이며 우리의 세계가 곧 언어이다."(옥타비오 파스, 김홍근·김은중 옮김, 『활과 리라』, 솔, 1998, 37-8쪽)

49) "죽어가는 자기를 바라볼 수 있는 자기가 아니라, 죽어가는 자기 즉 그 죽음의 실천 이것이 현대의 순교이다. 여기에서는 image는 바라볼 것이 아니라, 자기가 바로 image이다. 이러한 의미에서 그것은 image의 순교이다."(『전집2』, 171쪽)

죽음을 통해서 많은 사람들은 〈자유〉를 보고 자유를 살게 된다.[50]

　　도대체가 朴木月을 위시한 우리나라의 포멀리스트들의 과오
는 〈現代詩는 魅惑과 曲藝를 전제로 하는 유희이다〉라든가
〈詩는 표현하기 이전에 존재해야 한다〉는 절대시의 명제를 너
무나 **소극적**으로 안이하게 받아들인 점에 있었다. 독일시에서
만 보더라도 고드프리드 벤이나 알바트 아놀드 숄 같은, 언어
의 마술과 형태의 우위를 주장하는 시인들이 사회적 윤리나
인간적 윤리는 고사하고라도 언어의 윤리를 얼마나 준엄하게
적극적으로 지키고 있는가를 우리나라의 포멀리스트들은 모
르고 있는 것이다. 언어의 윤리라면 좀 이상하게 들릴지 모르
지만, 현대시에 있어서의 언어의 순수성이 현대사회에 있어서
의 시인의 순수고독과 동의어의 관계에 있다는 것은(이것은
숄의 「符號」나 「詩」같은 작품을 읽어보면 알 수 있을 것이다)
두말할 것도 없이 현대적인 시인이 이행하고 있는 언어의 순
수성이 사회적 윤리와 인간적 윤리를 포함할 수 있을만한(혹
은 排除할 수 있을 만한) **적극적**인 것이어야 한다는 말이 된다

---

50) 메시지를 강요함으로써 독자의 자유를 구속하는 것이 김수영 시의 목적이 아
님은 물론이다. 새로운 언어를 제시하는 시는 독자에게 언어의 자유를 누릴
수 있는 〈기회〉를 제공하는 것이다. 그 기회를 거절하는 것도 물론 독자의 몫
이다.

(『전집2』, 400쪽-강조는 인용자).

　　김수영이 여기에서 제시하고 있는 〈언어의 순수성〉이 앞서 보았던 〈언어의 자유〉와 통하는 것이라면, 〈사회적 윤리〉나 〈인간적 윤리〉는 〈언론의 자유〉와 상통한다고 볼 수 있다. 시에 있어서 〈언어의 자유〉라는 것이 사회에 있어서 〈언론의 자유〉 문제와 무관할 수 없듯이, 현대 시인들이 소중하게 여기는 〈언어의 순수성〉이라는 것도 〈언론의 자유〉를 위시한 사회적 문제를 떠나서는 결코 순수를 보장받을 수 없다는 것이다. 시의 순수성과 자율성이 비난받을 만한 것이 아니기 위해서는 그 순수와 자율을 〈소극적으로〉 방어하고 보호받으려 하는 대신에, 오히려 그 순수와 자율을 〈적극적으로〉 주장하고 쟁취해내야 한다는 것이다. 언어에 대한 정치적 개입을 수동적으로 방어하는 것이 아니라, 정치적 개입의 장벽을 뚫고 나가는 적극적인 태도를 보이는 것이 오히려 언어의 순수성을 수호하는 올바른 길이라고 할 수 있다. 그것이 시인에게는 상징적 죽음의 기회를 제공하겠지만 그 목숨을 건 고독한 싸움을 통과함으로써 그는 드디어 자기만의 고유한 목소리를 낼 수 있게 되며, 사회적으로도 새로운 차원의 자유를 선사하는 기회를 마련할 것이기 때문이다. 여기에서 우리는, 사회적 내용의 개입을 미리부터 차단하는 〈소극적 자율성〉의 태도에 반해서, 김수영의 입장이 사회적 내용을 돌파하는 〈적극적 자율성〉의 정신에 있다는 것을 확인할 수 있다. 자유는 고정된

상태로 주어지는 것이 아니라 쟁취의 과정에서 경험되는 동적인 것
이라는 점을 생각하면, 김수영의 〈적극적 자율성〉은 자유를 방어하
는 태도보다는 자유를 쟁취하려는 맹렬성에 가깝다고 할 수 있다.[51]

여기에서 우리는 언어에 대한 김수영의 태도를 통해 다른 참여시
인과 구별되는 측면을 확인할 수 있는데, 그것은 〈언어의 자율성〉에
대한 철저한 신뢰이다. 그는 결코 이념이나 감정을 전달하는 투명한
도구나 유용한 수단으로 언어를 바라보지 않는다. 김수영이 보기에
언어는 인간의 정신을 지배하고 세계를 보는 각도를 조율하는 독자
적인 힘을 지니고 있는 것이며, 언론자유에 대한 집요한 주장도 그
런 언어의 지배력을 인정하는 데서 나온 것이다. 언어는 인간이 의
식적으로 통제할 수 없는 어떤 살아 있는 생명력을 지니고 있다는
것이다.

　　　　대체로 그(장일우-인용자)는 이 현실을 이기는 시인의 방법을

---

51) 김수영은 윤리라는 말이 순수와 대립되는 개념이라는 것을 잘 알고 있으면서
　　도 일부러 〈언어의 윤리〉와 〈언어의 순수〉를 동일한 의미로 사용하고 있는데,
　　그것은 순수(순수시의 구호)와 윤리(참여시의 구호)를 분리해서 이해하려는 태
　　도를 지양하려는 뜻을 나타낸 것이다. 그의 말을 들어보자. "필자가 언어의 순
　　수라고 평이하게 말할 수 있는 것을 구태여 언어의 윤리라는 얄궂은 말을 쓰는
　　것은 이런 양자(순수/윤리)간의 미묘한 뉘앙스를 강조하기 위한 것이고, 이런
　　뉘앙스의 식별의 감도가 우리나라의 *存在派*의 시인들에게 지극히 무디게밖에
　　반영되어 있지 않은 것을 지적하고 싶은 마음에서이다"(『전집2』, 400쪽).

시작품상에 나타난 언어의 서술에서 보고 있지만 나는 그것이 언어의 서술에서뿐만 아니라 〈시작품 속에 숨어 있는〉 언어의 작용에서도 찾아져야 한다고 생각하는 것이다. 이러한 언어의 서술과 언어의 작용은 시의 본질에서 볼 때는 당연히 동일한 비중을 차지해야 할 것이다. 그런데 전자의 가치의 치우친 두둔에서 실패한 프롤레타리아 시가 많이 나오고, 후자의 가치의 치우친 두둔에서 사이비 난해시가 많이 나온 것을 볼 때, 비평가의 임무는 전자의 경향의 시인에게 후자의 경향을 강매하거나 후자의 경향의 시인에게 전자의 경향을 강매하는 일보다는 오히려, 제각기 가진 경향 속에서 그 시인의 양심이 살려져 있는지 아닌지를 식별하는 일에 있는 것이라고 믿어진다. 그리고 이러한 식별의 눈은 더욱이 우리 시단과 같은 整地작업이 되어 있지 않은 곳에서는 아무리 섬세하게 작용되어도 지나치게 섬세하다는 핀잔은 받지 않을 것이다(『전집2』, 193쪽).

김수영이 성실한 비평가라고 주목하고 있는 재일 비평가 장일우[52]

52) 장일우에 대한 김수영의 관심과 애정 표현은 여러 번에 걸쳐서 드러나고 있다. 시평을 진행하는 과정에서도 그는 64년 「〈현대성〉에의 도피」, 66년 「젊은 세대의 결실」에서 장일우의 태도에 긍정적인 반응을 보였으며, 그외에도 「세대교체의 연수표」와 이 글(「생활현실과 시」)에서도 주목할 만한 비평가로 내세우고 있다. 비평가에 대한 불신이 짙은 김수영으로서는 이례적인 일이다. 김수영은 장일우에 대해서 "나는 이유식의 잘 정리된 아카데믹한 시론보다는 단도직

가 〈난해시〉를 비난하고 있을 때 김수영은 이 글(「생활현실과 시」)을 통해서 그에 답하면서, 장일우의 〈사이비 난해시〉 비판을 긍정하는 한편, 그 비판의 기준에 있어서 장일우와 자신이 차이를 보이고 있다는 것을 드러낸 것이 이 대목이다. 김수영은 난해시를 비난하는 장일우의 칼날이 〈언어의 서술〉을 두둔하는 것은 좋으나 그것이 〈언어의 작용〉을 무시하는 쪽으로 흘러서는 안 된다고 지적한다. 언어의 서술이란 주관적인 의미를 전달하는 도구적 측면에 대한 관심을 일컫는 것이고, 언어의 작용이란 그와는 반대로 주관이 통제할 수 없는 언어의 자율적 측면을 가리키는 것이라면, 김수영은 양자의 "동일한 비중"을 강조함으로써 의미를 전달하는 기능과 의미를 초과하는 기능 사이의 균형을 먼저 강조하고 있는 것이다. 이는 내용과 형식의 싸움을 통해서 둘 사이에 벌어진 균열과 간극을 통해서 내용과 형식의 동일성이 이루어진다는 생각으로 연결된다. 언어의 서술은 〈개방〉된 의미이고 언어의 작용은 〈은폐〉된 의미라는 뜻에서, 그것은 각각 내용과 형식에 해당되는 것이며, 그 둘 사이에 벌어진 틈을 통해서 이미 서술과 작용은 통일되어 있는 것이다. 문제는

입적으로 급소를 찌르는 장일우의 백서를 높이 산다"(『전집2』, 182쪽)고 했듯이, 난해하기만 한 현대시론의 현학취미에 대한 김수영의 불신이 소박하면서도 신념에 차 있는 장일우의 정직성에 높은 점수를 주게 된 것이라고 생각한다. 또한 〈현실성〉과 〈현대성〉이라는 두 마리 토끼를 쫓고 있는 장일우의 입장이 김수영의 시론과 상통한다는 것 또한 주시할 부분이다.

그것을 〈서술〉의 통로로 발언하느냐, 아니면 〈작용〉의 통로로 발언
하느냐의 차이일 텐데, 그것은 각자의 경향에 맡겨지는 일이라고 김
수영은 말한다. 이는 언어에서 벌어지는 시적 혁명이라는 것이 순수
와 참여로 갈라서기 이전의 문제라는 것을 뜻하는 것으로, 이때 틈
을 만들어내는 언어 내부의 싸움에 대한 믿음이 전제되어야 한다.
그것은 언어를 통해서 세계를 새로운 눈으로 보겠다는 결의로 통하
는 것으로, 언어가 세계를 새롭게 보여줄 수 있다는 것, 그러므로 언
어가 도구 이상의 성격을 내포하고 있다는 사실에 대한 굳건한 신념
을 뜻하는 것이다. 시인은 언어를 사용하지 않기 위해서 언어를 사
용하기 때문이다.[53]

---

53) Ynhui, Park, 「To say the Unsayable」, 『철학』10집, 한국철학회, 1976년,
1215쪽. ("Poet is the one who wants to say something without
saying, to use language in order not to use it all")

3장

시적 방법론으로서 부재의 재현

1

현실에 대한 참여적 관계의 의미

그의 시론의 정점이라고 할 수 있을 만한 「시여, 침을 뱉어라」에서 김수영은 "나는 시단의 일부의 사람들로부터 참여시의 옹호자라는 달갑지 않은, 분에 넘치는 호칭을 받고 있다"(『전집2』, 250쪽)는 말을 남기고 있는데, 이는 〈참여시의 옹호자〉라는 호칭에 대한 그의 미묘한 감정을 드러낸 것이다. 순수와 참여의 구별 없이 양날의 칼날을 사용했던 그의 과거 필력(筆歷)을 되돌아 볼 때, 편가르기에 익숙한 당시 평단에 의해 강제로 부여된 그 호칭이 그다지 반갑지만은 않았던 것이다. 그러나 그런 호칭은 어쩌면 그 스스로 자초한 것이기도 하다. 그는 1964년에 주어진 첫월평의 기회를 "현실참여의 월평"에서부터 시작하고 있다고 스스로 자백하고 있기 때문이다. 그러나 바로 그 자백의 현장(「詩人의 精神은 未知」)에서조차 그는 자신이 속임수를 쓰고 있다는 사실을 털어놓고 있다.

그렇지 않아도 나는 연 3회를 현실참여의 월평을 써온 끝이라
또 다음 호에 똑같은 논지를 내세우는 것이 변화가 너무 없는
것 같아서 좀 의아한 생각을 품고 있던 참이었다. 그런데 그분
이 재빨리 내 마음을 알아차린 듯이 그런 말을 암시해 놓았다.
〈…이러한 유행을 회피하는 것은 어쩌면 성실한 작가의 자
세…〉 그렇다. 얼마 전에 에케르만의 「괴테와의 대화」를 읽으
면서 나는 그런 다짐을 비밀리에 하고 있었다. 그때가 벌써 S잡
지사의 월평을 시작하고 있던 때였다. 나는 그러니까 그 비평을
시작할 때부터 내 비상구는 만들어놓고 쓴 셈이다. 이번의 H씨
의 글은 나의 사기를 재확인해준 것이나 다름없다. 나는 이 密
告 안에 꼼짝할 수 없게 되었다. …(중략)… 나는 그대를 속이고
있다. 술을 마실 때도, 산보를 할 때도, 교섭을 할 때도 무엇을
속이고 있는지는 모르지만 하여간 속이고 있다. 이 글을 쓰는
이 순간에도 나는 그대를 속이고 있다(『전집2』, 189쪽).

연달아 3회씩이나 현실참여를 옹호하는 내용의 월평을 써왔던 비
평가가 돌연 자기는 그 이전부터 그러한 월평의 내용을 〈배반〉할 만
한 〈비상구〉를 이미 만들어두고 있었다고 한다.[1] 월평의 내용에 공
감하거나 반감을 표현했던 사람들이 연달아 세 번씩이나 현실참여

를 주장한 이 비평가를 〈참여시의 옹호자〉라고 단정짓는다는 것이야 상식적으로 당연한 일이겠지만, 그러나 정작 그 호칭을 받아들여야 할 당사자는 이미 그 자리를 떠나 다른 입장으로 이동했다는 것이다. 아니 애초부터 그 자리에 있지도 않았다는 것이다. 그는 그때 이미 부재중이었다.[2] 그러고 보면 월평에서 보여주었던 〈참여시의 옹호자〉의 태도는 사람들을 유인해들인 속임수이자 가면이었던 것이다. 그는 또 다른 목소리를 뒤에 숨기고 있었던 복화술사였던 것이다. 그 또 다른 목소리는 현실참여를 옹호하는 표면적인 목소리를

---

1) 그러나 그는 의식적으로 비상구를 만들어놓았던 것이 아니라는 점에 주의해야 한다. 의식적으로 사람들을 속이는 것은 사기꾼의 행위(김수영의 표현대로 하면 인찌끼)에 지나지 않는다. 그러나 김수영의 비상구는 무의식적인 것이고, 자신이 비상구를 마련해두었다는 사실은 〈사후에〉 드러나게 된다.

2) 이 장면은 라캉의 다음과 같은 유명한 진술을 떠올리게 한다. "나는 내가 아닌 곳에서 생각한다. 그러므로 나는 내가 생각할 수 없는 곳에 존재한다."(맬컴 보위, 이종인 역, 『라캉』, 시공사, 1999, 120쪽에서 재인용.) 이는 〈나는 생각한다 그러므로 생각하는 내가 생각하는 그곳에 존재해야만 하고, 존재함에 틀림없다〉라고 말하는 데카르트의 진술(cogito ergo sum)을 패러디한 것이다. 자아가 거기에 항상 선험적으로 존재해야만 한다는 이른바 〈존재의 철학〉에 대해서 라캉은 오히려 거기에 항상 존재하고 싶어하는 것이 자아라는 것, 그러나 결코 거기에 머물러 존재할 수 없는 자아의 떠돌이 운명을 제시하고 있다. 라캉은 존재하기를 원하는 자아에게서 〈존재의 결핍〉을 발견한다. 그리고 그 〈존재결핍〉(실존)의 인간을 〈존재〉의 사물에 대립시킨 것은 사르트르이다. 사르트르의 관점에서 보면 데카르트의 〈존재의 철학〉은 인간의 철학이 아니라 사물의 철학, 다시 말해 〈사물화된 인간의 철학〉이 되고 만다.

〈배반〉함으로써, 그의 발언의 진정성을 의심하게 만든다. 그의 발언은 이미 자기모순의 관계를 포함하고 있었기 때문이다. 김수영은 이 자기모순의 내막을 다음과 같이 밝히고 있다.

> 시인은 밤낮 달아나고 있어야 하는데 비평가는 필요에 따라서는 적어도 4,5개월쯤은 제자리걸음을 하고 있어야 한다. 혹은 제자리걸음을 하고 있는 것같이 보이어야 한다. 시인은 영원한 배반자다. 寸秒의 배반자다. 그 자신을 배반하고, 그 자신을 배반한 그 자신을 배반하고, 그 자신을 배반한 그 자신을 배반한 그 자신을 배반하고 … 이렇게 무한히 배반하는 배반자. 배반을 배반하는 배반자… 이렇게 무한히 배반하는 배반자다(같은 쪽).

여기에서 우리는 김수영의 복화술이 시인의 목소리와 비평가의 목소리 사이의 모순에서 기인한 것임을 알 수 있다. 그는 자신이 순전한 비평가가 아니라는 점을 의식하고 있었다. 어느 정도 평가의 일관성을 유지해야 하는 비평가의 정지된 기준점과 항상 새로움을 추구해야만 하는 시인의 유동적인 기준점 사이의 간극은 시간이 흐를수록 벌어지게 될 것인데, 이 글은 그 균열을 견뎌내야 하는 고통을 고백함으로써 〈시인-비평가〉의 독특한 처지를 드러내고 있다. 다른 사람의 작품을 평가하기 위해 일정한 기준을 제시하면서도 정작 그 자신은 그 기준의 그물망을 항상 빠져나가야 한다는 "영원한 배반자"의 운명은 결국 자신의 비평을 "사기(詐欺)"로 규정하게 만든다.[3] 따라서 김수영이 사기의 혐의를 벗어나기 원한다면, 그리고 균열의 고통을 벗어 던지려 한다면 〈시인-비평가〉의 모순관계를 해소해야 할 것인데, 그러기 위해서는 어느 한쪽을 배제함으로써 한 목소리를 내야 할 것이다. 시인이냐 비평가냐의 양자택일이 불가피한 상황에서, 그러나 김수영은 오히려 그 모순관계를 유지함으로써 시인인 〈동시에〉 비평가라는 복화술사의 목소리를 고수하려 하고 있다.[4] 변화의 주기가 "寸秒"인 시인과 그 주기가 "4,5개월"인 비평가 사이에서, 시간이 흐를수록 더욱 더 팽팽해지는 〈양극〉의 긴장의

---

3) 그 기준을 항상 벗어나려 하면서 다른 사람에게는 규범적 기준을 강요하게 되는 〈시인-비평가〉의 난처한 입장은 항상 규범적 기준을 고수하면서 다른 사람에게는 변화를 강요하는 고지식한 비평가의 태도와 구별된다. 같은 맥락에서 김수영은 "작가와 함께 앞을 향해 세차게 달리고 있는 군중이 아니라, 작가는 달리지 않고 군중만을 달리게 하는 遊離"(『전집2』, 247쪽)를 범하고 있는 참여시의 오류를 지적하고 있다. 이와 마찬가지로 이른바 지도비평의 방식을 취하려 하는 것을 김수영은 시대착오적 태도라고 한다. 그러한 방식으로 바라본 군중이란 "시대착오의 한국인, 혹은 시대착오의 렌즈로 들여다본 미생물적 한국인"(같은 쪽)이라는 것이다. 인용문에서 볼 수 있듯이 그러한 오류는 비단 비평에서만 그치는 것이 아니다.

4) 김수영은 「시여, 침을 뱉어라」에서 이 양자의 관계를 〈시를 쓰는 사람〉과 〈시를 논하는 사람〉의 관계로 규정짓고, 그 모순이 해소된 〈시인-비평가〉의 상태를 〈시를 쓰듯이 논하는 사람〉이라고 규정하고 있다.

끈을 놓지 않으려는 것이다. 물론 곡예의 고통은 그 팽팽함의 정도에 비례해서 점차 극에 달하게 된다.

이렇게 되면, 그는 필연적으로 서로 모순되는 두 목소리를 내고 있는 사기꾼의 비난을 피할 길이 없다. 그러나 다행히도 그는 자기가 지금껏 무엇을 속이고 있었고, 지금도 속이고 있는지를 모르고 있다. 비평가는 시인의 목소리를 직접 들을 수도, 설령 듣는다 하더라도 이해할 수도 없기 때문이다. 그러므로 〈시인-비평가〉는 자기자신조차도 속임을 당하고 있는 그런 사기꾼이다. 그는 자기가 남을 속이고 있다는 사실도 모르고 있는 사기꾼이다. 자기자신과 남을 동시에 속이고 있는 것은 말할 것도 없이 "영원한 배반자" 〈시인〉이다. 그러나 비평가가 시인의 기만적 행위를 알게 되는 것은 〈다른 사람〉을 통해서이다. 비평가는 자기 안의 시인을 볼 수도 없고 그 목소리를 들을 수조차 없지만, 시인의 정체가 폭로되는 기회는 외부에서부터 주어진다. 김수영이 "이번의 H씨의 글은 나의 사기를 재확인해준 것이나 다름없다"라고 했을 때, 시인의 사기행위를 폭로한 것은 "H씨의 글"이다. 물론 H씨는 전혀 의도하지 않았지만 말이다. 이처럼 예기치 않은 순간에, 의도하지 않은 곳에서, 그것도 외부의 사물을 통해서 자기의 정체를 스스로 폭로하는 것이 시인의 습성이다. 〈시인〉은 의도하지 않은 곳에서 자기를 드러낸다.

시인은 자기가 시인이라는 것을 모른다. 자기가 시의 기교에 정통하고 있다는 것을 모른다. 그리고 그것은 시의 기교라는 것이 그것을 의식할 때는 진정한 기교가 못되기 때문에 그렇게 되는 것이다. 시인이 자기의 시인성을 깨닫지 못하는 것은, 거울이 아닌 자기의 육안으로 사람이 자기의 전신을 바라볼 수 없는 거나 마찬가지이다. 그가 보는 것은 남들이고, 소재이고, 현실이고, 신문이다. 그것이 그의 의식이다(『전집2』, 251쪽).

〈시인-비평가〉의 경우가 아니더라도 시인 김수영은 시인 자신에게조차 "자기의 시인성"이 알려지지 않는다고 말한다. "시인성"은 시인의 의식에 포착되지 않는 곳에 숨겨져 있고 은폐되어 있다. 무의식이 의식에게 자신의 정체를 드러내지 않는 것과 마찬가지로 시인성은 시인에게 감춰져 있다. 더구나 무의식과 의식은 〈동시에〉 양립할 수 없는 〈모순관계〉를 맺고 있기 때문에 대개의 사람들은 그 모순관계를 해소하기 위해서 무의식을 억압하게 된다. 김수영의 입장에서 일상인이 무의식을 억압한다는 것은 자신의 "시인성"을 억압한다는 것과도 같다. 이처럼 무의식을 억압하고 획득한 의식의 통일성이 일상의 삶을 지탱하고 있다면, 사람들이 가장 두려워하는 것은 의식의 통일에 위협이 되는 〈균열〉과 〈구멍〉이다. 그래서 무의식은 의식에게 자기 자신을 직접 드러내지 않는다. 의식은 자신의 무의식에 대해서만큼은 장님이다.[5] 오히려 의식이 "보는 것은 남들이고, 소재이고, 현실이고, 신문이다." 의식이 무의식을 보게 된다면, 오히려 이 외부의 것들을 통해서이다. 무의식은 의식의 내부에 있는 것임에도 불구하고 의식의 외부에서 자기의 모습을 드러내게 된다. 외부에 있는 것을 통해서 자신의 모습을 드러내기 때문에 무의식은 마치 외부에 있는 것처럼 보이게 된다. 의식은 자신의 무의식을 외부에서 찾게 된다.[6]

외부의 사물을 통해서 무의식이 그 모습을 드러내면, 외부의 사물은 비정상적으로 뒤틀리고 왜곡된 형태로 〈변형〉되어 나타나게 된다. 매일 보는 동일한 사물이 느닷없이 〈변형〉된 형태로, 다른 모습으로 나타나게 될 때 의식이 충격을 경험하게 되는 것은 당연한 일이다. 그것을 김수영은 "아직까지 없었던 세계가 펼쳐지는 충격"(『전집2』, 252쪽)이라고 했으며, 그 충격은 질서 잡힌 일상에 균열을 내고 "혼돈"을 야기하게 된다. 가장 극단적인 혼돈은 동일한 사물이 〈모순〉을 포함할 때이다. 즉 일상적으로 바라보는 사물의 모습을 정면으로 배반하는 모습이 바로 그 사물에서 출현할 때 혼돈은 극단화된다.[7] 그것은 시인의 무의식, 즉 〈시인성〉이 사물에서 드러

---

5) 마찬가지로 "시인은 자기의 시에 대해서 장님이다"(『전집2』, 187쪽).

6) 그러나 무의식이 외부에서 발견된다고 해서 그것을 단순히 환각으로 처리해서는 곤란하다. 이어령의 〈에비〉가 그런 경우이다. 이에 대해서는 이 책의 Ⅳ-1을 참조할 것.

7) 사물이 의식의 시선을 배반하는 것은 무의식이 그렇게 하는 것과 동일하다.

나는 장면의 한 예이다.

> 시적 인식이란 새로운 진실(즉 새로운 리얼리티)의 발견이며
> 사물을 보는 새로운 눈과 각도의 발견인데, …(중략)… 이 달
> 의 「靈魂」만 놓고 보더라도 평자는 여기에서 아무런 새로운
> 것도 느낄 수가 없다. 그(김춘수-인용자)의 詩에 〈의미〉가 있
> 든 없든 간에, 詩에 있어서 인식적 詩의 여부를 정하려면 우선
> 간단한 방법이, 거기에 새로운 것이 있느냐 없느냐, 새로운 것
> 이 있다면 어떤 모양의 새로운 것이냐부터 보아야 할 것이다.
> 인식은 본질적으로 새로운 것이다. 나는 이 말을 백 번, 천 번,
> 만 번이라도 되풀이해 말하고 싶다(『전집2』, 399쪽).

일상의 상식에 따르면 "진실" 혹은 "리얼리티"는 비록 은폐될 수
는 있을지언정 결코 변질되는 것이 아니다. 누구나 외부에 있는 저
사물이 저기에 있는 그대로 있다는 사실을 의심하지 않는 것과도 같
다. 따라서 "진실" 혹은 "리얼리티"의 적(敵)은 그것들의 은폐와 왜
곡이다. 사람들이 은폐와 왜곡으로부터 진실과 리얼리티를 보호하
는 것에 관심을 두는 것은 당연하다. 그러나 〈시적 인식〉은 동일한
사물에서조차 다른 모습을 보기 원한다. "진실" 혹은 "리얼리티"는
정적(靜的)이고 객관적인 대상이 아니라는 것이다. 시인에게는 "새
로운 진실" 혹은 "새로운 리얼리티"가 문제이다. 같은 사물일지라도

"새로운 눈과 각도"에 따라 얼마든지 다르게 볼 수 있다는 것이다. 이 시각적 상대주의 혹은 관점주의(觀點主義)는 사회의 안정성을 해치고 "혼돈"을 불러올 가능성을 품고 있다. 그것은 현재의 질서를 뒤흔들고 다른 현실의 가능성을 보게 만들기 때문이다. 이때 중요한 것은 시인이 발견할 "새로운 눈과 각도"의 〈정확성〉이다.[8] 그것은 이렇게 볼 수도 있고 저렇게 볼 수도 있다는 주관적 관용의 태도가 아니다.[9] 그것은 사회적 금기의 선을 넘어설 때의 두려움을 극복한 새로움, 초현실주의적 경이에 가까운 〈새로움의 정확성〉이다.[10]

그 새로움의 충격은 "내가 움직일 때 세계는 같이 움직인다"(『전집2』, 288쪽)는 경험을 동반한다. 다시 말해서, 〈나〉와 〈세계〉의 분리를 극복하고, 나와 세계의 동시적이고 상대적인 움직임을 경험하

---

8) 김수영은 그것을 "미지의 정확성"(『전집2』, 286쪽)이라고 했다. 정확성이 떨어지는 새로움은 전혀 〈충격〉을 줄 수 없기 때문에, 낡은 효과에 머물게 된다.

9) 신비평에서 내세우는 해석의 다양성이라는 것도 이러한 관용의 정신에 토대를 두고 있다. 이는 김수영의 〈난해성〉 개념이 내포하고 있는 〈충격의 정확성〉과 상당히 다르다고 할 수 있다.

10) 초현실주의에서 "경련을 불러일으키는 경이"라고 했던 것. 그러나 그러한 새로움은 사회를 통합하는 〈미〉가 아니라 사회를 분열시키는 〈미〉이다. 새로운 미의 출현을 두고 사람들의 반응은 각양각색으로 갈라질 것이며, 또한 그것은 그 미를 배제하려는 보수세력과 그 미를 수용하려는 진보세력의 잠재적 가능성을 〈폭로〉하기 때문이다. 그 전선이 꼭 정치적 이념의 전선과 일치하는 것은 아니지만, 사회에 잠재해 있는 의견차이를 드러내는 기능을 한다는 점에서 그것은 전통적인 미의 기능과 다르다고 할 수 있다.

는 것이다. 이처럼 시적 인식의 새로움은 자족적인 시각(視覺)의 유희가 아니라 세계의 변화가능성을 계시(啓示)하는 것이다. 그러기 위해서는 나의 움직임과 무관하게 버티고 서 있는 객관적인 대상으로서의 세계라는 〈산문적 인식〉을 극복해야만 한다. 또한 같은 말이지만 세계와 무관하게 오로지 나의 자족적 움직임에만 유폐되어 있는 "재래적 서정"(『전집2』, 374쪽)의 영역을 벗어나야만 한다. 그렇다면 새로움의 충격은 나와 세계의 분리를 극복한 상태, 즉 〈나의 세계〉에서 경험할 수 있을 것이다. 김수영이 "모든 문제는 우리집의 울타리 안에서 싸워져야 하고 급기야는 내 안에서 싸워져야 한다"(『전집2』, 86쪽)라고 했을 때, 그리고 "지식인이라는 것은 인류의 문제를 자기의 문제처럼 생각하고, 인류의 고민을 자기의 고민처럼 고민하는 사람이다"(『전집2』, 55쪽)이라고 했을 때, 그는 외부 세계의 문제와 자기 내부의 문제가 결코 별개의 것이 아님을 〈시〉의 조건으로 생각하고 있었던 것이다. 그래야만 시적 인식의 새로움의 이행이 실천적 행동의 기능을 할 수 있기 때문이다. 시의 실천은 세계를 보는 눈의 각도를 조율함으로써 세계를 바꾸는 행위인 것이다.

그렇다면 사람들은 반성적으로 그 사실을 의식하기도 전에 세계에 이미 의미를 부여하고 있었으며, 따라서 세계의 의미는 사람들 각자에게 의존하고 있다고 할 수 있다. 세계는 거대한 의미의 소통체계이며, 사람들은 그 의미의 그물망 안에 거주한다. 의미를 매개하지 않고는 세계와 대면할 수 없음에도 불구하고, 사람들은 자신이 세계에 의미를 부여한다는 것, 그리고 그렇게 부여된 의미를 통해 살아가고 있다는 것을 망각한다. 문제는 그 의미를 인식으로 다시 불러내는 일이 불가능하다는 것이다. 의식이 무의식을 직접 볼 수 없는 것처럼 자신이 세계에 부여한 의미를 의식으로 불러내기란 불가능하다. 사회적·문화적 의미의 생산과 소비는 의식 이전의 문제이기 때문이다.

> 구공탄 냄새가 완연히 코에 맡아질 때에는 이미 때는 늦었고 골치가 아프기 시작하면 벌써 상당한 분량의 개스를 마신 게 된다. 그런데 오늘의 경우도 그렇지만, 구공탄 냄새를 맡았다는 것보다도, 번연히 알고 맡았다는 것, 주의를 하면서 맡았다는 것, 혹은 극도로 신경을 날카롭게 하고 경계를 해가면서 맡았다는 것이 어처구니없고 더 분하다. …(중략)… 나도 모르는 나의 정신의 구공탄 중독에서 벗어나야 할 것 같다. 무서운 것은 구공탄중독보다도 나의 정신 속에 얼마만큼 구공탄 개스가 스며 있는지를 모르고 있다는 것이 더 무섭다. 그것은 웬만큼 정신을 경계를 해도 더욱 알 수 없을 것 같으니 더욱 무섭다 (『전집2』, 113-5쪽).

　마치 "구공탄 개스"처럼 세계를 구성하고 있는 온갖 의미들은 자신으로부터 분리해서 이론적으로 관찰 가능한 것이 아니다. 가스의 존재는 그것을 마시는 사람에게만 알려진다. 온몸으로 그 가스를 체험한 사람에게만 "구공탄 개스"는 의미를 갖는 것이다. 이 밀폐된 세계 안에서 주의를 하든 안 하든 가스에 중독되는 것은 피할 수 없는 사태이다. 김수영은 이 눈에 보이지 않지만 사람들을 중독시켜 결국은 죽음으로 내모는 "구공탄 개스"와 같은 것이 이 사회를 가득 채우고 있다고 말한다. 그리고 거기에 출구는 없다. 다만 얼마나 중독되었는지 "경계"를 하면서 가스를 마시는 수밖에 없다. 자신이 가스를 마시고 있다는 것을 의식하면서 가스를 마실 수밖에 없다는 것, 가스를 마시지 않고는 살아갈 수조차 없다는 역설이 거기에 개입되어 있다.[11] 그렇다면 가스의 정체는 무엇이고 가스실에서 그는 어떻게 탈출할 것인가?

> 자꾸 높아지는 고층건물 아래를 지나다니는 신사숙녀의 자태
> 가 현미경적으로 작아지는 어제 오늘, 설사 여봐라는 듯이 공
> 을 들여 몸단장을 하고 멋을 내보았대야 그것은 나병균처럼
> 없다. 이런, 없는 나병균을 나병균이라고 의식하면서 쾌감이
> 아닌 혐오감을 자아내게 하기 위해서 꺼먼 눈언저리의 도오랑
> 이나 핏기 없는 하얀 볼의 화장을 했다면 조금은 멋이 있다. …

---

11) 죽음을 통해서만 삶을 유지해야 하는 이 가스실의 역설에 대해 그의 시 「병풍」
은 〈죽음〉을 통해 〈죽음〉 막아내는 극약 처방을 제시하고 있다.

(중략)… 비이트의 미학은 나병균의 미학일 뿐만 아니라 현미경에 거역하는 미학이며, 개성을 말살하는 미학이며, 획일주의에 항거하는 미학이라는 것을 알았다. …(중략)… 이런 사람들을 우리들은 괴짜라고 부른다. 한 사회에 문화가 있으려면 이런 괴짜들이 많아야 한다. 그런데 현대의 획일주의는 이런 괴짜를 용납하지 않는다. 이런 부르좌의 획일주의에 의식적으로 반대하는 것이 비이트의 화장법이다(『전집2』, 90-2쪽).

유래 깊은 문화적 기호체계(記號體系)인 화장법이 현대로 올수록 규격화 · 상품화된 "획일주의"로 기울게 된다는 것은, 현대가 내세우는 "개성"이라는 것이 기만적이라는 것을 뜻한다.[12] 가까이서 보면 미세한 차이를 식별할 수 있을지도 모르지만 거리를 두고 보면 그 차이조차 사라지는 것이 현대의 개성이다. 이에 대해서 "비이트의 화장법"은 사회에 유통되는 화장기술을 본래의 목적을 배반하는 방식으로 사용하는 것이다. 그것은 "쾌감"을 목적으로 하는 화장도구를 오히려 "혐오감"을 자아내기 위해서 사용한다. 그것은 수단과

---

12) 화장기술에 의존한 개성의 한계는 "맵시 있는 현대적 화장을 한 작품"(『전집 2』, 353쪽), 이른바 모던한 포오즈를 과시하는 시작품의 한계를 암시하고 있는 것이다. 여기에서 김수영은 기술보다 태도를 중시하는 비이트의 화장법을 통해 시의 기술의 한계를 읽어내고 기술보다는 시인의 태도가 중요하다는 자신의 생각을 견고하게 하고 있다.

목적 사이의 상호모순과 충돌을 이용하는 미학이라고 할 수 있다. 그것은 현대의 화장도구를 그 목적[쾌감]으로부터 이탈시킴으로써, 화장도구와 그 목적 사이에 필연적인 관계가 없음을 폭로하는 화장법이라고 할 수 있다. 수단과 목적 관계의 탈골(奪骨)을 노리는 비이트의 화장법은 화장도구를 통해 쾌감을 자아내려는 각종 "개성"적 화장이 사실은 몰개성에 빠지는 길이라는 것을 폭로한다. 반면에 비이트의 화장법은 개성적 화장이라는 이데올로기의 울타리를 벗어난다는 점에서 "개성을 말살하는 미학"이다. 이처럼 화장을 하면서 화장에 저항하는 비이트의 미학은 가스를 마시면서도 가스에 저항하는 길을 찾으려는 김수영에게 시사하는 점이 많다.

> 진정한 참여시에 있어서는 초현실주의시에서 의식이 무의식의 증인이 될 수 없듯이, 참여의식이 정치이념의 증인이 될 수 없는 것이 원칙이다. 그것은 행동주의자들의 시인 것이다. 무의식의 현실적 증인으로서, 실존의 현실적 증인으로서 그들은 행동을 택했고 그들의 무의식과 실존은 바로 그들의 정치이념인 것이다. 결국 그들이 추구하고 있는 것은 하나의 불가능이며 신앙인데, 이 신앙이 우리들의 시의 경우에는 초현실주의시에도 없었고, 오늘의 참여시의 경우에도 없다. 이런 경우에 외부가 허락하지 않기 때문에 없다는 것은 말이 안 된다. 외부와 내부는 똑같은 것이다. 그리고 그것은 죽음에서 합치되는 것이다.[13]

　여기에서 알 수 있듯이 김수영은 이데올로기를 무의식의 차원에서 바라보고 있다. 그래서 사람들이 만약 자유를 원한다면 그들은 무의식을 통해 자신의 삶을 지배하는 그 이데올로기에 대한 투쟁 과정을 통과하지 않을 수 없다. 그런 의미에서 무의식은 아직 가능성의 영역일 뿐이다. 그것은 자유의 땅이 될 수도 있고, 지배자의 목소리를 대변하는 노예의 땅이 될 수도 있다. 무의식은 자유의 목소리와 지배자의 목소리가 뒤얽혀 다투고 있는 격투장이며, 정치적 투쟁의 전선이기도 하다. 무의식은 본래 〈모순〉을 보존하는 혼돈의 땅이기 때문이다. 그러므로 의식이 자유를 누리기 원한다면 그는 무의식에서 먼저 자유를 쟁취해야 한다. 그 무의식의 자유란 다른 게 아니라 의식을 지배하려는 무의식의 경향을 의식에게 자유를 제공하려는 경향으로 전환하게 만든다는 것을 뜻한다. 이데올로기는 사람들이 알지 못하는 사이에 그들의 삶에 개입해서 다른 삶의 가능성을 차단하는 기능을 하는데, 그것을 사람들로 하여금 다른 삶의 가능성을 보게 하는 이데올로기로 전도시키는 것이다.

　무의식이 사람들의 삶을 지배하게 되면 사람들은 자기 의식의 책임을 무의식으로 돌리게 된다. 사람들이 다른 삶의 가능성을 꿈꾸지 못하게 되는 것은 무의식이 그들의 삶을 지배하고 있다는 체념적 태도에서 기인한다. 그들은 자신들의 삶을 지배하는 이데올로기 안에

---

13) 김수영, 「참여시의 정리」, 『창작과 비평』, 1968. 겨울, 632-3쪽.

거주한다는 것을 알지만 거기에 안주하는 것이다. 이데올로기가 금지하는 〈선〉이 오히려 자기 삶의 부자유를 대변해주고, 위로해주기 때문이다. 무의식은 필요하다면 의식의 알리바이를 증명해줄 자료를 제공할 의사가 있다는 것이다.[14] 무의식이 항상 의식의 증인이 되려고 하는 것과 의식이 무의식을 증인으로 불러들이려 하는 것 사이에는 아무런 차이도 없다. 차라리 그것은 무의식과 의식의 공조체제라고 할 만하다. 그래서 김수영은 의식에게 알리바이를 제공해주는 무의식의 본능적 성격이 아니라 의식의 알리바이를 지워버리는 무의식의 시적 성격을 회복하려고 하는 것이다. 그것은 의식으로서는 퍽이나 서글픈 일이다. 의식의 알리바이에 대해서 무의식이 〈증인〉이 되지 못하게 되면 사람들은 더 이상 자기 의식의 책임을 무의식에로 전가하지 못하게 될 것이기 때문이다. 이데올로기 〈때문에〉 어쩔 수 없이 그렇게 할 수밖에 없었다는 핑계가 불가능해진다. 이데

---

14) 〈알리바이로서의 무의식〉을 사르트르는 〈자기기만〉이라고 표현했다. 본래 무의식의 존재(프로이트)를 부인하기 위해 사용된 이 말은, 자기 행위(자유)의 책임을 〈강한 필연성〉 탓으로 돌리는 것을 뜻한다. 이와 관련하여 사회학자 피터 버거는 "사회는 그 각각의 역할이 그 담당자로부터 책임감을 면제해주는 장기적인 또는 순간적인 알리바이가 될 수 있는 사회적 역할들의 네트워크로 존재하기 때문에, 우리는 기만과 자기기만이 사회현실의 바로 핵심에 자리잡고 있다고 말할 수 있다"고 주장한다.(피터 L. 버거, 이상률 옮김, 『사회학에의 초대』, 문예출판사, 1995, 194쪽) 그 알리바이는 〈선택의 여지가 없다〉는 말로 표현된다.

올로기는 그 평계의 증인이 되기를 거부할 것이기 때문이다. 그렇게 되면 사람들은 자기 행동의 책임을 무의식이나 이데올로기 〈탓〉으로 돌리지 않고 그 책임을 스스로 떠맡을 수밖에 없게 된다. 김수영은 사람들을 〈고독〉하게 만들려는 것이다. "外部가 허락하지 않기 때문에"라는 책임전가의 태도를 절망에 빠뜨리려는 것이다. 모든 것이 위에서부터 결정되었기 때문에 어쩔 수 없이 복종한다는 노예적 삶을 버리고 자기가 홀로 모든 행동의 책임을 떠맡아야 한다는 것이다. 모든 행위의 책임은 무의식에게 있는 것이 아니라 의식에게 있다. 그래서 김수영은 "시와 자유는 고독한 것"(『전집2』, 252쪽)이라고 말한다.[15]

참여시의 경우에 무의식과 의식의 공조체제는 더욱 심각하다. 마땅히 (참여)의식을 옹호해야 하는 참여시의 경우에도 의식 수준의 자유보다는 이데올로기에 의한 의식의 노예적 측면을 강조한다는 것은 아이러니가 아닐 수 없다. 의식을 이데올로기의 노예로 간주하게 되면 의식의 책임을 강화하려는 참여시 본래의 의도와 달리 오히

---

15) 자유에 의한 시적 혁명이 〈고독〉을 요청한다는 것은 그의 시 「푸른 하늘을」에서 잘 표현되고 있다; "革命은 / 왜 고독한 것인가를 // 革命은 / 왜 고독해야 하는 것인가를". 혁명이란 기존의 모든 규범을 무(無)로 돌리는 것이며, 선례(先例)가 없는 것이기 때문에, 그 자신이 행위의 규범을 홀로 창조해내는 고독한 작업이라는 뜻이다. 그러므로 "고독이 이제부터의 나의 창조의 원동력이 되리라"(『전집2』, 332쪽)는 그의 예감은 고독의 질(質)이 혁명과 자유의 척도가 될 수 있다는 것을 뜻한다.

려 이데올로기로 책임을 돌리려는 일상인의 태도를 반복하고 인준하는 결과를 낳게 된다. 그러므로 김수영은 무의식의 노예적 상황으로부터 의식을 해방할 것을 주장한다. 의식을 무의식으로부터 해방한다는 말은 무의식이나 이데올로기를 의식에서 제거한다는 뜻이 아니다.[16] 오히려 그 해방은 무의식의 해방, 즉 무의식의 시적·환상적·모순적 성격의 회복을 뜻한다. 무의식의 혼돈과 모순적 성격이 강화되면 의식은 무의식의 노예 노릇을 그만두게 되고, 무의식 또한 의식의 지배자이기를 그치게 된다는 것이다. 의식의 자유는 무의식의 해방으로부터 시작된다. 의식에게 자유를 주기 위해서 의식의 지배자인 무의식에게 더 많은 자유를 주는 것, 이것이 김수영의 탈출 방법이다. 의식에게 족쇄와 사슬이었던 지배 이데올로기는 의식에게서 족쇄와 사슬을 풀어주는 해방 이데올로기로 된다. 그 둘은 전혀 다른 이데올로기가 아니라 동일한 이데올로기이다. 무의식이 여럿이 아닌 것처럼 말이다.

> 鳳健군은 필자(김수영-인용자)가 〈시인〉의 〈현실〉이라고 한
> 이 〈현실〉의 뜻을 外的 현실만으로 해석하고 있다. …(중략)…
> 그는 뒤떨어진 사회의 실업자수가 많은 것만 알았지 뒤떨어진

---

16) 마치 부르주아 이데올로기를 그 머리에서 끄집어내고 저항 이데올로기를 집어
   넣는 것처럼.

사회에 서식하고 있는 시인들의 머릿속의 판타지나 이미지나
잠재의식이 뒤떨어지고 있는 것은 인정하지 않는 모양이다.
…(중략)… 「모더니티의 問題」에서 필자가 한 말은 쉽게 말하
자면 퇴색한 앙드레 부르퉁을 새것이라고 생각하고 무리를 하
지 말고 솔직하게 분수에 맞는 환상을 하라는 말이다. 그처럼,
시인은 자기의 현실(즉 이미지)에 충실하고 그것을 정직하게
작품 위에 살릴 줄 알 때, 시인의 양심을 갖게 된다는 말이다.
좀더 솔직하게 되란 말이다(『전집2』, 224쪽).

김수영은 "무한대의 혼돈에의 접근"(『전집2』, 249쪽)을 자유의
길이라고 믿는다. 여기에는 환상과 자유의 상관성에 대한 김수영의
믿음이 담겨 있다고 하겠다. 물론 여기에 오해의 가능성이 없는 것
은 아니다. 이를테면, 사람들은 보통 자신의 "환상"이 그 자체로 자
유의 공간이라고 생각한다. 그것은 남이 나의 머릿속을 보지 못한다
는 사적 영역에 대한 확신에서 기인하는 것이다. 그들의 〈나〉는 각
자의 내부에 들어 있는 어떤 것이다. 그들은 〈나〉는 이미 충분히 고
독하다고 말하고, 고독을 벗어나기 위해서 다른 사람과 사귄다고 생
각한다. 현대인은 누구나 고독한 법이라고 떠들면서 말이다. 우리는
앞서 김수영이 〈고독〉을 권장했음을 살펴보았는데, 사람들이 이미
충분히 고독하다고 느낀다면 그 말이 무슨 소용이 있겠는가? 그러
나 이데올로기와 무의식의 존재를 믿는 사람에게 개인이라는 것은

환상이다. 개인은 고독할 수가 없다. 그럼에도 불구하고 사람들이 고독하다고 느끼는 것은 이데올로기의 효과이다. 그 이데올로기는 개인을 고립시키고 현실을 저 바깥에 있는 것이라고 믿게 만든다. 그렇다면 고립된 개인을 지지하는 순수시의 입장과 객관 현실을 지지하는 참여시의 입장은 동일한 지붕 아래에 있었던 것이다. 개인의 "머릿속의 판타지"와 "外的 현실"이 별개의 것으로 구별될 수 있는 것도 우리는 동일한 맥락에서 이해할 수 있다. 그러나 김수영은 "분수에 맞는 환상", 즉 〈현실에 맞는 환상〉을 말하고 있는데, 이는 현실과 환상이 상관적 관계를 맺고 있다는 가정에서 나온 것이다.

사실 참여시는 객관 현실을 변혁하려는 의도를 지니고 있음에도 불구하고, 객관 현실에 대한 강력한 믿음을 표현하는 입장에 처해 있다. 그들은 〈주관적 현실〉이라는 말을 오직 비난하기 위해서만 사용하며, 그 말을 〈현실도피〉와 동일한 맥락으로 이해한다. 객관 현실의 변혁 〈의지가 표현된 작품〉을 환영하면서도 객관 현실을 〈변혁한 작품〉은 비난한다. 인식은 실천으로 나타나야만 실제적 효과를 볼 수 있다고 믿기 때문에, 또한 작품을 인식의 차원으로 생각하기 때문에, 그것만으로는 현실을 바꿀 수 없다는 것이다. 인식보다 실천의 우위를 생각한다는 점에서 김수영은 참여시의 입장을 옹호하지만, 작품을 실천의 말단으로 밀어 넣는 참여시의 태도를 그는 인정하지 않는다. 김수영에게 시는 그 자체로 행위인 까닭이다. 다시 말해서 시라고 할 수 있는 작품은 객관 현실을 〈변혁한 작품〉이어야 한다. 그에 반해서 객관 현실의 변혁 〈의지가 표현된 작품〉을 김수영은 오히려 작품의 말단으로 밀어 넣는다.[17] 현실은 주어진 것이 아니고 눈에 보이는 그대로의 것이 아니라는 것을 입증하는 것, 한마디로 말해 〈시〉를 행하는 것이 작품이기 때문이다. 이때 현실이란 그 사회가 현실이라고 말하는 것에 불과하다.[18]

　　시고 소설이고 평론이고 모든 창작활동은 감정과 꿈을 다루는 것이다. 그리고 이 감정과 꿈은 현실상의 척도나 규범을 넘어선 것이다. 말하자면 현실상으로는 38선이 있지만 감정이나

---

17) 김수영은 "전자(언어의 서술─인용자)의 가치의 치우친 두둔에서 실패한 프롤레타리아 시가 많이 나"(『전집2』, 193쪽)온다고 했는데, 그것은 언어의 산문적 측면만으로는 〈시〉가 될 수 없다는 뜻이기도 하다.

18) M. Novak, *The Experience of Nothingness*, Harper & Row, 1970, 13쪽. 사르트르의 자유의 철학을 미국사회에 적용한 이 책에서 노바크는 〈의무의 윤리〉로 집약되는 기존의 규범을 비판하고 모든 경직된 규범을 의문에 부치는 〈무(無)의 경험〉을 새로운 윤리의 모델로 제시하고 있는데, 그의 주장은 "단독으로 신들 및 운명에 도전했던 프로메테우스가 오늘날 진정한 인간의 상징"(54쪽)이라는 말에 집약되어 있다. 우리가 주목할 것은 서구 사회가 추방했던 〈공허(void)〉를 다시금 인격의 일부로 인정할 것을 주장하는 대목인데, 그는 거기에 광기, 파괴성, 분노, 사디즘 등 온갖 공포가 집약되어 있음을 상기하고, 그 〈공포(fear)〉를 극복할 것을 제안하고 있다. 그의 논의를 통해 우리는 1970년대까지 미국 사회에서 최신 저항 윤리의 지침으로 기능했던 실존주의의 모습을 확인하게 된다. 노바크는 사르트르의 비판적 성격이 〈실존〉이라는 개념보다 〈무〉에 있다는 것을 상기해주었다.

꿈에 있어서는 38선이란 타부는 문제가 되지 않는다. 그런데도 불구하고 우리들은 이 너무나 초보적인 창작활동의 원칙을 올바르게 이행해보지 못했다. 다시 말하자면 우리는 문학을 해본 일이 없고 우리나라에는 과거 십수년동안 문학작품이 없었다고 나는 감히 말하고 싶다. …(중략)… 솔직히 말해서 간첩방지주간이나 五列이니 國是니 할 때마다 나는 옛이나 다름이 없이 가슴이 뜨끔뜨끔하고, 또 내가 무슨 잘못된 글이나 쓰지 않았나 하고 한결같이 염려가 된다. 간첩이 오고 있으니까 간첩방지선전도 하는 것이겠지만 문제는 간첩방지선전이 나쁘다는 것이 아니라 그러한 선전의 압력과 동일한 압력이 창작활동 위에까지 부당하게 뻗칠 것〈같은 불안〉이 아직까지도 존재하고 있는 것이 나쁘다는 것이다. 〈보장된 자유〉란 무엇인가? 이러한 불안을 없애주는 것이다. 그리고 이러한 불안의 제거의 책임은 누구보다도 위정자한테 있다.…(중략)… 문제는 〈만일〉에의 考慮가 끼치는 창작과정상의 감정이나 꿈의 위축이다. 그리고 이러한 위축현상이 우리 나라의 현사회에서는 혁명 후도 여전히 그전이나 조금도 다름없이 계속되고 있다는 것을 알아야 한다. 이것은 죄악이다(『전집2』, 130-1쪽).

여기에서 우리는 김수영 참여시의 기본 입장을 확인하게 된다. 우선 4월 혁명 이후 달라진 상황을 고려하여 당시로서는 발빠르게 김수영이 분단 문제를 참여시의 중요한 과제로 제시하고 있음을 보게 된다. 그러나 자세히 들여다 보면 김수영이 분단 문제를 시에 도입하는 방식에 있어서 다른 참여시인들과 차이를 보인다는 것을 알 수 있다. 김수영은 물리적인 "38선"과 "38선이란 타부"를 구별하고 있다. 〈물리적인 38선〉은 넘어서는 안 되는 금지의 선이며, 그것을 넘어서거나 넘어서려 했을 때는 물리적인 폭력이 가해진다. 그러나 물리적인 38은 특정한 공간에 한정되어 있기 때문에, 굳이 그 장소에 도착하지 않는 한 문제가 발생하지는 않는다. 그는 〈눈에 보이는 38선〉이 문제가 아니라고 말한다. 〈눈에 보이는 38선〉만을 대상으로 하였을 때, 그것을 보지 않으면 된다는 순수시의 입장과 그것을 보아야 한다는 참여시의 대립을 극복하기란 어렵다. 순수시와 참여시가 혼돈 속에서 동시에 문제를 해결해야 할 가능성의 지점은 〈눈에 보이지 않는 38선〉, 즉 "38선이란 타부"에 있다는 것이다. 눈에 보이는 38선에 대해서는 그것을 보지 않을 자유가 있다고 말할 수 있지만, 〈보이지 않는 38선〉에 대해서는 순수시의 주장도 통하지 않을 것이기 때문이다. 그것의 존재를 부인한다는 것은 쉽지 않은 일이다.[19]

---

19) 이어령은 〈에비〉라는 개념을 통해서, 비록 그 존재를 부인하지는 않았지만, 에비의 대상이 막연한 것인 이상 마음먹기에 따라서 간단히 처리할 수 있다고 하여, 주관적인 차원에서 그것을 처리했다. 이것은 〈보이지 않는 38선〉에 대한 순수측의 대응이라고 할 수 있다.

 | 시는 혁명이다

　김수영의 논지는, 만일 사람들이 〈눈에 보이는 38선〉을 뚫기 원한다면, 그 가장 빠른 방법은 〈눈에 보이지 않는 38선〉을 돌파하는 데에 있다는 것이다. 다시 말해서 〈존재하는 38선〉을 노래하는 시인이 아니라 〈존재하지 않는 38선〉을 노래하는 시인이 보다 더 빨리 38선을 돌파하게 만든다는 것이다. 같은 말이지만 분단문제를 〈내용〉의 차원에서 돌파하려는 시인보다 〈형식〉의 차원에서 돌파하려는 시인이 더욱 빨리 해결의 실마리를 마련할 것이라는 뜻이다. 사람들은 김수영의 이러한 방법을 〈정면으로〉 돌파하지 않으려는 태도라고 비방할 수 있을 것이다. 그러나 김수영은 참여시의 가능성을 〈의식〉의 차원에서 찾는 것보다는 〈무의식〉의 차원에서 찾는 것이 더욱 현실적인 것이라고 믿는다. 앞서 말했듯이 무의식의 차원에서 자유를 쟁취하지 못한다면 의식의 자유를 보장받지 못할 것이기 때문이다. 그에게 중요한 것은 의식 수준의 싸움이 아니라 무의식에서 펼쳐지는 목숨을 건 싸움이다. 그렇다면 김수영이 지향하는 참여시를 우리는 의식 수준의 참여시와 구별해서 〈무의식 차원의 참여시〉라고 해야 할 것이다. 그는 후자가 전자보다 열등하고 비겁한 행위가 아니라고 믿는데, 오히려 참여의식을 견고하게 유지하려는 완고한 자아는 〈시〉를 배반하는 것이기 때문이다. 참여의 목적은 자아를 자유롭게 이동시키는 데에 있는 것이지 자아를 견고하게 고정시키는 데에 있지 않으며, 38선이 문제되는 까닭도 그것이 자아의 변화가능성을 은폐하려는 기만의 원인이 되기 때문이다. 진정한 참여시는 사회가 부여해준 자아의 정체성을 거절하는 과정에서 그 의미를 지닌다고 할 수 있다. 그것은 "문자를 통해서 자유의 徑間을 넓혀가야 한다는 과제"가 "일제시대의 지사들의 독립운동만한 비중이 있는 대업"(『전집2』, 203쪽)이라는 김수영의 신념을 뒷받침한다.

그러나 〈보이지 않는 38선〉을 돌파하는 것은 비단 참여시의 과제에서 그치지 않는다. 더 나아가 그는 38선이 현대시의 진전에 장애가 된다는 측면을 강조하고 있다. 그는 "우리의 시의 과거는 성서와 불경과 그 이전까지도 곧잘 소급되지만, 미래는 기껏 남북통일에서 그치고 있다"는 것을 한국 현대시의 한계라고 지적하고, 그 "편협한 민족주의의 둘레바퀴"(『전집2』, 264쪽)를 돌파하였을 때 진정한 현대시의 가능성이 열린다고 주장한다. 한국의 현대시를 "편협한 민족주의"에서 벗어나지 못하게 하는 것이 바로 그 38선이라고 한다면, 38선을 돌파한다는 것은 한국시의 편협성을 극복한다는 것이고, 그 극복의 과정을 통해서 역설적이게도 한국시의 〈장애〉는 오히려 한국 현대시의 〈특수성〉으로 전이된다. 그것은, 정체성이란 외부에서 고정된 채로 주어지는 것이 아니라 자신이 행해왔던 바에 의해 비로소 생성된다는 실존주의의 정신에서 기인한 것이다.

> 시인의 스승은 현실이다. 나는 우리의 현실이 시대에 뒤떨어진 것을 부끄럽고 안타깝게 생각하지만, 그보다도 더 안타깝고 부끄러운 것은, 이 뒤떨어진 현실을 直視하지 못하는 시인

의 태도이다. 오늘날의 우리의 현대시의 양심과 작업은 이 뒤
떨어진 현실에 대한 자각이 모체가 되어야 할 것같다. 우리의
현대시의 밀도는 이 자각의 밀도이고, 이 밀도는 우리의 비애,
우리만의 비애를 가리켜 준다. 이상한 역설같지만 오늘날의
우리의 현대적인 시인의 긍지는 〈앞섰다〉는 것이 아니라 〈뒤
떨어졌다〉는 것을 의식하는 데 있다. 그가 〈앞섰다〉면 이 〈뒤
떨어졌다〉는 것을 확고하고 여유있게 의식하는 점에서 〈앞섰
다〉. 세계의 詩市場에 출품된 우리의 현대시가 뒤떨어졌다는
낙인을 받는 것을 두려워하기 전에, 우리들에게는 우선 우리
들의 현실에 정직할 수 있는 과단과 결의가 필요하다(『전집2』,
250쪽).

〈보이지 않는 38선〉은 주관적 환상에 속하는 것이 아니라, 오히
려 객관적 현실(보이는 38선)보다 더 확실한 현실이라고 할 수 있
다. 그것은 의식이 반성으로 불러내기 힘든 무의식에 안착해서 의식
의 활동을 제약하는 현실의 기능을 수행하며, 의식이 다른 방식으로
현실을 바라보지 못하게 그 눈을 고정시켜 놓는 기능을 한다. 그런
의미에서 무의식은 〈보이는 38선〉을 생활과 육체에 깊숙이 새겨 넣
는 매체이기도 하다. "진정한 현대성은 생활과 육체 속에 자각되어
있는 것"(『전집2』, 214쪽)이라는 김수영의 입장에서, 일상 속에 침
투해 있는 〈보이지 않는 38선〉을 돌파하는 것은 현대성을 확보하기

위한 필수적인 단계인 것이다. 그래서 시적 "혁명은 도처에 불시에 있는 것"(『전집2』, 335쪽)이지 정치적 사건 주변에만 있는 것이 아니다. 38선이 특정한 장소에만 존재하는 것이 아닌 것처럼 말이다. 그런 만큼 38선은 한국의 모더니티를 집약하고 있는 상징적 타부라는 것을 입증해준다. 그러므로 보이지 않는 38선을 돌파하는 작품은 "확고한 우리의 모더니티의 기반에서 우러나온 시"(『전집2』, 350쪽)일 수밖에 없다.

당연한 귀결이지만, 김수영은 한국 현대시의 진전에 있어서 가장 커다란 장애라고 할 수 있을 저 무수히 많은 〈보이지 않는 38선들〉을 전혀 장애로 느끼지 못하는 불감(不感)의 시인들에 대해 비판적이다. 그들의 자유에는 피와 땀이 맺혀 있지 않기 때문이다.

> 푸른 하늘을 制壓하는
> 노고지리가 自由로왔다고
> 부러워하던
> 어느 詩人의 말은 修正되어야 한다.
> — 「푸른 하늘을」의 부분

그 새의 날개는 대지의 중력이 〈장애〉라는 것을 가르쳐주지 않는다. 그리고 장애를 극복하는 과정이 자유 그 자체라는 것을 그 새의 너무도 자유로운 비상은 숨기고 있는 것이다. "오늘날의 우리의 현대적인 시인의 긍지는 〈앞섰다〉는 것이 아니라 〈뒤떨어졌다〉는 것을 의식하는 데 있다"는 그의 역설은 바로 그 노고지리의 역설이기도 하다. 시인의 긍지는 〈자유롭다〉고 외치는 것이 아니라 〈자유롭지 못하다〉고 외칠 수 있다는 데에 있다.

> 〈내용〉은 언제나 밖에다 대고 〈너무나 자유가 없다〉는 말을 계속해서 지껄여야 한다. 이것을 계속해서 지껄이는 것이 이를테면 38선을 뚫는 길인 것이다. 낙수물로 바위를 뚫 수 있듯이, 이런 시인의 헛소리가 헛소리가 아닐 때가 온다. 헛소리다! 헛소리다! 헛소리다! 하고 외우다 보니 헛소리가 참말이 될 때의 경이. 그것이 나무아미타불의 기적이고 시의 기적이다. 이런 기적이 한 편의 시를 이루고, 그러한 시의 축적이 진정한 민족의 역사의 기점이 된다. 나는 그런 의미에서는 참여시의 효용성을 신용하는 사람의 한 사람이다(『전집2』, 252쪽).

미지의 가능성 투사를 통한 시적 혁명

김수영은 상식적인 의미에서의 "정치"와 "현대의 정치"를 구별하는가 하면(『전집2』, 385쪽), 혁명에 대해서도 "혁명이라는 것에 대한 관념이 한 시대 전과는 달라서 인제는 아주 일상 다반사가 되어 버렸다"[20]라면서 과거의 혁명과 현대의 혁명의 차이를 강조한다. 요즘말로 해서 현대의 정치와 혁명이 과거의 〈거대〉 정치나 혁명과는 구별되어야 한다는 것을 그는 잘 알고 있었다는 것이다.[21] 정치와 혁명의 내포가 이처럼 거시적인 것에서 미시적인 것으로 옮겨졌다는

---

20) 김수영, 「들어라 양키들아」(발굴·김수영 미발표 유고), 『세계의 문학』, 1993년. 여름, 215쪽.

21) 그는 재래식 병기와 현대식 무기의 차이를 시에 도입함으로써 전쟁의 양상이 달라지고 있다는 것을 시의 배경으로 삼기도 하였다.

것을 김수영은 〈시대정신〉으로 이해하고, 그러한 시대 변화에 부응하지 못하는 한국의 현실이 뒤떨어졌다고 판단한 것이다. 그러나 그것은 정치와 혁명조차도 그 모델을 서구에서부터 수입해야 하는 후진국 지식인의 보따리 지식과는 아무런 상관도 없다. 정치와 혁명의 양상이 변화했다는 것은 그만큼 "〈근대화〉의 병균"(『전집2』, 98쪽)이 광범위하게 유포되었다는 것을 뜻하며, 그 사회가 "신경고문과 세뇌교육이 사회화되고 있는 세상"(같은 쪽)으로, 그러니까 파국으로 향하고 있다는 것을 의미하기 때문이다. 과거의 정치와 현대의 정치의 김수영식 구별법은 앞서 말했던 대로 〈보이는 38선〉과 〈보이지 않는 38선〉의 차이를 상기하는 것으로 충분하다. 그것은, 과거와 현대는 그 〈전선(戰線)〉부터 달라졌다는 것을 의미한다. "우리들의 戰線은 눈에 보이지 않는다". "그들은 말하자면 우리들의 곁에 있다"(「하…그림자가 없다」).

과거의 정치와 혁명을 꿈꾸는 재래식 참여시에 대해서 이제는 〈전선이 달라졌다〉고 말하는 김수영이 한국의 현실이 뒤떨어졌다라고 말하는 데는 다른 뜻이 포함되어 있다. 우선, 시대가 변하고 있다는 것을 온몸으로 전해 받고 거기에 따라 그때 그때마다 다른 방식의 대응전략을 구성하려는 김수영의 예민한 촉각은, 재래식 병기[저항시]의 한계를 알지 못하고 〈보이는 38선〉 앞에 서 있는 낡은 참여시가 머지 않아 무기력하게 될 때가 올 것임을 미리 예감하고 있었던 것이다.[22] 그런 의미에서 아직 "우리들은 세계문제와 직결되어 있지 않다"(『전집2』, 359쪽)는 김수영의 판단은, 아직은 한국 사회가 서구 사회가 앓고 있는 질병에 오염되지 않았다는 안도와 여유를 내포하고 있다.[23] 시대에 뒤떨어진 한국의 현실에서 그 뒤떨어진 그만큼의 시간대에서부터 동시대까지 출판된 서구의 모든 책은 한 마디로 한국의 미래를 비춰주는 〈예언서〉이자 〈묵시록〉인 것이다.

---

22) 이미 초현실주의를 통해서 프로이트를 어렴풋이 알고 있었던 김수영은 1964년 그가 참여시 관련 월평을 시작하던 무렵에는 본격적인 관심을 보이고 있었던 것으로 보인다. 예컨대, 재일 비평가 장일우의 시론을 평가하는 「생활현실과 시」(64. 10.)에서 김수영은 "오늘날의 〈소시얼 리얼〉한 시가, 비근한 예가 일본의 시만 보더라도 프로이트적인 요소를 상당히 도입한 모던한 것으로 되어 있는 것을 볼 때, 그만한 것이라면 한국에서도 어떻게 우물쭈물 흉내를 낼 수 있는 날이 머지 않아 올 것 같"(『전집2』, 192쪽)다는 가능성에 기대를 걸고 있으며, 1968년 「참여시의 정리」에서는 "理性을 부인하는 프로이트의 精神分析"이 "혁명"이라고까지 판단하고 있었던 것이다.(김수영, 「참여시의 정리」, 앞의 책, 632쪽)

23) "현대사회의 정치기구의 횡포를 상세하게 기술하고 예언한 야스퍼스의 『현대의 정신적 상황』은 1931년에 발표된 것이다. 간단하게 말하자면, 6 · 8 사태는 5 · 16 이후에 추진된 '근대화'가 약 40년 후(현재가 1967년이므로-인용자)의 이 땅에 수입할 서구의 산업혁명 이후의 자본주의 문명의 총 병균의 헛게임 쇼다. …(중략)… 다시 역설적으로 말하자면, 국민들이 이런 식의 부정에 놀라는 것도 우리들이 아직도 촌티를 가시지 못하고 있기 때문인지도 모른다. 아직도 근대정치의 악의 경험이 얕기 때문에 그럴 것이다. 앞으로 좀더 악의 훈련이 쌓아지면 이것도 또 만성이 될 날이 멀지 않을 것이다." 김수영, 「로터리의 꽃의 노이로제-시인과 현실」, 『사상계』, 1967, 7.(『창작과비평』, 2001. 여름, 249쪽에서 재인용)

가까이 할 수 없는 서적이 있다

이것은 먼 바다를 건너온

容易하게 찾아갈 수 없는 나라에서 온 것이다

주변없는 사람이 만져서는 아니될 冊

만지면은 죽어버릴 듯 말 듯 하는 冊

…(중략)…

나는 이 책을 멀리 보고 있다

그저 멀리 보고 있는 것이 妥當한 것이므로

나는 괴롭다

   – 「가까이 할 수 없는 書籍」의 부분

 책을 둘러싼 김수영의 시들은 묵시록을 펼치는 예언자의 비감이 서려 있다.[24] 모든 예언서가 그러하듯 그것이 누구 손에 들어가느냐

---

24) 예컨대, "豫言者가 나지 않는 거리로 窓이 난 이 圖書館은/ 創設의 意圖부터 가 諷刺的이었는지도 모른다"(「국립도서관」)는 그의 진술은 그 많은 예언서들 을 과거의 것으로 묻어두려는 도서관에 대한 비판적 태도가 표현되어 있다. 그러나 이미 지나간 우리 시대를 그리고 있는 비숍 여사의 책은 이와 다르다. 비숍의 책은 우리가 우리 자신을 직접 볼 수 없다는 사실을 상기시키는데, 그 책은 조선 사회를 바라보는 비숍 여사의 〈눈길〉을 통해서 후진과 선진의 〈시 간 차이〉를 보여주며, 그 시간 차이를 극복할 수 없다는 것이 오히려 장점이 될 수 있다는, 즉 선진국 따라잡기가 오히려 〈차이나는 반복〉이라는 여유와 긍지의 가능성을 내포하고 있다는 것을 암시해주기 때문이다.

에 따라서 미래가 달라진다. 그것은 재앙을 예방하거나 적어도 재앙에 대비할 수 있는 여유를 주게 하는 책이 될 수도 있고, 오히려 그 책을 통해 재앙을 앞당기거나 그것을 악성으로 만들 우려가 있는 것이다. 그것은 "주변없는 사람이 만져서는 아니될 冊"인 것이다. 김수영은 그런 뜻에서 한국의 참여시가 일종의 브레이크 노릇을 할 수 있어야 한다는 것, 혹은 역사의 방향을 틀어놓는 기능을 할 수 있어야 한다고 생각한 것이다. 그 길이 직선이든 곡선이든 결국은 같은 운명에 처하게 될 한국의 역사에 대해서 지금 당장 목소리를 내지 못한다면, 그것이 가장 최신의 현대시라고 할지라도 아무런 울림도 얻지 못할 것이기 때문이다. 물론 그들도 현대시인인 이상 적(敵)이 없는 것은 아니다. "우리는 무슨 敵이든 敵을 갖고 있다"(「적1」). 그러나,

오늘의 敵으로 來日의 敵을 쫓으면 되고
來日의 敵으로 오늘의 敵을 쫓을 수도 있다
이래서 우리들은 태평으로 지낸다
– 「적1」의 부분

뒤떨어진 한국의 현실에서 시인이 〈지금 당장〉 상대해야 할 적(敵)이 있는가 하면(오늘의 적), 앞서간 서구의 현실에서 그들이 〈지금 당장〉 상대해야 할 적(敵)이 있는데(내일의 적), 후진국의 한국 현대시인에게는 그 두 개의 적이 모두 〈현실〉을 구성한다. 그런 까

닭에 "오늘의 적"과 "내일의 적"의 함수관계를 어떻게 풀어내느냐
에 따라서 후진국의 시인들은 얼마든지 다른 현실의 가능성을 제시
할 수 있게 된다. 김수영은 그 다른 가능성을 "이제 우리 나라의 시
는 어떻게 하면 멋진 세계의 村夫가 되는가 하는 일"(『전집2』, 286
쪽)이라고 말하고 있다. 이 말은, 서구라는 도시에 사는 사람들이 겪
어야 할 질병을, 그것을 잘 알고 있는 한국이라는 농촌의 시인들이
다시 반복하지 않고도, 농촌을 도시화하는 데 있어서 전혀 다른 방
식의 가능성을 제시할 수 있을 것이라는 기대를 표명한 것이다. 뒤
떨어졌다는 것은 〈차이를 내는 반복〉의 가능성을 열어놓는 것이다.
그러므로 〈오늘의 적〉은 옹호하면서도 〈내일의 적〉을 몰아내는 데
열심인 사이비 현대시인들의 거짓말이 아니라, 〈내일의 적〉을 대적
하기 이전에 우선 〈오늘의 적〉을 대면하려는, 거짓말을 하지 않는
진정한 시인들을 김수영은 더욱 높이 평가할 수 있었던 것이다. 그
러나 김수영이 제안하는 또 다른 길은 〈내일의 적〉을 〈오늘의 적〉에
서부터 싸워나가는 것, 예컨대 〈보이지 않는 38선〉을 통해서 〈보이
는 38선〉과 싸우는 것이다. "역사 안에 산다는 건 어렵다"(『전집2』,
341쪽)는 그의 고백은, 그러므로 세계사의 〈시간 차이〉를 경험해야
하는 후진국 시인의 처지에 대한 설움과 여유를 동시에 대변해준다.

〈현대시는 역사적인 면에서 볼 때는 과거와의 단절의 시〉 운
운의 말을 하는 포멀리즘의 무수한 현대시론이 범람하고 있는

것을 알지만, 이것은 역사의식을 근절하라는 말이 아닌 것은
물론이다. 특히 우리나라와 같이 완전한 언론의 자유가 없는
데에서 派生하는 역사의식의 跛行을 누구보다도 먼저 시정해
야 할 것이 지성을 가진 시인의 임무인 것을 생각할 때, 젊은
시인들의 편파적인 存在詩의 이행은 어찌보면 경계해야 할 일
이기까지도 하다. 우리의 현실 위에 선 절대시의 출현은, 대지
에 발을 디딘 초월시의 출현은 서구가 아닌 된장찌개를 먹는
동양의 후진국으로서의 역사의식을 체득한 지성이 가질 수 있
는 포멀리즘의 출현은 아직도 시기상조인가?(『전집2』, 401쪽)

누구보다도 정치와 혁명의 현대적 성격을 잘 알고 있는 현대성의
시인들이 "오늘의 적"을 극복하지 않은 채로 "내일의 적"을 상대로
헛주먹을 날리는 것은, 그들이 대지를 초월한 과거의 시를 반복하고
있다는 것을 의미한다. 그들은 "오늘의 적"을 너무 쉽게 무시할 수
있었다. 힘이 들지 않았던 것이다. 힘들이지 않고 쉽게 얻어낸 현대
성은, "오늘의 적"에 대해서는 물론이고 "내일의 적"에 대해서조차
아무런 효험을 볼 수 없으면서, 다만 그들만의 포오즈를 만족시키는
데에 지나지 않게 된다. "현대성은 육체에서 나오"(『전집2』, 214쪽)
는 것이라는 김수영의 관점에서 보면, 그들은 "뒤떨어진 현실에서
뒤떨어지지 않은 것 같은 시를 위조해 내놓는 것"(『전집2』, 350쪽)
에 지나지 않는다. 더욱 큰 문제는, "적당한 감각적인 현대어를 삽

입한 언어의 彫琢이나 세련되어 보이는 이미지의 나열과 구성만으로 현대시가 된다고 생각하는 무서운 과오"(『전집2』, 246쪽)가 "시를 생활할 줄 모르는 풋내기 문학청년들의 타성"(『전집2』, 148쪽)으로 이어진다는 데에 있다. 그들은 과거와의 단절이라는 것이 더욱 깊이 역사 속에 살기 위한 것임을 알지 못한다. 과거와의 단절은 영생(永生)과의 결별이라는 것을, 그리고 역사 속에서 모든 영생을 추방하는 반란이라는 것을, 심지어 자기 자신에게서조차 영생을 거절하는 절망이라는 것을 모른다. 현대성은 시간과의 결혼이기 때문이다. 문제는 그 시간을 통해 어떻게 현실을 극복하느냐에 있다.

　일상적인 관점에서 보면 시간이 〈과거-현재-미래〉의 순서대로 흘러간다는 생각이 자연스럽다. 또한 과거-현재-미래의 순서대로 흐르는 시간 사이에 어떤 필연적인 인과관계가 있다는 것도 무시하지 못할 상식에 속한다. 시간의 흐름이 그러하다면 앞에 있는 것이 원인이고 뒤에 따라오는 것은 결과이며, 그 반대의 관계는 비합리적인 발상이라고 생각하는 것이 보통이다. 이 경우 과거를 부정하고 새로운 미래를 준비한다는 것은 〈과거-현재-미래〉 사이의 필연적 인과관계를 박탈한다는 것을 뜻한다. 그 박탈의 순간은 부정되어야 할 과거[25] 자체에 의해서는 불가능하며, 새로운 시간인 미래에 의해

---

25) 이때의 과거는 권위와 권력을 동시에 의미하는데, 그것은 비단 전통만을 의미하는 것이 아니라 〈정치〉의 속성을 가리키는 것이기도 하다. 권위와 권력은 일방적으로 위에서 아래로 내려오는 성질을 지니는데, 그것은 아래에서 위로 올

서 준비된다. 과거를 부정하고 새로운 시작을 준비하기 위해서는 미래가 먼저 와야 한다는 것이다. 그래서 새로운 미래의 설계는 사람들이 과거를 부정하고, 새로운 시작을 준비하는 기회를 제공한다. 김수영의 현대성은 이처럼 〈미래〉에서 출발하는 시간을 제안한다. 예컨대 그가 현실에 대해서 부자유를 경험하고 설움을 느낀다면, 그것은 그가 현실을 이미 미래의 목적인 자유와 긍지에 관련지었기 때문이다. 그는 미래의 목적을 이미 선택하였고 그 선택한 목적을 현실에 관련시켰던 것인데, 그렇게 해서 그는 현실을 부자유한 상황으로 변화시킨 것이라고 할 수 있다. 이처럼 미래의 목적을 현실에 관련지었을 때 〈현실〉은 비로소 〈상황〉으로 돌변한다. 이에 대해서는 다음의 예가 더욱 구체적이다.

> 내가 사과를 재배하고자 하는 토지가 사과 재배에 적합한지 아닌지는 나의 기획 투사에 달려 있는 것이 아니라 토양의 성질에 달린 것이다. 나는 이러한 성질을 계산에 넣어야만 한다.

라가는 방향에 대한 두려움을 품고 있다. 김수영의 경우 시가 그 두려움의 자리를 차지한다. 시는 아래에서 위로 올라가는 권위와 권력의 가능성을 품고 있는 것이기 때문이다. 그런 의미에서 정치는 미래를 〈향해서〉 과거를 실어 나르려 하지만, 시는 오히려 과거를 〈향해서〉 미래를 실어 나르려고 한다. 그래서 표면적으로는 정치는 미래지향적인 것처럼 보이고, 시는 과거지향적인 것처럼 보인다: "꽃은 過去와 또 過去를 향해서 / 피어나는 것 / 나는 결코 그의 種子에 대해서 / 말하고 있는 것이 아니다"(「꽃2」)

나는 거름을 줌으로써 토양의 성질을 개선하려 할 것이고, 또 이러한 토질에 잘 맞는 특정 품종을 선택하려 할 것이다. 토지는 내가 그것을 발견한 그대로 있다. 만일 토지가 과일 재배에 적합하지 않다면 나는 이러한 어려움을, 내가 과일을 재배하려는 기획 투사를 그려보는 그 순간에 비로소 발견하게 되는 것이다.[26]

이 글에 따르면 현실이 어떤 일을 추진하는 데 적합한지 아닌지를 따져보았을 때, 그때야 비로소 현실이 그 목적의 관점에서 상황으로 보인다는 것이다. 미래에 연결됨으로써 토지는 토지 이상의 것으로 보인다는 것이다. 이처럼 미래를 염려하는 기획 투사를 통해서 인간은 자신이 특정한 상황에 처해 있다는 것을 느끼게 된다. 그렇다면 현실에 참여한다는 것은 주어진 현실을 특정한 상황으로 한정하여 드러낸다는 의미를 포함한다. 현실은 그 자체로 주어져 있는 것이 아니라 기획 투사를 통한 인간의 참여를 통해서 비로소 현실로 드러난다는 것이다. 이렇게 현실을 상황으로 보여주는 것이 시적 참여의 기능이다. 시적 참여는 현실을 상황이라는 각도에서 바라보게 만든다. 예컨대 설움이라는 감정은, 그가 현실을 특정한 각도에서 바라보고 있다는 것을 알려준다.

---

26) 발터 비멜, 구연상 역, 『사르트르』, 한길사, 1999, 216쪽.

그러나 동일한 현실에 대해서 아무런 감정도 전달받지 못하는 사람에게 상황은 다시 주어진 현실로 나타난다. 그때 그는 상황의 지평에서 현실을 바라봄으로써 현실을 다르게 볼 수 있는 가능성의 길을 상실한 것이다. 그러므로 그는 스스로 사물적인 존재방식을 선택한 것이나 마찬가지이다. 그는 자신의 감정을 통해서 드러난 상황의 의미를 자신의 것으로 받아들이지 않고 그것이 단순히 자신의 바깥에, 자기와는 무관하게 있는 것이라고 생각한다. 예컨대 그가 공포를 느끼는 대상은 본래부터 공포스럽게 생겼다는 것이다. 그러나 상황에 대한 정서적 반응은 의식이 통제할 수 있는 것이 아니다. 어떤 대상에 대해서 정서적 반응을 명령하는 것은 그의 무의식 차원에서 이루어진다. 중요한 사실은 동일한 현실에 대해서도 사람들은 서로 다른 상황으로 받아들인다는 것인데, 그것은 인간의 현실이 주어져 있는 것이 아니라는 것, 그러므로 주어진 그대로의 현실을 〈부정〉하는 능력이 인간에게 있다는 것을 입증해 준다. 그때 현실은 〈부정적〉인 것으로, 즉 불만족스러운 것으로 드러나게 된다.

나는 어쩌면 빈약하고 불성실한 우리 사회에 대한 불만의 책임을 과남하게 우리 시단에다 쏟았는지 모르고, 정치인의 영역에 속하는 책임을 성급하게 시인에게 뒤집어씌우려는 시대착오를 범했는지도 모르지만, 우리나라와 같은 뒤떨어진 미숙한 사회에서는 아무래도 시인들의 현실적 책임이 시의 기술면

에만 치중될 수 없는 애로와 보행이 있지 않을까 한다(『전집
2』, 350쪽).

　기획 투사 행위는 그 자체로 현실에 대한 불만을 드러내는 것이
다. 그것은 현실이 그 자체로 주어져 있는 것이 아니라 특정한 결핍
의 측면을 지니고 있다는 것을 확인하고 그것을 보완하려는 뜻을
내포하고 있다. 김수영은 그 불만 제거의 책임이 정치인에게만 있
는 것이 아니라 시인에게도 있다고 말한다. 그것은 시인이 정치인
의 몫을 대행해야 한다는 뜻이 아니다. 시인은 시인의 방식으로 뒤
떨어진 사회를 뒤떨어지게 만드는 장애를 극복하려는 노력을 해야
한다는 뜻이다. "정치인의 영역에 속하는 책임"을 오직 정치인에게
만 맡기려고 하는 것은, 정치인의 영역과 시인의 영역을 엄격하게
구별하려는 태도에서 나온 것이며, 이는 정치의 전선(戰線)이 사라
지고 있다는 현대의 정치 풍토에 비추어본다면 뒤떨어진 사고방식
에 불과하다. 정치인의 영역과 시인의 영역을 구별한다는 것은 "시
대착오적 유미주의"(『전집2, 245쪽)의 발상인 것이며, 오히려 지배
정치의 영역을 시인이 인준해주는 결과를 낳게 된다. 그러나 현대
의 정치는 정치적 쟁점 주변에서보다는 그것과 전혀 무관한 것처럼
보이는 평온한 일상에서 더욱 은밀하게 진행되고 있으며, 따라서
일상을 뒤흔들어놓는 것만으로도 정치적 행위에 속하게 된다. 일상
의 행위도 충분히 정치적 행위로 전환될 수 있다는 것은 초현실주

의를 비롯한 현대예술이 일깨워준 것이다. 김수영은 정치인이 도달할 수 없는 자유의 영역을 개방함으로써 뒤떨어진 현실을 끌어올릴 책임이 시인에게 있다는 것을 강조함으로써 후진국의 시인이 처한 상황이 더욱 열악하다는 것을 부각시키고 있다. 시인은 정치인의 몫을 대행하면서도 또 그것을 부정해야 하는 이중의 과제를 떠맡고 있다는 것이다.

이때 현실을 부정하는 시인의 무기는 감정과 상상력이다. 현실은 그 자체로 충만하게 존재하여 아무런 외부도 지니고 있지 않은 것처럼 보이지만, 인간의 의식은 현실의 외부를 끌어들일 수 있는 능력을 지니고 있는데, 그 능력을 통해서 현실은 충만한 것이 아니라 외부를 통해서 결핍을 보충해야 할 대상으로 변화된다. 현실에 결핍을 끌어들이는 것도 인간의 의식이고 그 결핍을 보완함으로써 현실을 완전하게 만들려는 것도 인간이다. 불만의 요소를 끌어들일 수 있는 인간의 의식 앞에 현실은 아직 충분히 현실화되지 않은 것으로 나타난 것이다. 인간이 그 불만을 만족의 차원으로 변경하는 과정에서 현실은 드디어 현실화의 가능성을 얻게 되는 것이다. 그러나 현실에서 인간이 느끼게 되는 불만은 그가 주관적으로 현실을 향해 부가한 것이 아니다. 불만스런 상황은 현실을 통해서만 드러나는 것이기 때문이다. 불만이라는 감정은 인간과 현실 사이에서 형성되는 것이며, 인간과 현실의 연결점이다. 그러므로 우리는 그것을 순수하게 사적인 감정이라고 생각할 수 없다. 앞의 토지 경작의 예를 통해서도 알 수 있듯이 그것은 객관성의 현미경에는 잡히지 않지만 엄연히 현실에 실재하고 있는 결핍인 것이다.

그러나 인간이 의식적으로 그 감정을 반성해보지 않는다면, 즉 현실에 대한 실천적 관계를 맺지 못한다면, 그러한 결여적 측면은 현실에서 사라지고 현실은 실증주의가 주장하는 주어진 현실로 전락하고 만다. 그 결핍의 장소에서 인간과 현실이 비로소 만날 수 있음에도 불구하고 실증주의는 그것을 주관이나 객관 어느 한쪽의 탓이라고 몰아부침으로써 인간과 현실을 떼어놓는 기능을 한다. 그러나 인간은 불만[27]을 통해서 현실과 만났을 때 비로소 인간다운 인간이 되는 것이다. 인간이 현실과 만나는 길은 충만해 있는 것처럼 보이는 그 현실에서 구멍을 드러나게 만들 때 가능한 것이다. 예컨대 현실이 시대에 뒤떨어졌다는 기분은 오직 현실을 뒤떨어지지 않은 것으로 변경시키려는 기획 투사에 의해서만 드러나는 사태인데, 그때 그 기분은 현실과 만나고 있다는 것, 혹은 사랑을 나누고 있다는 것을 의미한다. 그것이 증오나 설움의 형태로 나타난다고 해도 현실에 대해서 느끼는 모든 감정은 그가 현실과 대립하고만 있는 것이 아니라 현실과 사랑을 나누고 있다는 것을 의미한

---

27) 문명의 탄생과 불만(족)의 등장을 동시에 파악한 것은 프로이트이다. 문명이라는 것은 인간이 자연상태(어머니와의 일체)로부터 분리를 대가로 주어지는 것으로, 그때 인간은 자연으로부터 분리된 불만족의 상태에 놓이게 된다. 만족의 상태는 죽어서 흙으로 돌아갈 때만 가능하다.

다.[28] 사랑이란 상대방의 결핍을 채워줌으로써 자기의 결핍도 채우

28) 사랑, 자유, 욕망의 관계는 중요하게 취급될 필요가 있다. 우선 사랑과 자유에 대해서 김수영은 이렇게 말한다 : "자유와 방종은 그 척도의 기준이 사랑에 있다는 것만을 말해두고 싶습니다. 사랑의 마음에서 나온 자유는 여하한 행동도 방종이라고 볼 수 없지만, 사랑이 아닌 자유는 방종입니다. … 우리들의 사회에서는 백이면 백이 거의 다, 사랑을 갖지 않은 사람들의 자유가 사랑을 가진 사람들의 자유를 방종이라고 탓하고 있습니다"(『전집2』, 35쪽) 그 사랑이 욕망이라는 것은 「사랑의 變奏曲」의 첫구절 "욕망이여 입을 열어라 그 속에서 / 사랑을 발견하겠다"를 통해 확인할 수 있다. 이를 통해서 볼 때, 욕망의 유래는 〈분리〉이며 그 분리를 극복하고 〈통합〉되는 〈사랑〉이 목적이긴 하지만, 욕망이 사랑하는 대상은 항상 〈적대적인 반대물〉이라는 점을 강조할 필요가 있다. 그 통합이 소망스러운 일이긴 하지만, 그 통합과 더불어 욕망은 〈죽음〉을 받아들여야만 한다. 결핍이 사라진 욕망은 있을 수 없기 때문이다. 따라서 욕망은 〈사랑〉과 그 사랑의 완성이라고 할 수 있을 〈죽음〉 사이에서 균형과 긴장을 유지하면서 살아갈 수밖에 없다. 완전한 분열을 부정하지만, 그렇다고 해서 완전한 통합도 긍정할 수 없는 욕망의 성격은 신도 동물도 아닌 인간이 처한 중간적 입장을 반영하고 있다. 따라서 사랑은 항상 〈적을 사랑하는 것〉이라는 뜻을 내포한다. 사랑이 없는 자유란 적을 방출하는 형태의 소극적인 자유를 뜻하는 것으로, 그보다는 적을 내부에 끌어안으면서도 통합되지 않는 그러한 결합이 바로 〈사랑〉이라는 것을 말한다. 자유와 사랑의 방향은 〈적으로부터〉 도피하는 것이 아니라 〈적을 향한〉 것이며, 그 결과 적에 대한 두려움을 극복해내는 것이라고 할 수 있다. 목숨을 건 싸움 이후에야 드디어 〈相生〉에 도달하게 된다. "역설적으로 말하자면 정부가 지금 할 일은 사회주의의 대두와 촉진 바로 그것이다"(『전집2』, 339쪽)라고 했을 때 그것은 〈상생의 싸움〉과 자유, 사랑이 요구된다는 것을 가리키는 것이며, "위선 저쪽을 무서워하는 마음이 없어져야 한다"(『전집2』, 334쪽)는 것은 적에 대한 두려움을 극복하는 싸움과 돌파의 정신이 요구된다는 것을 가리킨다.

는 상생(相生)의 방식이기 때문이다. 따라서 현실의 결핍을 자각하게 되는 것은 현실에 완전성을 부여하면서 자기도 완전해지기를 기대하는 소망의 표현이다. 그러므로 주어진 현실에 구멍을 내고 거기에 부재(不在)를 현존하게 만드는 인간의 상상력은 인식능력일 뿐아니라 인간의 존재방식을 가리킨다. 시를 통해 보게 되는 환상이 종종 존재의 전환[29]을 불러일으키는 이유가 거기에 있다. 그래서 시인이 된다는 것은 온몸 자체가 눈(眼)이 된다는 것이며, 온몸으로 현실에 부재를 도입하는 상상력이 되어야 한다는 것을 의미한다. 시인은 자신의 몸 전체가 시가 되지 않으면 안 된다. 이처럼 몸 전체가 상상력이 되어야 할 시인이 현실의 결핍을 충분히 보여주지 못하고 있다는 것은, 그가 이론적인 수준에서(참여시) 혹은 기교의 측면에서(순수시)만 현실에 관계하고 있다는 것을 뜻한다.

아직도 마당 위에 얼어붙은 먼지에 쌓인 얼음들은 요지부동이지만, 직경 2미터도 안 되는 목욕솥의 해빙이 알려주는 봄의
전조는 새싹을 보는 것보다도 더 반갑다. 새싹이 틀 때 봄을
느끼는 것은 이미 늦은 감이 들고, 가을의 낙엽을 보고 셸리처럼 지나치게 일찍이 봄을 예고하는 것은 너무 詩的이어서 싫고, 그저 남보다 조금 먼저 凡人처럼 봄을 느끼는 것이 자연스

---

29) 상상력에 의한 〈존재의 전환〉이라는 개념은 바슐라르의 것이다.

러워 좋다. 새싹이 솟고 꽃봉오리가 트는 것도 소리가 없지만, 그보다 더한 침묵의 극치가 해빙의 동작 속에 담겨 있다. 몸이 저리도록 반가운 침묵, 그것은 지긋지긋하게 조용한 동작 속에 사랑을 영위하는, 동작과 침묵이 일치되는 최고의 동작이다. …(중략)… 피가 녹는 것이라고 생각해본다. 얼음이 녹는 것이 아니라 피가 녹는 것이다. 그리고 목욕솥 속의 얼음만이 아닌 한강의 얼음과 바다의 피가 녹는 것을 생각해본다. 그리고 그 거대한 사랑의 행위의 유일한 방법이 침묵이라고 단정한다. 우리의 38선은 세계에서 제일 높은 빙산의 하나다. 이 강파른 철덩어리를 녹이려면 얼마만한 깊은 사랑의 불의 조용한 침잠이 필요한가. 그것은 내가 느낀 목욕솥의 용해보다도 더 조용한 것이어야 할 것이다. 그런 조용함을 상상할 수 없겠는가. 이것이 다가오는 봄의 나의 촉수요 採針이다. 이 봄의 과제 앞에서 나는 나를 잊어버린다(『전집2』, 96-7쪽).

　겨울과 봄 사이의 "거대한 사랑의 행위"[30]를 통해서 알려지는 것은 "몸이 저리도록 반가운 침묵"이다. 김수영에게 있어서 침묵이란 기존의 모든 언어가 한번도 보여주지 못한 전혀 새로운 세계를 펼쳐 보여주는 언어의 출현을 가리킨다. 그 새로운 언어는 비록 시인의

---

30) 그것이 거대한 사랑인 것은 가장 최대의 적 사이의 화해이기 때문이다.

입을 빌어 표현되긴 하지만 시인조차 알아들을 수 없을 만큼 "모기 소리보다 더 작은 목소리"(『전집2』, 254쪽)인 것이며, 따라서 그것은 여지껏 "아무도 하지 못한 말"(같은 쪽)이기 때문에 그 순간 모든 언어가 집약되어 변화를 겪는 상태를 뜻한다. 그래서 모든 시인은 침묵을 기다리는 것인데, 그 침묵이 찾아올 때 "몸이 저리도록 반가운" 것은 당연하다. 지금 이 글에서는 겨울과 봄이라는 두 적(敵)이 서로 사랑을 나누는 장면에서 연출되는 해빙의 침묵을 그리고 있다. 그리고 그 해빙의 장면에서 시인이 보는 것은 목욕솥에서 녹고 있는 38선이다. 김수영은 "냉전"을 가리켜 "우리들의 미래상을 내다볼 수 있는 눈을 주지 않는" 것이며, "주위의 모든 사물을 얼어붙게 하는"(『전집2, 62쪽) 것이라고 했는데, 그렇기 때문에 사물을 다양한 각도에서 바라보게 만드는 시인의 상상력이 자유롭게 비상하기 위해서는 반드시 38선을 먼저 통과하지 않을 수 없다. 겨울과 봄의 거대한 사랑처럼 시인과 현실 사이에 거대한 사랑이 있어야만 38선의 해빙을 통한 자유로운 비상이 가능한 것이다.

이처럼 보이지 않는 38선을 통과하기 위해서 시인은 현실에 대해서 온몸으로 관계하지 않으면 안 되는 것이다.[31] 이때 온몸으로 전해

---

31) 최근에 발굴된 김수영의 「板門店의 感傷」이라는 시에 대한 그의 해명(「범한 진실과 안 범한 과오」)에서 김수영은 그 시가 "될 수 있으면 판문점에 관한 것을 정면으로 쓰지 않고 오늘의 판문점의 현실을 그려보려고 했던 것"이라고 하면서, 그 이유로 "외부에서 벌어지는 연극"이 "동시에 우리들의 내부에서도 똑같

져 오는 설움과 비애의 감정은 시인이 현실에 관계하는 양상을 드러내는 통로라고 할 수 있다. 시인은 감정을 통해서 현실과의 만남을 보존하고 있는 것이다. 그런 측면에서 시인의 감정은 이론적으로 파악된 현실보다 더욱 진리에 가깝다고 할 수 있다. 〈보이는 38선〉보다 〈보이지 않는 38선〉의 불안이 더욱 현실에 가까운 것처럼, 시인의 감정은 아직은 현실에 도착하지 않은 미래를 상상을 통해 도입하기 위하여 그가 몸소 현실에 구멍을 내고 있다는 사실을 전해주기 때문이다.[32] 이에 반해 이론적 태도는 이런 식의 38선 관통을 신뢰하지 않는다. 그러한 입장은 오로지 현재적인 것만이 그 자체로 완전하게 시야에 포착된다고 믿는다. 그러나 그것이 아무리 객관성을 가장하고 있다고 할지라도, 그런 객관성이 현실의 진상을 보여주는 것은 아니다. 오히려 현실에 부재를 도입함으로써 현실을 비로소 현실로서 나타내 보이는 시인의 상상력이 현실을 온전히 그 전체성의 시각에서 포착할 수 있게 해준다. 그것은 현실을 고정시키는 정적인 전체성의 시각이 아니라 현실에 변화가능성을 도입하는 운동하는

은 양상으로 벌어지고 있"음을 들고 있다.(전상기, 「자료-김수영의 시와 시론」, 민족문학사학회, 『민족문학사연구』 20호, 2002년, 413쪽 참조.)

32) 김수영은 로버트 그레이브스의 다음과 같은 말을 인용하고 있다 : "고립된 단독의 자신이 되는 자유에 도달할 수 있는 간극(間隙)이나 구멍을 사회기구 속에 남겨놓지 않는다는 것은 더욱 나쁜 일"(『전집2』, 252쪽)이다. 그 구멍은 사회적 질서와 획일주의의 통제를 벗어나서 자기자신이 되는 자유가 주어지는 공간을 가리킨다.

전체성의 시각이기 때문이다. 시인이란 자신부터 항상 움직이면서 현실이 다른 방식으로 보이는 눈의 각도를 조율하는 사람인 것이다. 그러므로 현실을 남김없이 전체에 있어 포착한다는 것은 오직 현재의 현실에 만족하지 않고 그 현실에 부재하는 것을 현재에 도입하는 시적인 사고를 통해서만 가능한 것이다. 이러한 의미에서 시적인 전체성의 시야는 현실 저 너머에 실체적인 것으로 현존하고 있다는 믿어지는, 태양으로 상징되는 초월적인 시선과는 구별된다. 그러한 시선은 차라리 정치 권력이나 권위의 눈을 닮은 것이다. 그리고 그 초월적인 시선에 가장 근사하다는 것이 대지에서 벗어난 순수시의 딜레마인 것이다.[33] 그와 마찬가지로 객관성을 가장하는 신적인 전체성은 현실을 한없이 벗어나 있다는 점에서, 그리고 현실의 각질을 돌파하기 위한 뼈저린 투쟁의 노고를 알지 못한다는 점에서, 또한 가급적 주관으로 하여금 현실에 발을 디디지 못하게 하는 권위적인 태도를 취한다는 점에서 오히려 〈인간적 현실〉을 은폐하는 기능을 수행하게 된다. 그와는 반대로 현실 내부에서 현실의 제약을 온몸으로 겪은 시인이 목숨을 건 도약을 통해 도달한 부재의 이미지가 〈인간적 현실〉을 개방하는 것이다. 그런 의미에서라면 존재를 통해 현실을 파악하는 것보다 부재에서 현실을 구성하는 것이 더욱 진리에

---

33) 김수영은 이어령과의 논쟁에서 순수 자율성의 입장이 정치권력을 대행한다고 비판한 바 있다.

가깝다고 할 수 있다.

그러나 미래를 향해 단행되었지만 아직은 알 수 없는 상상력의 비상과 그 비상의 거리를 감지하는 현재의 반성적 의식 사이에는 어떤 심연이 가로 놓여 있다. 하이데거에 따르면 미래로 던지는 행위와 그렇게 던진 것이 과거를 거쳐 현재로 다시 출현하는 과정에서 어떤 도약이 발생한다는 것이다. 도약이 발생하는 그 심연 때문에 〈미래-과거-현재〉 사이에서는 현실에서 제대로 작동하는 인과율이 전혀 적용되지 않는다. 아직 알려지지 않은 미래를 향한 기획 투사가 과거를 거쳐서 현재로 다시 돌아왔을 때, 무의식에서 쏘아 올린 그 기획 투사의 내막을 의식은 알지 못한다. 의식은 무의식으로 하여금 기획 투사할 것을 강요할 수도 명령할 수도 없기 때문이다.[34] 그러

---

34) 그런 뜻에서 그는 굳건하게 통일된 신념과 사상을 전달하려는 참여시에서 멀어진다. 「참여시의 정리」(『창작과비평』,1968.겨울)라는 글에서 그는 참여시의 새로운 모델을 제시하려고 했는데, 그 기본 입장은 무의식과 의식의 분열을 받아들이는 데서 시작된다. "무의식의 시가 시로 되어 나올 때는 의식의 그림자가 있어야 한다. 이 의식의 그림자는 몸체인 무의식보다 시의 門으로 먼저 나올 수도 없고 나중 나올 수도 없다. 정확하게 同時다. 그러니까 그림자가 있기는 있지만, 이 그림자는 그림자를 가진 그 몸체가 볼 수도 없다. 또 이 그림자는 몸체가 볼 수도 없다. 몸체가 무의식이니까 자기의 그림자는 볼 수 없을 것이고, 의식인 그림자가 몸체를 보았다면, 그 몸체는 무의식이 아닌 다른 것일 것이기 때문이다." 무의식에만 치중하려는 속류 초현실주의를 경계한다는 뜻에서 그는 의식과 무의식의 적대적 갈등을 도입하고, 그 결과 결코 동시에 출현할 수 없는 의식과 무의식이 〈시의 門〉을 동시에 나서게 되는 상태를 시의

나 우리가 의식적으로 미래를 기획할 때, 무의식은 이미 그보다 한 걸음 앞선 미래를 설계해놓고, 의식이 그것을 발판으로 인생을 설계하게 유도한다. 그렇다면 우리는 항상 더 먼 미래를 발판으로 해서 현재의 삶을 영위한다고 할 수 있다. 현재의 삶을 좌우하는 것은 이미 지나간 과거의 시간들이 아니라 아직 오지 않은 먼 미래라는 것이다. 그러한 먼 미래는 우리의 삶에 발판으로 작용하고 〈있었다〉는 점에서 과거적 성격을 띠고 있지만, 동시에 아직 그 내막이 알려져 있지 않다는 점에서는 여전히 미지의 영역으로 남는다. 이 부재하는 미지의 시간은 과거와 현재 사이에서 인과적 요소를 박탈하고 새롭게 그 연결의 관계를 재구성하는 허구의 시간 기점인 것이며, 또한 그렇게 함으로써 확고부동한 것으로 보이는 과거의 권위를 박탈하고 현재를 끊임없이 다른 시간으로 이동시키는 혁명의 시간 기점이라고 할 수 있다. 이러한 순환적 시간관은 미지에서 시작되는 허구적, 시적 시간이 그 자체로 혁명의 시간이기도 하다는 사실을 보여주고 있다. 따라서 김수영이 상상력을 통해 도약하

완성으로 보고 있다. 그 완성은 분리와 통합이 동시에 이루어진 반어적 관계일 것이다. 그 싸움의 와중에서 의식(참여의식)은 무의식(정치이념)이 쏘아올린 기획을 알지 못하지만 그것을 알고자 무의식에 도달하려 하고, 무의식(정치이념)은 의식(참여의식)에 직접 개입할 수 있는 방도가 없기 때문에 애써서 의식에 도달하고자 하는 욕망의 관계가 이루어진다. 이러한 의식의 분열을 받아들였을 때 참여시는 언어관, 주체관, 현실관에 있어서 결정적인 변화를 겪지 않으면 안된다.

는 미지의 시간은 현실에 구멍을 내고 결핍을 도입하는 절단과 초
월의 시간이기도 하지만, 또한 동시에 과거를 현재에 부단히 다른
방식으로 연결하여 지속적으로 역사를 다시 재구성하게 만드는 연
결의 시간이기도 하다. 이처럼 혁명적 단절로 인해 삶에 순간적인
충격을 제공하면서도, 그렇게 흩어진 시간을 새롭게 재구성하여 우
리 삶의 발판을 제공하려는 미지의 시간은 오직 시인의 상상력을
통해서 가능한 것이다.

　이러한 시간의 순환적 흐름은, 전통을 향해서 우선적으로 단절의
선을 만들어내지만, 다만 단순한 단절에서 그치는 것이 아니라 전통
을 새로운 시간으로 거듭나게 하는 역사적 작업이기도 하다. 그런
의미에서 김수영은 전통을 단절한다는 현대시의 정신이 단순히 역
사의식을 망각하라는 것이 아님을 강조했던 것이다. 진정한 전통 단
절의 의지는 전통을 폐기 처분하는 것이 아니라 전통이 매순간 새로
운 모습으로 되돌아오게 만드는 시도를 단행하는 것이다.

　　　향로인가보다
　　　나는 너와 같이 자기의 그림자를 마시고 있는 향로인가보다

　　　내가 너를 좋아하는 원인을
　　　네가 지니고 있는 긴 역사였다고 생각하는 것은 過誤였다

길을 걸어가면서 생각하여보는

향로가 이러하고

내가 그 향로와 같이 있을 때

살아 있는 향로

소생하는 나

덧없는 나
　　　－「더러운 香爐」의 부분

　전통은 반복될 것이지만 미지를 향해 기획 투사하는 시인에게 전통은 항상 다른 옷을 입고 현재로 되돌아온다. 그래서 그는 향로에 새겨진 "긴 역사" 때문에 향로를 좋아하는 것이 아니라, "내가 그 향로와 같이 있을 때" 그것이 비로소 "살아 있는 향로"가 된다는 것에 기쁨을 느낀다고 말한다. 설사 그 향로의 〈더러움〉이 그에게 부끄러움을 가르쳐준다 할지라도 그 더럽다는 느낌을 통해서 향로는 이미 향로 이상의 것으로 새롭게 소생한 것이며, 그것 자체만으로도 하나의 기쁨일 수 있다는 것이다. 그것은 향로의 긴 역사에 비해 훨씬 짧은 생을 살아야 하는 "덧없는" 시인이 그 긴 역사를 비로소 역사로 만들어 준다는 데서 오는 기쁨이기도 하다. 아무리 오래된 전통일지라도 그것이 항상 같은 모습으로 반복되는 것이 아니라, 매번 다른 옷을 입고 등장하게 되는 것은 이렇게 미지의 시간을 더듬어 찾는 시인이 있기 때문이다. 이렇게 차이를 만들어내면서 반복되는 전통의 모습은 "자기의 그림자를 마시고 있는 향로"라는 표현에 담겨 있다. 그림자라는 것은 사실상 헛것이고, 그 뒤에 항상 어떤 실체가 듬직하게 고정되어 있다는 사실을 암시하는 것일 텐데, 그 향로가 그림자를 마셔버린다면 그림자로 하여금 배후의 실체를 암시하게 하는 기능을 멈춘다는 것이고, 그것은 향로가 변화에 개방되어 있다는 것을 뜻한다. 전통과 단절하는 것으로 만족하는 뿌리 없는 현대시와는 상반되게,[35] 김수영은 미지에서 출발하는 순환적 시간관을 통하여 매번 다른 모습으로 전통을 불러내는 방식을 알고 있었던 것이다. 그것은 이후에 "전통은 아무리 더러운 전통이라도 좋다"(「거대한 뿌리」)라는 김수영의 그 유명한 구절로까지 이어지는데, 그것은 한편으로는 낡은 모습으로, 다른 한편으로는 새로운 모습으로 되돌아오는 전통의 역설을 그 스스로 이해하고 있다는 것을 드러낸 것이다. 그렇다면 전통이 여전히 생생한 생명력을 지니고 있을 때는 그것이 시적 혁명의 한 가운데에서 재가공되는 순간이라고 해야 할 것이다.

그렇다면 향로는 지금 어떤 상황에 놓여 있다고 해야 한다. 미래에서 불러낸 시간이 향로를 새로운 상황 위에 옮겨 놓은 것이다. 이

---

35) 전통과의 단절을 소리 높여 외치는 현대시는 사실상 〈전통에 대한 두려움〉을 극복하지 못했다는 것을 뜻하는데, 김수영의 입장에서 전통을 진정으로 극복하는 길은 바로 그 〈전통에 대한 두려움〉을 극복하는 것으로, 전통을 상대로 한 〈목숨을 건 싸움〉을 통과한 것이어야 한다.

처럼 부재하는 미지의 시간을 통해서 현실과 새로운 관계를 맺으려
는 시인의 상상력은 온몸을 예민한 시각으로 만들어서 그가 보고 있
는 사물에서 자신이 극복해야 할 상황을 드러나게 만드는 것과 짝을
이룬다. 그러나 미래를 향한 시인의 상상력은 시인이 직접 볼 수 없
는 무의식에서 발생하는 것이기 때문에, 그것은 현실이라는 거울을
통해서만 확인된다. 현실에 대한 무의식 차원에서의 부정은 그렇게
부정된 현실에서 전해오는 감정을 통해 의식에 다시 나타나는 것이
다. 무의식에서 현실을 극복하고 비상한 거리를 직접 볼 수 없는 시
인은, 그 미지의 시간이 되돌아와 그 모습을 드러낸 눈앞의 상황에
대한 자신의 감정을 통해서 우회적으로만 그 거리를 확인할 수 있을
뿐이다. 또한 시인은 자신이 숨쉴 수 있는 유일한 바다라고 믿었던
미지의 시간에 대해서조차도 안심하고 머물 수 없다. 그 미지의 시
간은 항상 다른 곳으로 이동해야 할 운명에 놓여 있는 것이다. 미지
의 시간은 머물러 있는 순간 기지(旣知)의 시간으로 되어버린다.[36]

---

36) 김수영은 기지(旣知)에 대한 적대감을 노골적으로 드러내면서, 그것을 〈산문〉
　　과 〈소설〉 쪽으로 몰아넣고, 미지(未知)를 〈시〉에 해당되는 것으로 인식하고 있
　　다. 〈산문=의식=내용=의미=현실성=참여 / 시=무의식=형식=예술성=순수〉라
　　는 대립구도는 김수영 시론 전체를 관통하는 것으로서, 그 적과의 목숨을 건 싸
　　움의 선편을 쥐고 있는 것은 언제나 〈시〉에 관련되며, 싸움의 결과 〈산문〉과의
　　화해와 구제를 완수하는 것을 김수영은 〈작품의 완성〉으로 생각한다. 그 적들
　　의 싸움이 〈순환적 관계〉를 맺고 있다는 것도 커다란 특징이다. 무의식과 의식
　　이 서로 꼬리를 물고 반복되는 싸움을 진행하는 형세를 본따서 나머지 것들도

만약 시인이 특정한 무의식에 머물러 있으면서 현실을 항상 그와 같은 시각으로 보려고 한다면, 자유로운 상상을 가능케 했던 그 무의식의 혼돈은 돌연 의식을 지배하려는 경향으로 경직되어 버린다. 따라서 시인은 항상 자기자신의 영토를 적지로 삼아야 한다. 이처럼 미지에서 출발하는 시간의 특성은 영원한 순환의 시간이며, 항상 자기를 끊임없이 부정하고 배반해야만 작동하는 것이다. 끊임없이 자신이 서 있는 미지의 시간을 변경함으로써 과거와 현재의 의미를 다르게 변경한다는 것은, 항용 과거 전체를 실체로 만들고 그 유령적 실체를 단호하게 부정하는 것으로 만족하는 전통 부정론과 현격하게 차이나는 것이고, 현실을 사실로 돌리고 현실과 단호하게 결별하는 것으로 만족하는 소극적 자율성의 정신과도 갈라서는 것이라 할 수 있다.

동일한 방식으로 순환하면서 싸움을 구성하고 있다. 김수영은 기지에 대한 적대감을 다음과 같이 표현하고 있다 : "도대체가 시인은 자기의 시를 규정하고 정리할 필요가 없다. 그것이 그에게 눈꼽재기만한 플라스도 되지 않기 때문이다. 그는 언제나 시의 현시점을 이탈하고 사는 사람이고 또 이탈하려고 애를 쓰는 사람이다. … 기정사실은 그의 적이다. 기정사실의 정리도 그의 적이다. 그의 눈에는, 소설가란 생일을 잘 차려먹기 위해서 이레를 굶는 무서운 금욕주의자다. 무서운 인내가다. 결과로서의 소설의 발언이 시의 발언과 일치되는 점도 있지만 피차의 관점이 너무나 현격하다. 그 결과를 수긍하다가도 그 과정을 생각하면 소름이 끼친다."(『전집2』, 187쪽) (기정)사실이 그의 적이라는 말은, 그것이 시가 지향하는 미지의 가치와 싸움을 벌여야 통합될 수 있을 상대라는 뜻이기도 하다. 스스로 자신의 시에 〈산문〉이 도입되었다고 말하는 것도 그와 같은 적대적 싸움의 긴장감이 시에 도입되었다는 것을 드러내는 것이기도 하다.

　이처럼 미지의 것을 통해서 과거와 현재를 규정하고 한정하며 연결하는 작업은 낯선 것을 통해서 낯익은 과거와 현재를 항상 낯선 것으로 물들이는 행위이기도 하다. 그러기 위해서는 미지의 것은 전혀 알려져 있지 않은 것이어야 한다. 다시 말해서 미지의 것은 전적으로 〈새로운 것〉이어야만 한다. 그것은 기존의 것[旣知]으로부터는 인과적으로 도출될 수 없는 지점, 즉 우리로서는 상상할 수도 없는 순수한 지점에서부터 도래하는 사건이어야만 한다. 그런 면에서 미지의 것은 예언적 측면을 지니고 있어야 한다. 이미 알고 있는 것에서부터 충분히 예상 가능한 미지의 세계란 이미 알고 있는 것의 재탕에 지나지 않다는 점에서 전혀 새로움의 자격을 갖지 않는다고 할 수 있다. 진정한 새로움은 현실 내부에서는 충분히 유추해낼 수 없는 것이어야만 하고, 더 나아가 현실에서 유추되는 개연성에 속하지 않는 "불가능"이어야만 한다. 현재를 조망해주고 현재의 어두움을 밝혀줄 미지의 새로움이 진정한 새로움이기 위해서라면 그것은 현재와는 철저하게 단절된 것이어야만 한다. 따라서 미지의 시간은 과거와 현재를 낯설게 만들어줄 단절의 시간이라고 할 수 있다. 단절이란 그 계기가 미래에서 도래할 때 가능한 것이며, 또한 그 단절의 지점에서 과거와 현재를 새로운 방식으로 모으고 연결하는 것이다. 그런 의미에서 미지의 새로움, 그 새로움의 언어인 침묵은 단절과 연속이 동시에 발생하는 모순의 매듭(articulation)[37]이라고 할 것이다.

이처럼 현실적으로 불가능한 것(이를테면 38선)을 상상적 차원에서 돌파하려 했을 때 현실은 특정한 상황 속에서 놓이게 되는데, 이때 김수영이 발견하게 되는 것은 현실의 결핍(이를테면 자유)이다. 미지를 향한 시인의 상상력은 현실에서 발견되는 결핍을 향한 욕망과 사랑이라고 할 수 있다. 상상력은 자기 자신이 현실에 부재한다는 것을 절감하고, 그 현실에 침투함으로서 현실을 완전하게 하려는 〈사랑의 변주곡〉인 것이다. 상상력은 현실에 있는 것을 사랑하는 것이 아니다. 다시 말해서 자기자신과 동일한 것을 사랑하는 것이 아니다. 상상력은 다른 것에 대한 사랑과 욕망이다. 부재하는 것을 창조하고 또한 그것을 현실에서 사랑을 통해 실현하려는 것이 시인의 욕망인 것이다. 따라서 그가 현실에 대해서 〈사랑〉을 말하고 〈긍정〉을 제안할 때, 그것은 주어진 현실을 사랑한다는 것이 아니라 주어진 현실에서 결핍된 것을 사랑한다는 뜻이다. 김수영이 온몸으로 되고자 하는 것은 주어진 현실이 아니라 현실이 결여하고 있는 바로 그 부재인데, 따라서 그는 자기 자신이 온몸으로 그 부재가 되어 현

---

37) 매듭은 이처럼 분리와 결합을 동시에 포괄하는 단어이다. 그것은 미지의 것을 향한 기투(project)에서 발생하는 시간의 응집을 가리키기도 하지만, 또한 사회적 자아가 형성되는 투사(projection)의 산물이기도 하다. 투사 또한 미지의 기의를 향해 발생한다는 점에서 시간적 성격을 갖는다고 할 수 있다. 이처럼 주체가 현실을 구성하는 방식과 주체가 현실에서 구성되는 방식은 미지(未知)를 중심으로 유사한 구조를 보이고 있다. 그것은 모두 부재하는 것, 아직 알려져 있지 않은 것의 현실적 작용력을 입증하는 것이기도 하다.

실을 보충함으로써 완성되는 총체적 현실을 욕망하는 것이다. 김수
영 시는 현실을 재현하려는 것이 아니라 부재를 재현함으로써 현실
전체를 온전하게 현전하게 만들려는 욕망의 산물인 것이다. 그리고
그의 언어는 현실이 숨기고 있는 것이 드러나는 그 장면을 보이게
만들려는 노력의 산물이다.

3

죽음을 극복하려는 욕망의 변증법

　　김수영에게 있어서 현대성은 인간이 시간 속에서만 생명을 유지한다는 사실을 〈긍정〉하는 정신이다. 이때 시간 속에 산다는 것은 인간이 죽을 수 있는 존재라는 것을 뜻한다. 인간이 〈죽을 수 있는 존재〉라는 말은 다음과 같은 역설을 내포하고 있으며, 이는 김수영의 시에서 매우 중요하게 기능한다. 첫째, 죽을 수 있는 것에게만 생명이 주어진다는 것이다. 죽을 수 없는 것(예컨대 신(神)이나 무기물)에는 그것이 죽을 수 없다는 이유에서 생명도 주어지지 않는다. 그것들은 이미 죽어 있지만, 그것들에는 생명이 주어진 적이 없기 때문에 죽어 있다는 말조차 허용되지 않는다. 그것들은 죽음을 초월해 있기 때문에 삶과는 다른 영역에 속해 있는 것이다. 현대성 이전의 문학이 죽음을 초월하는 데서 불멸의 가능성을 찾았다고 한다면,

현대성의 문학은 죽음을 받아들이는 데서 불멸의 가능성을 찾는 것이다. 둘째, 살아 있다는 것은 그것이 죽음의 가능성을 가지고 있다는 것을 의미한다. 죽음의 가능성조차 가지고 있지 않은 것들(신이나 무기물)은 마찬가지 이유로 생명을 가지고 있지 않은 것이다. 그것들에게는 살아 있다는 말조차 허용되지 않는다. 그것들은 죽음의 가능성이 없기 때문에 움직이지 않는 불멸의 고정성이라는 성질을 갖는다. 그러므로 죽음의 가능성을 적극적으로 끌어들이는 현대성의 정신은 모든 불멸의 고정성에 대해 반란을 시도하는 하극상의 정신이기도 하다. 그렇다면, 살아 있다는 것은 생명에 본래부터 속해 있는 죽음의 가능성 때문이며, 바로 그렇기 때문에 죽음의 가능성에 속하지 않는 데서는 생명 또한 주어지지 않는다. 이것을 〈현대성의 역설〉이라고 한다면, "역설의 현대적 의미를 아는 사람이 우리 평단에는 한 사람도 없다"(『전집2』, 296쪽)는 김수영의 진단은 바로 죽음의 문제를 향하고 있는 것이다.

> 〈사람은 죽을 곳을 알아야 한다〉고 하지만 이 말은 시에도 통한다. 어떻게 잘 죽느냐 이것을 알고 있는 시인을 〈깨어 있는〉 시인이라고 부르고, 이것을 완수한 작품을 〈영원히 남을 수 있는 작품〉이라고 우리들은 항용 말한다. 그런데 조금더 따지고 보면 〈사람은 죽을 곳을 알아야 한다〉는 말은, 사람은 자기만이 죽을 수 있는 장소와 때를 알아야 한다는 말이 되는데 이

말을 시에다 적용하는 경우에는 〈자기나름〉으로, 즉 자기의
나름의 스타일을 가지고 죽어야 한다는 말이 된다. 이렇게 말
하면 영리한 독자는 또 독창성에 대한 〈다람쥐 쳇바퀴 도는〉
식의 講話로구나 하고 눈살을 찌푸릴지 모르지만 모든 시는
마르크스주의의 시까지도 합해서 어떻게 자기나름으로 죽음
을 완수했느냐의 문제를 검토하는 방법이라고 해도 과언이 아
니다. 그리고 모든 시론은 이 죽음의 고개를 넘어가는 모습과
행방과 그 행방의 거리에 대한 해석과 측정의 의견에 지나지
않는다(『전집2』, 407쪽).

오랫동안 인간이 〈죽을 수 있다〉는 사실은 조직적이고 체계적인
방식으로 은폐되어왔다. 그 동안 사람들은, 죽음이란 부정하고 극복
해야할 대상이며, 가급적 기억에서 제거해야 할 대상이라고 생각해
왔다.[38] 죽음을 찬양·고무하는 것은 인간의 삶을 위협하는 범죄라

---

38) 일상에서 죽음이 처리되는 방식에 대해서 하이데거는 다음과 같이 말한다. "공
공의 현존재 해석은 "사람은 죽는다"고 말한다. 왜냐하면 그렇게 말함으로써
모두 다른 사람에게 그리고 자기 자신에게 이렇게 꾸며댈 수 있기 때문이다 :
모두 다이기는 하지만 나는 아니야. 왜냐하면 여기서의 '그들' 이란 아무도 아
니기 때문이다. 〈죽음〉은 하나의 〈다반사적〉 사건으로 평준화되어버린다. 분
명히 현존재에게 해당은 되지만 고유하게는 아무에게도 속하지 않는 사건으로
평준화되어버린다."(하이데거, 이기상 역, 『존재와 시간』, 까치, 1998, 339쪽)
죽음을 〈나의 것〉이 아니라 〈공공의 것〉으로 처리함으로써 사람들은 죽음의

고 믿어졌으며, 바로 그런 이유에서 그러한 행위는 금지되어 왔다. 그것은 삶과 죽음을 적대적인 관계로 파악한다는 것을 뜻한다. 사람들은 죽음에 대한 생각을 억압할수록 인간의 삶에 활기가 넘칠 것이라고 생각했던 것이다. 그래서 사람들은 죽음을 〈나의 것〉으로 생각하지 않고 〈객관적인 것〉으로 대상화하는 데 익숙해 있다. 사람들은 죽음을, 심지어 나의 죽음조차 대상으로 바라본다. 그들이 죽음을 극복하는 방법은, 나의 죽음을 모두의 죽음(3인칭의 것)의 한 사례로 편입시키는 획일적인 방식으로 이루어진다. 죽음은 보편적인 것이긴 하지만 나와는 무관한 것처럼 존재한다. 그러한 생각은 문학에서도 이어진다. 사람들은 누구나 자신의 작품이 오래도록 생명을 유지하기를 바란다. 그리고 불멸의 작품에 대한 사람들의 욕망 뒤에는 죽음을 극복하고 싶어하는 인류의 소망이 투영되어 있는 것이다. 그 불멸의 소망을 이루기 위해서 사람들은 작품의 주제를 〈보편성〉에서 찾는다. 인류 보편의 문제를 취급하였을 때 지역성의 한계를 뛰어넘을 수 있다는 것이다. 그렇기 때문에 그들은 〈죽음〉조차도 보편적인 주제라고 생각한다. 불멸의 작품이 되기 위해서는 죽음이 보편적인 것으로 처리되어야 한다. 그들에게 〈나의 죽음〉은 작품의 불멸성을 해치는 것으로 거부된다. 나의 죽음은 보편적인 죽음으로 중화

공포에서 벗어나려 하는 것이다. 그러나 김수영에게는 〈공공의 죽음〉이 아니라 〈나의 죽음〉이 문제이다.

되어야 하며, 이때 죽음은 위협성을 갖지 않는 것이 된다. 내가 대상으로 바라볼 수 있는 객관적인 죽음은 나와는 사실상 무관한 것이기 때문이다.

그러나 우리는 김수영의 시와 시론에서 사람들이 위험한 것이라고 경고했던 〈죽음예찬론〉을 만나게 된다. 그는 죽음이 객관적인 대상으로 존재하지 않고 자기 자신의 것이 되어야 한다고 주장한다. 그는, 죽음이란 대상화해서 자기 눈으로 볼 수 있는 어떤 것이 아니라, 자기의 육체 속에 〈살아 있는 것〉이라고 한다.[39] 그래서 문제는 "죽어가는 자기를 바라볼 수 있는 자기가 아니라, 죽어가는 자기 즉 그 죽음의 실천"(『전집2』, 171쪽)이라는 것이다. 죽음이 보편적인 것일 때 사람들은 그것을 이론적인 대상처럼 바라보며, 그때 자신의 고유한 〈죽음의 가능성〉은 은폐되기 때문이다. 보편적인 주제로서의 죽음은 사람들에게 〈죽음의 가능성〉을 빼앗아감으로써 그들을 죽음으로부터 보호하는 기능을 한다. 그러나 죽음의 위협으로부터 보호받는 삶이란 무엇인가. 그것은 죽을 수 없는 존재, 즉 생명이 없

---

39) 그러므로 〈죽음의 가능성〉은 무의식에 거주한다. 죽음의 가능성을 직접 바라보려는 것은 이론적인 대상화의 시도이며, 또 그것은 불가능한 일이므로, 죽음의 가능성을 눈으로 보기 위해서는 외부의 대상으로 향할 수밖에 없다. 죽음은 나의 내부에 있는 것이지만 그것은 외부에서 찾을 수 있는데, 그것은 내가 가지고 있는 〈한계〉들을 말하는 것으로, 그 한계를 통해서 내가 유한하다는 사실이 알려지기 때문이다. 외부의 사물들은 나에게 주어진 시간이 무한한 시간이 아니라 유한한 시간이라는 것을 알려준다.

는 사물이 된다는 것을 의미한다. 인간이 불멸의 대가로 받는 것은 삶의 박탈이다. 이처럼 죽음을 대상화하게 되면 삶은 사라지게 된다. 그러므로 삶을 위해서는 죽음을 격리해서는 안 되며, 죽음을 자기 삶의 조건으로 끌어들여야만 한다. 〈나의 죽음〉이 〈나의 삶〉을 가능케 하는 조건이라는 사실을 받아들이는 것이다.[40] 〈영원히 남을 수 있는 작품〉의 가능성은 이제 〈그들의 죽음〉이 아니라 〈자기의 죽음〉에서 찾아져야 한다. 유한성을 그 대가로 지불하지 않는 불멸의 가능성을 찾아야 한다. 사람들은 각자 "자기의 나름의 스타일을 가지고 죽어야 한다". 죽음은 보편적인 주제이기도 하지만 그에 못지않게 개인의 것이기도 하다. 김수영은, 죽음을 극복하기 원한다면 죽음에 대립할 것이 아니라 죽음을 삶의 일부분으로 끌어들여야만 한다고 주장한다. 죽음에 대립하는 방식(보편적 죽음)은 그의 삶에서 생명을 빼앗아가는 것이며, 삶을 억압하는 것에 지나지 않는다. 죽음을 실천할 때, 죽음은 나의 죽음이 되며, 나의 삶에 생명력을 부여하게 되는 것이다. 죽음에 대립하는 사물적인 삶을 극복하기 위해서는, 죽음을 끌어안아야 한다. 죽음에 대립하는 삶은 나의 삶이 아니라 죽은 삶(3인칭의 죽음)이며, 나의 죽음(1인칭의 죽음)만이 나를 죽은 삶(3인칭의 죽음)으로부터 막아준다.[41] 3인칭의 죽음은 경계선

----

40) 반대로 〈그들의 죽음〉은 〈그들의 삶〉의 조건이다. 죽음을 객관화하게 되면 익명적인 삶을 살아가게 된다.

41) 이것은 그의 시 「병풍」의 테마이기도 하다.

바깥에서 우리의 삶을 위협하지만, 1인칭의 죽음은 삶과 죽음의 경계를 없앰으로써 죽음을 삶의 활력으로 되돌려 놓는다.[42]

단적으로 말해서, 인간이 〈죽을 수 있다〉는 것은 저주가 아니라 축복이라는 것이다. 그러므로 김수영의 관점으로 보면, 인간에게서 죽음을 빼앗아가는 것은 그에게서 생명을 박탈하는 것과 동일한 결과를 낳게 된다. 이처럼 그는 죽음에 대한 사람들의 상식을 뒤흔들어놓고, 죽음을 찬양·고무하는 반란을 시도한 것이다. 그는 〈죽음을 긍정하지 않으면 삶을 보전할 수 없다〉는 생각을 새로운 정신으로 내세운다. 죽음을 받아들임으로써 죽음을 극복하는 새로운 역설을 김수영은 현대성의 핵심에 놓았던 것이다. 현대성의 과제는 〈죽음의 실천〉, 즉 죽음을 죽는 것에 있다.

이런 관점에서 보면, 〈죽음을 부정하는 것만이 삶을 보전하는 길〉이라는 생각은 허구일 뿐 아니라 일종의 이데올로기였던 것이다. 사람들이 주장하는 것처럼 죽음을 예찬(긍정)하는 것은 삶을 부정하는 허무주의가 아니다. 오히려 죽음을 억압(부정)하는 것이 삶을 질식시키는 허무주의라고 할 수 있다.[43] 죽음의 가능성이 추방된 삶은

---

42) 3인칭과 1인칭의 차이는 김수영의 사고에서 여러번 반복되는데, 그것은 산문과 시, 이론과 실천, 세계와 한국의 관계를 나타낸다. 그는 3인칭을 1인칭으로 전유해내었을 때 현실에 대한 무관심성을 극복하고, 후진성을 극복할 수 있다고 믿었던 것이다.

43) 이러한 역설은 명백히 니체의 것이다.

항상 고정되어 있을 것이다. 죽을 수 없는 삶은 항상 동일한 상태로 머물게 된다. 객관화된 보편적인 죽음이 사람들의 삶을, 그 죽어 있는 삶을 변함없이 안전하게 보호해줄 것이기 때문이다. 객관화된 보편적인 죽음은 결코 죽지 않는 〈불멸의 죽음〉인 것처럼, 보편적인 죽음으로부터 보호받는 삶 또한 결코 죽지 않는 〈불멸의 삶〉이 된다. 변함없이 고정되어 있는 객관성과 보편성이라는 기반은 이렇게 변함없는 삶을 약속하지만, 그처럼 변함없이 그 자리에 고정된 삶이란 생명력을 빼앗긴 삶이며, 이미 죽어 있는 삶에 지나지 않는다. 그러므로 죽어 있는 삶을 극복하기 위해서는 삶과 죽음의 경계를 허물고 죽음을 삶의 계기로 되돌려 놓아야만 한다. 삶이란 항상 그 자리에 머물러 있는 것이 아니며 우리는 언제든지 죽을 가능성이 있는 존재임을 사람들로 하여금 상기하게 하는 것이다. 〈죽음의 가능성〉을 삶에 도입하게 되면 삶이란 죽음과 삶이 교차하는 역동적인 모습을 띠게 된다. 그러기 위해서는 죽음의 가능성을 먼 미래의 것으로 돌리지 않고 지금 당장 여기에서 진행중인 사건으로 만들어야 한다. 마치 혁명이 "먼 장래의 태평사가 아니"(『전집2』, 121쪽)듯이, "혁명은 도처에 불시에 부단히 있는 것"(『전집2』, 335쪽)처럼 말이다.

　…活字는 반짝거리면서 하늘아래에서
　간간이
　자유를 말하는데

나의 靈은 죽어 있는 것이 아니냐
　　　　－「死靈」의 부분

　시인에게 죽은 영혼(死靈)이란 자유롭게 이동하지 못하고 특정한
장소에 갇혀 있는 영혼을 말한다. 그것은 죽음의 공포를 극복하지
못하고 죽음으로부터 삶을 안전하게 보전하려는 태도의 결과인 것
이다. 그렇게 죽은 영혼의 상태는 다음과 같다.

　〈적당히〉 쓸 줄 아는, 때가 묻은 게 아닌가 하는 자책감이 든
다. 나는 아직도 글을 쓸 때면 무슨 38선같은 선이 눈앞을 알
찐거린다. 이 선을 넘어서야만 순결을 이행할 것같은 강박관
념. 우리는 무슨 소리를 해도 반토막 소리밖에는 못하고 있다
는 강박관념. 4·19 후에 8개월동안 잠깐 누그러졌다가 다시
굳어진 강박관념을 우리나라만의 불행이라고 생각해왔는데,
그후 거기에 세계의 얼굴이 담겨 있는 것을 알고 약간의 안도
감을 느낄 수 있었지만, 여기에 비친 세계의 얼굴이 이중이나
삼중 유리 겹창에 비치는 얼굴 모양으로 윤곽이 엇갈려서 어
떤 것이 어떤 얼굴인지 분간할 수 없게 되는 새로운 불안이 생
겼다. 따라서 얼마전까지만 해도 38선이 없어지면 그것은 해
소되리라고 생각했지만, 지금은 38선이 없어져도 좀처럼 해소
되지 않고 또다른 선이 얼마든지 연달아 생길 것이라는 예측

이 서 있다(『전집2』, 205쪽).

　　김수영은 38선을 한국의 현대시가 극복해야 할 가장 커다란 장애라고 했는데, 그래서 그 "38선같은 선"을 넘어서지 못하면 누구든지 자유를 이행하지 못한 것이다. 38선 이북에서의 삶은 우리가 두려워하는 적(敵)의 모습을 하고 있다. 그것은 우리의 안정된 삶을 위협하는 적이다. 사람들은 이처럼 두려워하는 것들(죽음)을 삶에서 갈라놓고, 그것을 38선 저쪽으로 넘겨둠으로써 안전한 삶을 보장받는다고 생각한다. 그러나 김수영은 "저쪽을 무서워하는 마음이 없어져야 한다"(『전집2』, 34쪽)고 주장한다. 더구나 "나는 이북작가들의 작품이 한국에서 출판되고 연구되어야 한다고 믿는다"(『전집2』, 177쪽)면서, "이러한 문화활동은 한국문화의 폭을 넓히는 것 이상의 커다란 성과를 가지고 오리라고 믿는다"(같은 쪽)고 말한다. 이는 적에 대한 두려움이 자유로운 삶을 보장하는 것이 아니라는 것, 즉 적에 대한 두려움을 극복하지 못하는 삶은 그 두려움의 대상이 자기의 삶을 지배하도록 방치하는 삶이라는 것, 따라서 두려움의 대상은 오히려 자기 삶의 조건이 된다는 것을 경고하는 것이다. 두려움의 대상이 없다면 굳이 그러한 삶의 방식을 고집할 이유가 없을 것이기 때문이다. 두려움의 대상에 외적으로 대립하는 것은 그 두려움의 대상이 거꾸로 삶을 지배하도록 만드는 것이지, 삶에서 두려움을 제거하는 길이 아니라는 뜻이다. 두려움의 대상이 없다면 보호받아야 할 삶의 모양새도 지금과는 달라질 것이다. 그러나 두려움의 대상이 버티고 있으면 삶은 그것이 허용하는 만큼의 제한된 자유만을 누리게 된다. 삶에 자유를 선사하기 위해서는 적에 대한 두려움을 제거해주어야 한다.

이처럼 죽음과 대립하는 삶은 오히려 죽음으로 하여금 삶을 지배하게 만든다. 죽음으로부터 삶을, 삶으로부터 죽음을 갈라놓는 것은 불멸의 보편성과 객관성이 삶을 지배하게 만드는 기반인 것이다. 그러나 죽음을 삶의 일부로 수용하게 되면, 그러한 삶은 죽음의 창백함을 삶의 활기로 되돌려놓을 수 있다. 현대성이라는 것이 영원불멸의 객관성에 대한 회의와 불신에서 출발한다면, 한국적 상황에서 가장 큰 장애물은 38선, 그것도 〈보이지 않는 38선〉이라고 할 수 있다. 그것은 다른 삶의 가능성을 꿈꾸지 못하게 하며, 자기자신이 자신의 적이 되는 것을 두려워하게 만들기 때문이다.

인간이 사랑이 없이 살 수 없듯이, 꽃은 나비와 벌이 없이 무슨 재미로 살겠는가. 나비와 벌이 오지 않는 꽃은 죽은 꽃이다. 마찬가지로 인간을 말살하는 정치기구가 아무리 방대하고 근대화하고 세련된들 그것이 무슨 소용이 있겠는가. 인간이 없는 정치, 사랑이 없는 정치, 시가 없는 사회는 중심이 없는 원이다. 이런 식의 '근대화'는 그 완성이 즉 자멸이다. …(중략)… 학생들의 외침은 그때그때의 이슈에 따라서 표현은 다

르지만, 그들이 원하고 있는 근본요구는 한결같이 똑같은 것
이다. 그리고 그것은 대부분의 정치인들이 상식적으로, 피상
적으로 받아들이고 있는 자유의 죽은 관념이 아니라는 것을
알아야 한다. 그들은 시를 이행하고 있는 것이고 진정한 시는
자기를 죽이고 타자가 되는 사랑의 작업이며 자세인 것이다.[44]

"자기를 죽이고 타자가 되는 사랑"이 없다면 "시가 없는 사회"인
것이며, 시가 없는 사회는 곧 "완성이 곧 자멸"이다. 자신의 삶을 죽
이고 다른 삶이 되게 하는 것, 즉 자기 삶에 대해 죽음을 선고할 수
있는 삶이란 죽음에 대한 두려움을 극복하였을 때만 가능하다. 그러
나 삶에서 죽음을 몰아내고, 그것을 공포의 대상으로 만드는 것은,
꽃의 죽음을 앞당긴다는 이유로 꽃에서 나비와 벌을 몰아내는 것과
도 같다. 죽지 못하는 꽃에서는 아무런 생명도 나올 수 없는 것처럼,
죽지 못하는 인간에게서는 아무런 삶도 기대할 수 없다.[45] 그러므로

---

44) 김수영, 「로터리의 꽃의 노이로제―시인과 현실」, 앞의 책, 246쪽.
45) 헤겔은 유한성의 원리를 존재와 무의 공존으로 설명한다. 즉 "헤겔에 따르면,
그 자신 안에 존재와 무를 동시에 가지고 있지 않는 것은 세상에 하나도 없다.
모든 것은 그 존재의 모든 각각의 계기마다 아직 존재하지 않는 것이 존재하게
되고 현재 존재하는 것은 존재하지 않게 되는 한에서만 존재한다. 즉 사물은
그것이 생성, 소멸하는 한에서만 존재하며 또는 되어감(Werden)으로서 인식
되어야 한다." (H. 마르쿠제, 김현일 · 윤길순 역, 『이성과 혁명』, 중원문화,
1984, 149쪽.)

죽음의 공포를 극복하는 것은 기존의 삶의 안정성을 포기하고 다른 삶의 가능성을 꿈꾸기 위한 기반이다. 그런 이유에서 삶과 죽음을 가르는 것은 삶을 억압하고 효과적으로 지배하기 위한 낡은 정치의 이데올로기에 불과한 것이다. 죽음의 두려움을 이용하는 정치는 사람들이 두려워하는 곳에서부터 권위를 얻는다. 그러나 시를 행하는 사람들은 죽음의 두려움을 극복하고 정치가 두려워하는 곳에서부터 힘을 얻는다. 죽음의 두려움을 극복하지 못한 상태에서는 권위에 짓눌려 자유로운 삶의 가능성을 잃게 되지만, 죽음의 두려움을 극복한 상태에서는 자유로운 삶의 가능성을 권위의 근거로 삼게 된다.

이처럼 죽음에 대립하는 삶이 아니라 죽음을 받아들이는 삶을 선택할 경우, 죽음이란 〈그들의 죽음〉이 아니라 〈나의 죽음〉일 수밖에 없다. 보편적인 죽음을 통해 죽음을 삶으로부터 추방하면 나의 정체성은 고정되고 사물화된 상태로 존속하며, 그렇기 때문에 폐쇄된 자아의 상태로 머물게 된다. 그러나 나의 고유한 죽음을 받아들일 경우 나는 항상 동일한 내가 아니기 때문에 최종적인 죽음이 나의 정체를 고정할 때까지 항상 나를 변화에 개방할 수 있게 된다. 사람들은 그의 정체성 때문에 그렇게 행위하는 것이 아니라 그렇게 행위했기 때문에 그러한 정체성을 갖게 되는 것이다. 죽음을 극복하는 과정이 그의 삶을 구성하며, 그의 정체성을 항상 유동적인 상태로 개방하게 된다. 김수영은 이러한 상태를 제정신의 상태라고 말한다.

〈제 정신〉을 갖고 산다는 것은, 어떤 정지된 상태로서의 〈남〉
을 생각할 수도 없고, 정지된 〈나〉를 생각할 수도 없는 일이다.
엄격히 말하자면 〈제 정신을 갖고 사는〉 〈남〉도 그렇고 〈나〉도
그렇고, 그것이 〈제 정신을 가진〉 비평의 객체나 주체가 되기
위해서는 창조생활(넓은 의미의 창조생활)을 한다는 전제가
필요하다. 그리고 이러한 모든 창조생활은 유동적인 것이고
발전적인 것이다. 여기에는 순간을 다투는 어떤 윤리가 있다.
이것이 현대의 양심이다(『전집2』, 142쪽).

어떤 사람이 그렇게 행동해왔기 때문에 다음에도 동일한 방식으
로 행동할 것으로 기대하게 되는 것이 그 사람의 정체성이다. 그러
나 김수영에 따르면 그것은 〈제 정신〉을 갖고 사는 것이 아니다. 다
시 말해서 그 사람이 〈자기의 정신〉을 가지고 있다면 그가 언제든지
다른 방식으로 행동할 가능성이 있다는 것을 의미한다. 그는 자기의
한계를 극복하고 다른 삶의 방식을 선택할 수 있기 때문이다. 그러
나 그 사람을 바라보는 내가 정지된 상태로 있게 되면, 나는 그의 변
화를 이상한 눈으로 쳐다보게 될 것이다. 내가 나의 정체성을 항상
고정되어 있는 것으로 가정하는 것처럼, 남 또한 항상 고정되어 있
을 것이라고 기대할 것이기 때문이다. 항상 변화의 가능성을 내포
한, 유동적이고 발전적인 정체성을 그는 "현대의 양심"이라고 한다.
그러한 양심은 개인의 무의식에 들어서서 개인을 사회적 금기로부

터 벗어나지 못하게 하는 사회의 목소리[46]가 아니다. "현대의 양심"은 위로부터 주어지는 사회적 규범에 따라 행동함으로써 그 사회로부터 정지된 정체성을 수여받기보다는 행위의 규범을 스스로 찾아나서는 데서 오는 자기자신의 목소리를 뜻한다. "현대의 양심"은 사회가 부여한 자기의 정체성에 죽음을 선포할 수 있으며, 다른 정체성의 가능성을 꿈꾸게 만든다. 그것은 자기 행위의 알리바이를 외부에 있는 사회나 무의식에 내재한 사회 탓으로 돌리지 않고, 모든 행위를 자기자신의 자유로운 선택으로 긍정하는 것을 뜻한다. 그것은 죽음의 공포 앞에서 물러서지 않고 죽음의 가능성을 나의 것으로 받아들일 때 발생한다.

자신의 행동이 자기자신의 선택에 따른 것이기 위해서는 그 행동이 이루어지는 현실의 한계를 넘어서야만 한다. 주어진 현실에서는 자유로운 행동이 불가능하므로, 주어진 현실을 자기 자신의 상황으로 구성해내어야만 한다. 이 상황은 마치 들이마시는 공기와 같아서 그것을 의식하지 않는 한 보이지 않는 것이기도 하다. 우리가 살아남기 위해서는 그 공기를 의식하지 않은 채로 들이마셔야 하는 것처럼, 상황은 우리가 살아가기 위해서 반드시 거기에 있지 않으면 안

---

46) 그것은 프로이트의 슈퍼에고에 해당되는 죄책감으로서의 양심을 가리킨다. 사회적 규범을 벗어날 때 작동하는 죄책감은 그를 다시 사회적 규범의 테두리로 돌아오게 만든다. 그러나 외부의 강제와 내부의 강제를 모두 거절하는 것이 "현대의 양심"이다.

되는 지평이라고 할 수 있다. 다만 자신이 들이마시고 있는 공기를 의식하는 사람과 의식하지 못하는 사람이 있는 것처럼, 상황을 자신에게 드러내고 있는 사람과 자신에게 은폐하는 사람이 있을 뿐이다. 그러나 그 상황을 자기 자신에게 드러낼 수 있는 사람은 외부의 관찰자가 아니라 그 안에 살고 있는 사람이어야만 한다. 그 상황을 이론적, 과학적 태도로 바라보고 분석하는 일은 상황을 객관적으로 드러내는 일이긴 하겠지만, 그러한 상황은 〈그들〉의 상황이므로 자기 자신이 실제로 호흡하고 있는 〈나〉의 상황은 아닌 것이다. 〈그들〉의 상황은 자기 자신과는 무관하게 외부에 별도로 존재하는 현실을 주어진 것으로 만든다. 그와 같은 관찰자적 상황을 사람들은 보통 〈객관적 현실〉이라고 말하는데, 그러한 〈객관적 현실〉은 적어도 김수영이 생각하고 있는 공기와 같은 상황에 비한다면 진공 상태에 놓여 있는 상황이라고 할 수 있다. 그러한 과학적, 객관적 현실 개념은 현실이라는 것이 개인과 무관하게 이미 존재하고 그 다음에 개인들이 그 현실을 받아들여야 하는 것과 같아서, 현실이란 외부에서 〈주어지는 것〉이고 주관은 그 현실을 있는 그대로 받아들여만 한다는 수동적인 자세를 낳게 한다.

　그러한 객관적인 현실 개념을 3인칭적인 현실이라고 한다면 김수영이 호흡하기 원하는 〈상황으로서의 현실〉은 1인칭적인 현실이라고 할 수 있다. 다시 말해서 그 현실이 그 자체로 풍부한 의미를 지니고 있는 것이 아니라, 개개인이 그것을 〈이미〉 자기의 상황으로 만들었던 것이면서 그것이 〈뒤늦게〉 자기 자신에게 상황으로 드러나게 되는 것을 가리킨다. 그러한 상황은 개인이 의식하지 못하는 사이에 스스로 이미 구성해낸 현실이기 때문에, 동일한 현실일지라도 모두에게 다른 모습과 다른 비중으로 나타나게 만든다. 그렇게 자기 자신에게 상황으로서 드러난 현실은 그들의 현실이 아니라 나의 현실이 되는 것이며, 내가 그 현실을 현실로 만든 것이고 창조한 것이라고 할 수 있다. 있는 그대로의 현실을 재현하는 데 초점을 맞추고 있는 산문적 사고의 관점에서는 그것이 명백히 객관적으로 존재하는 현실의 의미를 왜곡하는 것으로 보이겠지만, 그렇게 객관적으로 존재한다고 믿어지는 현실 개념에 알게 모르게 실증주의 이데올로기가 작동하고 있다는 것은 잘 알려져 있다. 이론적으로도 충분히 확인될 수 있는 현실은 상황이 아니다. 그 현실은 아직 충분히 현실화되지 못한 현실이라고 할 수 있다. 그 현실이 현실화되기 위해서는 그 현실을 자신의 상황으로 〈이미〉 구성해낸 개인의 의식이 전제되어야 하고, 그렇게 이미 개인이 개입하여 구성해낸 상황이 반성에 의해서 특정한 정서적 태도와 더불어 자기 자신에게 드러나야만 하는 것이다. 그렇게 자기 자신에게 그 현실이 상황으로 드러났을 때 동반되는 정서적 반응은, 개인이 그 현실에 어떻게 개입하고 있었는지를 〈뒤늦게〉 알려준다. 자신은 그렇게 스스로 참여하여 구성해내고 창조해낸 상황으로서의 현실에서 도망할 수 없게 된다. 그것은 바로 자기 자신을 되비춰주는 현실이기 때문이다. 그 현실은 개인이 무관심하게 바라볼 수 있는 〈그들〉의 현실이 아니라 자기 자신이 이미 개입해서 만들어낸 〈나의〉 현실이라고 할 수 있다. 그것은 3인칭 관찰자로 남게 되는 이른바 〈객관적〉 현실이 아니라 1인칭 주인공으로 참여하여 스스로 연출자로서 또 배우로서 공연해낸 현실인 것이다. 이러한 현실은 자기가 그 안에서 호흡하고 있는 현실이면서, 주관 안에서 드디어 탄생하는 현실이라고 할 수 있다.

이처럼 자기 자신에 의해서 이미 구성되었으면서도 자기 자신에게 뒤늦게 알려지는 현실은, 그가 어떤 신념을 가지고 살아왔으며, 또 어떻게 살고 있는지를 자기 자신에게 드러내는 사건이라고 할 수 있다. 그렇게 주관에 의해서 구성되고 창조된 현실은 3인칭의 현실처럼 외부로 무한하게 뻗어 있는 현실이 아니라 구성과 창조 과정에서 한정되고 규정된 현실이다. 규정되고 한정되었다는 것은 내가 그 현실을 어떻게 부정하고 있는지에 따라서 결정된다.

> 우리들 중에 누가 죄없는 사람이 있겠는가. 인간은 신도 아니고 악마도 아니다. 그러나 건강한 개인도 그렇고 건강한 사회도 그렇고 적어도 자기의 죄에 대해서 몸부림은 쳐야 한다. 몸부림은 칠 줄 알아야 한다. 그리고 가장 민감하고 세차고 진지하게 몸부림을 쳐야 하는 것이 지식인이다. 진지하게라는 말은 가볍게 쓸 수 없는 말이다. 나의 연상에서는 진지란 침묵으로 승화되는 시다. 시를 행할 수 있는 사람의 경우를 생각해보

더라도 지금의 가장 진지한 시의 행위는 형무소에 갇혀 있는
수인의 행동이 극치가 될 것이다. 아니면 폐인이나 광인. 아니
면 바보(『전집2』, 141쪽).

　김수영은 자주 현실을 "감옥"에 비유하곤 하는데, 역설적으로 현실
이 감옥으로 자기 자신에게 나타날 때 그는 가장 자유로운 상태에 있
다고 할 수 있다. 감옥에 있다는 느낌은 현실에 도입한 그의 부정이
최고조에 달하여 그 감옥에 가장 커다란 자유의 구멍을 뚫어놓은 상
태이기 때문이다. 객관적 현실을 부정하고 그것을 자기 자신의 상황
으로 만들어내었을 때 현실은 그가 도입한 부정의 높이에 의해서 한
정된 공간으로 여겨지며, 그 또한 현실에 의해서 한정되어 있는 상태
를 경험하게 된다. 그의 자유는 추상적인 자유가 아니라 구체적으로
한정된 자유가 된다. 그러나 그렇게 자유로운 상태는 사회가 허용하
는 금기의 선을 넘어선 것이므로 사회적으로는 죽음을 선고받은 것
이며, 그렇기 때문에 그는 가장 자유로운 상태에서 또한 가장 커다란
고독을 경험하게 된다. 사회적 규범을 능가하는 고독한 자유는 그가
"폐인이나 광인, 아니면 바보"의 상태에 도달했다는 것을 알려준다.
　그러나 그가 죽음의 공포를 극복했는지 여부는 자신이 직접 알 수
는 없고 다만 타인의 시선으로부터 그가 얼마나 자유로울 수 있는
지, 그리고 현실을 이전과는 다른 각도에서 바라볼 수 있게 되었는
지에 따라서 간접적으로 그에게 알려진다. 그러한 부정의 욕망이 자

기 자신에게조차 숨겨져 있기 때문에 의식적으로 그 욕망을 조절하
거나 통제할 수 있는 것이 아니기 때문이다. 그 부정의 욕망은 시인
에게 숨겨진 무의식이 지향하는 미지의 영역에서 도래하는 것으로,
그는 거기에서부터 가장 자유로운 시의 형식이 유래한다고 믿는다.
그러나 그러한 형식이 얼마나 많은 자유를 누리고 있는지는 시가 완
성된 뒤에야 알려지는 것이지만, 그것은 또한 영원히 시인 자신에게
알려지지 않는 것인지도 모른다. 자신이 의식하고 있는 시인은 진짜
시인이 아니라 자기 안에 있지만 자기 자신조차 알 수 없는 미지의
〈시인성〉이 진정한 시인이기 때문이다. 현실이라는 감옥에 구멍을
내지만, 정작 시인 자신에게는 그 구멍을 통해서 뒤늦게 알려지는
시인의 상상력이 시인인 것이다. 그런 의미에서 그는 시인이라면 자
기 시를 알 수 없는 장님이라고 말한다. 시인의 의식은 자기 시의 대
변인이 될 수 없다는 것이다. 만약 의식이 시인의 자리를 차지하려
고 하면 거기에서는 시가 나올 수 없을 것인데, 그래서 그는 시인이
라는 의식을 스스로 제거하려고 노력한다.[47] 자기 자신이 시인이라

---

47) "시인이라는, 혹은 시를 쓰고 있다는 의식을 가지고 있는 것처럼 큰 부담이 없
　　다. 그런 의식이 적으면 적을수록 사물을 보는 눈은 더 순수하고 명석하고 자
　　유로와진다. 그런데 이 의식을 없애는 노력이란 똥구멍이 빠질 정도로 무척 힘
　　이 드는 노력이다."(『전집2』, 287쪽) 이어서 김수영은 "내가 글쓰는 사람이라
　　는 선입견"을 "허영"이라고 말하며 그러한 시인을 "속물"이라고 지적한다.(『전
　　집2』, 308쪽)

는 속물적 의식을 통해서 잠입하는 것은 기존의 제도적인 시인 의식
에 지나지 않을 것인데, 이미 존재하는 시인의 상을 끊임없이 극복
해가는 것을 시인의 사명으로 알고 있는 김수영이 〈시인입네〉 하는
의식을 제거하려는 것은 거짓된 시인을 대량으로 생산해내는 제도
에 대한 도전이다.

오히려 그렇게 자신이 구성하고 창조해낸 현실 앞에서 도망하지
않고 뚫고 나가기를 원하는 김수영은 자신의 현실에 정직하지 못한
시인들을 가장 비현대적인 시인이라고 말한다. 자신의 현실에 정직
하지 못한 시인 중에는 물론 스스로 참여시인이라고 믿고 있는 사람
들도 포함되는데, 그들은 자신의 현실을 시적 상상력에 의해서 돌파
하지 못하고, 시적이지 못한 의식의 영역에 시의 형식을 맡기고 있
기 때문이다. 그러나 그 의식의 영역에서는 자신이 처해 있는 현실
이 이미 객관적으로 의미를 내장하고 있다고 믿기 때문에, 그 현실
은 이미 구성한 상황적 현실이 아니라 3인칭 관찰자의 것이 되고,
따라서 그들에게 시적 상상력이란 오히려 그런 객관적 현실의 의미
를 왜곡할지도 모르는 것, 즉 단순한 '장식'이나 '사치'의 수준으로
떨어질 가능성이 있다. 그들은 현실의 의미는 이미 주어져 있다는
생각이 강하기 때문에 주어진 의미를 더욱 잘 이해하게 하는 데 봉
사하긴 하지만, 현실을 자기만의 새로운 각도에서 바라보고 재해석
할 수 있는 여지는 적다고 할 수 있다. 그렇게 되면 독자는 시를 통
해서 제시된 현실을 다시 한번 겪어서 자기의 경험으로 만들어내지

못하고 객관적으로 존재하는 의미에 압도되어 버릴 수 있다. 그러나 김수영은 아무리 크고 거창한 사건이라도 그것이 자기 주변의 사소한 삶에서부터 자기 자신에게 나타나지 않는다면 아무런 의미도 없는 것이라고 생각한다. 반대로 아무리 사소한 사건일지라도 그 사건을 통해서 현실 전체를 새롭게 바라볼 수 있는 순간을 경험할 수 있게 된다. 그것은 정치 개념의 변화를 통해서 가능한 것이다. 시인에게 정치적 개입은 특별히 거창한 사건 주변에서만 발생하는 것이 아니라 시인의 주변 생활에서도 얼마든지 가능한 것이다. 그것은 정치의 영역이 무의식을 통해 모든 삶에 침투해 그 지배력을 과시하고 있기 때문이다. 그러므로 시를 행한다는 것은 무의식에 깊이 침투해 있으면서 시인의 행동을 장악하고 지배하려고 하는 모든 권위의 목소리를 자기모순과 혼돈의 상태로 밀어 넣는다는 것을 의미한다. 시인에게 명령할 수 있는 권위는 질서가 아니라 혼돈인 것이다. 혼돈은 지금까지의 현실을 전혀 다른 방식으로 새롭게 볼 수 있는 가능성의 길을 제시할 것이며, 따라서 새로운 삶의 가능성을 열어놓기 때문이다. 그렇기 때문에 시인의 일상은 시인이 현실 전체와 싸울 수 있는 유일한 전쟁터인 것이다.

현실과의 싸움은 그러므로 기존의 형식적 관습 및 부르주아 미학과의 싸움이기도 하다. 현실이 허용하지 않는 미의 형식을 발굴하고, 현실이 권장하는 미의 테두리를 벗어나는 것은 그 자체로 새로운 현실의 가능성을 여는 것이기 때문이다. 새로운 미의 형식을 개방한다는 것은 현실이 두려워하는 바로 그 지점에서 시인이 그 두려움을 극복하고 새로운 현실을 제시할 수 있게 되었음을 의미한다. 그런 의미에서 시는 주어진 현실보다 한 걸음 앞서야 한다. 그러기 위해서 시인은 현실을 모방하기보다는 주어진 현실보다 한 걸음 앞선 미지의 영역을 개방함으로써 사람들이 현실에서 현실 이상의 것을 볼 수 있는 가능성의 길을 제시해야만 한다. 그것은 시인이 현실에서, 그리고 자기 자신이 시인이라는 의식에서 죽었을 때 열리는 것으로, 시인과 현실, 그리고 모든 사람들에게 시인 자신의 고유한 죽음을 통해 주어지는 선물과도 같다.

4장

김수영 시론의 비평적 관점

1

김수영의 '불온'과 이어령의 '에비'

김수영 시론의 정점을 이루는 강연문 「시여, 침을 뱉어라」의 산파는 이어령이라고 해야 한다. 김수영 생애에 가장 커다란 필전으로 기록되는 소위 〈불온시 논쟁〉의 파트너 이어령이 없었다면 어쩌면 김수영은 주목할 만한 시론의 성과를 남기지 못한 시인으로 남았을지도 모른다. 이어령과의 치열한 공방전을 거치면서 김수영은 공공연하게 〈참여시의 옹호자〉라는 달갑지 않은 호칭을 받게 되었지만, 오히려 김수영 자신으로서는 순수와 참여를 〈종합〉하려는 자기 시론의 방향을 더욱 명확하게 하는 계기가 되었기 때문이다. 그래서 「시여, 침을 뱉어라」에는 여전히 이어령과의 논쟁의 여운이 계속 남아 있었던 것이다.

내가 지금 바로 지금 이 순간에 해야 할 일은 이 지루한 횡설

수설을 그치고, 당신의, 당신의, 당신의 얼굴에 침을 뱉는 일이다. 당신이, 당신이, 당신이 내 얼굴에 침을 뱉기 전에…. 자아 보아라, 당신도, 당신도, 당신도, 나도 새로운 문학에의 용기가 없다. 이러고서도 정치적 금기에만 다치지 않는 한, 얼마든지 〈새로운〉 문학을 할 수 있다는 말을 할 수 있겠는가. 정치적 자유를 인정하지 않는 사회에서는 개인의 자유도 인정하지 않는다. 〈내용〉을 인정하지 않는 사회에서는 〈형식〉도 인정하지 않는 것이다(『전집2』, 252쪽).

여기에서는 무엇을 향해 침을 뱉느냐가 중요한 것이 아니다. 다만 침을 뱉었을 때 어수선해질 강연장의 분위기를 상상하는 것으로 족하다. 질서와 혼란이 교차하는 그 사건은 결국 일어나지는 않았지만, 그 작은 사건마저도 저지를 용기가 없는 사람들 앞에서 그는 〈새로움〉이 무엇인지를, 그리고 그것이 왜 용기를 필요로 하는가를 제시하려 한 것이다. 이유 없이 상대방의 얼굴에 침을 뱉는 것이 정치적으로 금지된 일이 아님에도 불구하고 아무도 침을 뱉을 수 없다는 것은, 침을 뱉는 일이 초래할 균열에 대한 두려움이 비단 정치적 금기에만 부착되어 있지 않다는 것을 말해준다. 이어령과의 논쟁에서 부각되었던 〈두려움〉이라는 주제가 여기에서도 다소 격앙된 논조로 반복되고 있음을 보게 된다. 김수영은 그 〈두려움〉을 쉽게 제거할 수 있다고 주장하는 이어령의 용기를 비웃으면서 "이러고서도 정치적 금기만 다치지 않는 한, 얼마든지 〈새로운〉 문학을 할 수 있다는 말을 할 수 있겠는가"라는 논쟁적인 질문을 던지고 있는 것이다.

〈불온시 논쟁〉으로 비평사에 기록되어 있는 그 논쟁은 60년대 〈순수/참여 논쟁〉을 그 정점에서 마감하고 『창작과 비평』과 『문학과 지성』 중심의 〈모더니즘/리얼리즘 논쟁〉으로 이행하게 하는 매개의 기능을 했다고 할 수 있다. 그래서인지 논쟁 과정에서 〈순수/참여〉 이분법에 얽혀 있는 복잡한 문제들이 밀도를 더해갔으며 그 결과 〈순수/참여〉의 대립을 뛰어넘는 새로운 대립구도의 필요성을 평단에 인식시키는 계기가 되었다. 논쟁의 발단은 이어령의 짧은 시평에 대해 김수영이 토를 달면서 비롯되었는데, 모두 8차례의 공방을 주고받는 것으로 마감되었다.[1]

---

1) 논쟁과정은 다음과 같다.

　(1) 이어령①, 「'에비'가 지배하는 문화─한국문화의 반문화성」, 조선일보, 1967. 12. 28.

　(2) 김수영, 「지식인의 사회참여─일간신문의 최근 논설을 중심으로」, 사상계, 1968. 1.

　(3) 이어령②, 「누가 그 조종을 울리는가? ─ 오늘의 한국문화를 위협하는 것」, 조선일보, 1968. 2. 20.

　(4) 이어령③, 「서랍 속에 든 '불온시'를 분석한다」, 사상계, 1968. 3.

　(5) 김수영, 「실험적인 문학과 정치적 자유」, 조선일보, 1968. 2. 27.

　(6) 이어령④, 「문학은 권력이나 정치 이념의 시녀가 아니다」, 조선일보, 1968. 3. 10.

　논쟁의 쟁점은 초기에는 〈문화의 위기를 어떻게 극복할 것인가〉를 중심으로 구성되었는데, 이어령은 그 위기의 문제가 문화 내부의 책임이라고 주장하는 데 반해서 김수영은 그것이 비단 문화 내부 책임의 문제만이 아니라고 하면서 점차 대립하게 된 것이다. 이때 문화인 내부의 책임을 강조하기 위해서 이어령은 〈에비〉라는 단어를 끌어들이고 있다.

　　〈에비〉라는 말은 유아언어에 속한다. 애들이 울 때 어른들은 〈에비가 온다〉고 말한다. 그러나 그 말을 사용하는 어른도, 그 말을 듣고 울음을 멈추는 애들도, 〈에비〉가 과연 어떻게 생겼는지는 모르고 있다. 즉 〈에비〉란 말은 어떤 구체적인 대상을 가리키는 명사는 아니다. 그것이 지시하고 있는 의미는 막연한 두려움이며 꼬집어 말할 수 없는 불안 그리고 가상적인 어떤 금제의 힘을 총칭한다(이어령①).

　한때 실존주의 논쟁에 개입했던 이어령은 통속적인 실존주의 개념들을 모아서 토착어 〈에비〉의 내용을 구성했는데, 그의 정의에 따른다면 그것은 〈가상적인 금제적 힘〉이라고 할 수 있다. 실제로는

---

(7) 김수영, 「불온성에 대한 비과학적인 억측」, 조선일보, 1968. 3. 26.
(8) 이어령⑤, 「논리의 현장 검증 똑똑히 해보자」, 조선일보, 1968. 3. 26. 이어령의 글을 인용할 때는 이름 뒤의 일련번호만을 기재하기로 한다.

있지도 않은데 지레 겁을 집어먹는 태도를 함의하는 〈에비〉의 유령이 문화계를 포위하고 목을 조르고 있다는 것이다. 이어령은 문화의 독자성을 침해하고 오염시키는 세 가지 〈에비〉를 제시하고 있는데, 그것은 각각 〈정치권력〉, 〈상업주의〉, 그리고 쾌락을 추구하는 〈대중〉을 가리킨다. 이 세 가지 에비에 대해서 문화인들이 그 요구를 미리 알아서 만족시키려 하다 보니 문화가 순수성과 독자성을 상실할 위기에 처하게 되었다는 것이다. 그것은 사회가 문화와 교양을 말살하고 있다는 것을 예증하는 것으로 그는 문화인 내부에서 그 에비에 대한 두려움을 추방하는 데서 위기의 탈출구를 모색하고 있다. 이어령의 〈문화〉 개념은 엘리트적 의미를 짙게 풍기고 있다는 점이 특징인데, 모든 고귀한 정신적 가치를 내장하고 있으면서 다른 영역과 〈차별〉되는 그 문화에 대해서 이어령은 외부의 침입을 방어하는 수호자의 자세를 취하고 있다. 그는 철저하게 분업의 정신을 추종하고 있기 때문에, 정치·경제·사회·문화가 각각 독자성을 유지하면서도 다른 영역을 침입하지도 않는 것을 〈정의(正義)〉라고 생각한다. 따라서 다른 영역을 넘보는 행위를 〈위반〉이라고 생각하기 때문에, 문화를 넘보는 외부 세력을 〈반문화〉로 규정하기를 주저하지 않는다. 이 〈고전적 자율성〉의 정신은 〈자기동일성〉의 원리를 철칙으로 여기는데, 예컨대 〈문화는 문화일 뿐이다〉 혹은 〈문학은 문학일 뿐이다〉의 표현이 그것이다. 자기동일성의 특성상 그 정신은 분열을 두려워한다.

그 위기의 해법을 제시하는 과정에서도 그는 문화의 수난사를 재구성해낸다.

그 당대의 집권자나 대중들에겐 한낱 미치광이나 범법자라고 밖에 보이지 않았던 그런 인간들의 손에 의해서, 인류문화의 대부분이 창조되어 왔다는 사실을 우리는 잊어선 안 된다. 기존질서의 순응이 아니라, 새로운 질서를 추구하고 창조하는 운명을 선택한 이상 그 시대와 사회가 안락의자와 비단옷을 갖다 주지 않는 데서 불평을 한다는 것은 결국 자기모순에 빠지는 일이다. 창조란 말 속에는 이미 필연적으로 외로움이라든가 수난이라든가 싸움이란 말이 내포되고 있기 때문이다. 그러므로 문화의 위기는 단순한 외부로부터 받는 위협과 그 구속력보다는, 자체내의 응전력과 창조력의 고갈에서 비롯되는 것이라고 할 수 있다. 즉 문예의 조종은 언제나 문예인 스스로가 울려왔다는 사실에 좀더 주목해둘 필요가 있다(이어령②).

이어령에 의하면 위기는 항상 외부의 침입으로부터 발생하지만, 거기에 대응할 만한 힘이 없다는 것이 더 큰 위기인 것이다. 따라서 그 사회가 문화의 영역을 사회 변두리로 몰아넣는다고 할지라도 문화인은 정신적인 가치를 생산하는 일을 게을리 하지 않았다는 것이다. 외부의 위협은 항상 존재해왔던 것이기 때문에 그것이 문제가 아니라 내부의 힘을 기르는 것이 급선무라는 뜻이다. 그렇다면 그 힘을 무력화시키는 내부의 적을 제거하는 일이 뒤따르게 된다. 그것은 크게 두 부류로 나뉘는데 〈관의 검열자〉와 〈대중의 검열자〉가 그들이다. 눈에 보이는 정치적 검열기구와 눈에 보이지 않는 대중추수라는 신종 검열기구 중에서 그는 오히려 후자를 경계의 대상(에비)이라고 주장한다. 대중의 환심을 사는 것이 문화의 수준을 떨어뜨리는 것이라면, 대중과 결탁한 참여문학은 문화에 위기를 불러들인 주범이라는 것이다. 이어령은 그들을 당장 팥죽 한 그릇을 먹기 위해 장자의 상속권을 팔아넘긴 〈에서〉에 비유하면서 다음과 같이 비판한다.

> 문화를 정치수단의 일부로 생각하고 문학적 가치를 곧 정치사회적인 이데올로기로 평가하는 오늘의 오도된 사회참여론자들이야말로 스스로 예술본래의 창조적 생명에 조종을 울리는 사람들이다. 당장 눈앞에 있는 팥죽 한 그릇이 아쉬워 장자의 기업을 야곱에게 팔아버린 '에서'와 같이 지금 우리는 일시적인 사회의 효용성을 추구하려다가, 영원한 문예의 상속권을 정치적 이데올로기에 팔아넘기는 어리석음을 경계하여야 된다. 문화를 정치사회의 이데올로기와 동일시하는 문화인 자신의 문예관이 부당한 정치권력으로부터 받고 있는 그 문화의 위협보다도 몇 배나 더 위험한 일이기 때문이다(이어령③).

　참여론에 대한 이어령의 인식은 새로울 것이 없는데, 그는 참여론의 골자를 문학의 수단화, 문학적 가치를 이데올로기적 가치로 환원하는 것, 일시적 효용성 추구, 문화와 이데올로기의 동일시 등으로 요약하고 있다. 그가 특히 중점을 두고 있는 것은 이데올로기의 문제이다. 그는 문학의 가치를 이데올로기적 가치로 평가하는 태도를 가장 해로운 것이라고 지적하는데, 그 상위 범주인 문화가 이미 이데올로기의 범주에 포함되지 않기 때문이다. 이 부분이 김수영과 결정적으로 달라지는 부분이다. 김수영의 경우 문화의 활력은 〈언론자유〉의 문제와 직결되어 있는데, 그것은 모든 문화가 〈언어〉를 통해 매개되어 있다는 그의 생각때문이다. 인간은 언어 안에 살고 있으며, 언어를 통해서 세계를 보는 것이므로, 문화가 다르면 언어를 통해 보는 세계도 달라지게 된다. 이처럼 언어는 인간의 삶 전체를 두루 관장하는 자율성을 지니고 있으며 문화와 결코 분리될 수 없다. 그러나 이어령은 의식의 〈자기동일성〉을 신뢰하기 때문에 의식의 측면에서 확인 가능한 이데올로기를 문제삼고 있지, 무의식에 잠입함으로써 의식이 통제할 수 없는 이데올로기의 힘은 전혀 고려의 대상에 포함시키지 못하고 있다. 그는 〈에비〉조차 의식의 수준에서 문제되는 것으로 여기므로 무의식에 잠입하는 금기와 싸우려는 김수영의 태도를 이해하지 못하고 있다. 따라서 이어령의 〈에비〉는 의식의 문제이므로 정신을 차리면 쉽게 벗어날 수 있지만, 김수영이 보기에 그 〈에비〉는 "가장 명확한 〈금제의 힘〉"(『전집2』,

156쪽)이기 때문에 의식에서는 물론 무의식에서조차 언어적 형태로 작용하는 것이다. 세계를 보게 만드는 언어의 힘을 인정한다면, 〈금제의 힘〉인 〈에비〉를 쉽게 제거할 수 있다고 믿는 것은 오히려 언어의 힘을 인위적으로 차단할 수 있다는 것이므로 그러한 생각은 문화를 인위적으로 통제하려고 드는 정치권력의 의도를 본의 아니게 닮게 된다.

　문화를 정치와는 완전히 다른 영역으로 생각하는 이어령은 정치로부터 문화 영역의 순수성을 수호하기 위해 방어적이고 수동적인 입장을 취하게 되지만, 문화와 정치가 〈언어〉의 문제를 통해서 긴밀하게 연결되어 있다는 김수영은 정치적 금제의 선을 문학의 언어가 극복하였을 때 〈새로움〉의 차원을 획득하는 것이고 비로소 문학의 순결을 이행한 것이라는 그 동안의 입장에서도 알 수 있듯이 적극적인 돌파의 중요성을 강조하고 있다. 그러나 문학의 독자성이 방어의 대상인지 쟁취의 대상인지 문제는 논쟁의 주제로 부각되지 못하였는데, 그것은 참여문학에 대한 통상적인 인식의 테두리를 벗어나지 않은 상태에서 논쟁이 진행되었기 때문이다. 이어령은 김수영의 참여문학론이 다른 여타의 참여문학론을 〈대표〉하는 것이라고 생각하고 그에 대해 미리 준비된 비판적 무기를 사용하려 하였으며, 김수영 또한 자신의 입장이 참여문학 일반에 대한 통상적인 선입견으로부터 자유롭다는 것을 굳이 설득하려 하지 않았던 것이다. 그렇기 때문에 논쟁은 참여문학 일반에 대한 이어령의 비판과 참여문학 일반의 입장을 취하는 김수영의 반박의 방식으로 이루어졌으며, 논쟁 과정에서 더욱 논리성을 갖춘 것은 오히려 이어령의 입장이라고 할 수 있다.

참여문학에 대한 이어령의 비판에서 부각된 것은 무엇보다도 참여문학이라는 개념이 애초에 성립되지 않는다는 것과 참여문학이라는 것은 현실적으로 불가능하다는 것이다.[2] 그것은 문학과 정치의 양립불가능성에서 기인한다. 문학과 정치의 이원론을 기반으로 하는 이어령의 논지는, 문학은 문학의 기준에 의해서 평가되는 것이고 정치는 정치의 기준에 의해서 평가되는 것이지 그 둘의 기준을 혼동하거나 뒤섞지 말아야 한다는 것으로 모아진다. 따라서 참여문학이라는 것은 문학의 기준과 참여의 기준을 동시에 요구하는 것이므로 그 작품을 평가할 때는 결국 〈이중의 기준〉을 적용하여 문학의 함량과 참여의 함량을 각각 별도로 측정해야 한다는 것이다. 문학의 기준으로는 문학적 요소의 함량을 가늠하는 것이며, 정치의 기준으로는 오직 비문학적 요소 나름의 가치를 재는 것이므로, 동일한 작품에 대해서도 그 기준이 드러내는 함량에 따라 가치평가가 서로 다를 수 있다는 것이다. 이는 문학을 내용과 형식으로 나누고 그 각각에 대해 별개의 평가 기준을 마련하는 것과도 같아서 문학의 통일성에

---

2) 참여문학이 불가능하다는 이어령의 생각을 지원하는 아이디어는 〈시는 참여가 불가능하다〉는 사르트르의 테제에서 제공된 것이다. 이에 대해서는 사르트르, 정명환 역, 『문학이란 무엇인가』, 민음사, 1998, 1장 참조.

대한 이어령 자신의 믿음을 배반하는 것이다.[3] 하지만 내용과 형식의 이중 기준을 적용해야 할 때라도 그의 관심은 오로지 문학적 기준에 있다는 것을 명백히 함으로써 참여문학에 대한 불편함을 표현하고 있다. 참여문학도 문학의 기준으로 평가받아야 한다는 것은 부인할 수 없는 일이지만 이에 대해 김수영은 그 두 가지 평가기준이 서로 다른 것이 아니라는 점을 적극적으로 설득하기보다는 우선 그것이 현실정치에 대해 문학이 면죄부를 수여하는 방식이 아니냐는 것, 따라서 그것은 현실정치에 대한 간접적인 변호가 될 수 있으며, 현재의 질서를 문학이 문제삼지 않겠다는 뜻으로 읽고 이어령을 향해 〈대제도의 검열관〉을 자처하는 태도라고 비판하였다.

〈참여〉와 〈문학〉의 공존이 불가능하다는 이어령의 태도에 대하여 김수영이 양자의 기준은 다른 것이 아니라 통합된 것이라는 의미에서 〈불온성〉이라는 새로운 기준을 제시하게 되면서 논쟁은 새로운 국면으로 접어들었다.

> 사실은 나는 이 글을 쓰면서, 최근에 써놓기만 하고 발표를 하
> 지 못하고 있는 작품을 생각하며 고무를 받고 있다. 또한 신문

---

3) 이는 칸트 미학에서 형식주의적 측면을 지나치게 강조하는 경우에 관련된다. 대상의 질료적 측면보다는 그것에 대해 주관이 느끼는 형식적 조화에서 쾌감을 찾는다는 측면은 순수문학에서 형식을 내용보다 우위에 놓는 근거의 하나로 기능하고 있다.

사의 신춘문예의 응모작품 속에 끼어 있던 〈불온한〉 내용의
시도 생각이 난다. 나의 상식으로는 내 작품이나 〈불온한〉 그
응모작품이 아무 거리낌없이 발표될 수 있는 사회가 되어야만
현대사회라고 할 수 있을 것같고, 그런 영광된 사회가 반드시
머지 않아 올 거라고 굳게 믿고 있다. 그러나 나를 괴롭히는
것은 신문사의 응모에도 응해오지 않는 보이지 않는 〈불온한〉
작품들이다. 이런 작품이 나의 〈상상적 강박관념〉에서 볼 때
는 땅을 덮고 하늘을 덮을 만큼 많다. 그리고 그 안에 대문호
와 대시인의 씨앗이 숨어 있다. 이렇게 생각할 때 위기는 아득
한 미래의 70년대에 있는 것이 아니라 지금 당장 이 순간에 있
다. 이런, 어찌보면 병적인 위기의식이 나로 하여금 뜻하지 않
은, 엄청나게 투박한 이 글을 쓰게 했다(『전집2』, 157쪽).

　여기에서 제시된 〈불온성〉이라는 기준은 내용과 형식에 대해 이
중 기준을 별도로 적용하지 않고 단 한 번에 내용과 형식 양자를 평
가할 수 있는 기준이라고 할 수 있다. 이어령이 제시한 이중의 기준
은 참여문학을 두 개의 영역으로 나눌 것을 요구하는 것인데, 그 둘
이 전혀 결합할 수 없는 것이 아니라면 그 둘은 서로 모순되더라도
통일의 지점을 발견해야만 한다. 그 통일의 방식은 김수영이 제시해
왔던 〈극단의 대립을 통한 적대적 화해〉를 뜻하는 것으로 양자가 독
자성을 지니면서도 분리할 수 없이 통일된 상태를 지향하는 것이다.

참여문학에 적용되어야 할 두 가지 기준 또한 그것이 화해하기 어려운 것이라면 적대성을 충분히 지닌 것이므로 극단의 싸움을 통한 화해의 지점을 찾아내어야 하는데, 그것이 바로 〈불온성〉이라는 개념이다. 이어령의 〈에비〉라는 개념이 문학을 정치로부터 수호하려는 방어적이고 이분법적 태도에서 나온 것이라면, 김수영의 〈불온성〉이라는 개념은 양자의 모순을 충분히 인정하면서도 그것이 화해를 지향했을 때의 상태를 담고 있는, 말하자면 〈새로움〉을 이행하고 나온 개념이라고 할 수 있다. 그 개념에서는 문학적인 기준과 정치적인 기준이 동시에 개입되어 있기 때문이다. 그 통일의 방식은 이것이다.

> 다시 말하자면 그(이어령-인용자)는 모든 진정한 새로운 문학은 그것이 내향적인 것이 될 때는 즉 내적 자유를 추구하는 경우에는 기존의 문학형식에 대한 위협이 되고, 외향적인 것이 될 때에는 기성사회의 질서에 대한 불가피한 위협이 된다는, 문학과 예술의 영원한 철칙을 소홀히 하고 있거나, 혹은 일방적으로 적용하려들고 있다. 얼마전에 내한한 프랑스의 앙띠로망의 작가인 뷔또르도 말했듯이, 모든 실험적인 문학은 필연적으로 완전한 세계의 구현을 목표로 하는 진보의 편에 서지 않을 수 없게 되는 것이다. 모든 전위문학은 불온하다. 그리고 모든 살아 있는 문화는 본질적으로 불온한 것이다. 그것은 두

말할 것도 없이 문화의 본질이 꿈을 추구하는 것이고 불가능
을 추구하는 것이기 때문이다. 그런데 「오늘의 한국문화를 위
협하는 것」의 필자의 논지는 그것을 더듬어보자면 문학의 형
식면에서만은 실험적인 것은 좋지만 정치사회적인 이데올로
기의 평가는 안 된다는 것이다(『전집2』, 158-9쪽).

문학적 기준과 정치적 기준을 나누지 않으면서도, 물론 그 기준
나름의 독자성을 유지한 채로 그것이 동시에 통과할 만한 상태를 담
고 있는 최선의 언어를 김수영은 〈불온성〉에서 찾은 것이다. 불온성
은 하나의 문학이 양날의 칼일 수 있는 상태를 지칭하고 있으며, 그
기준에 통과한 작품 앞에서는 이어령이 생각하는 것처럼 두 개의 기
준이 서로 충돌하지 않고 절반씩 평가해낼 수 있는 것이 아니라, 문
학적 기준이든 정치적 기준이든 기존의 모든 기준과 척도를 무시하
는 것이므로 작품 내부에서는 문학과 정치가 각각의 기준을 서로 유
지하려고 긴장하면서도 그것이 공동으로 지향하는 목적인 모든 기
준으로부터의 자유라는 측면에서는 서로 같은 목소리를 낼 수 있게
되는 것이다. 불온성이라는 개념은 문학적 기준과 정치적 기준 사이
의 선택의 문제를 넘어서 〈기준〉 자체를 의문에 부치는 것이라는 점
에서 논쟁에서 새로운 전기를 마련하게 해준다.

이어령이 문학의 평가기준을 특별히 강조하는 것은 그 기준의 〈영
원성〉에 의존하고 있기 때문인데, 보편성과 영원성으로부터 수여받

은 문학의 기준은 다른 모든 기준의 도입을 배제한다는 점에서 불멸의 획일적 기준으로 전락하게 되고, 김수영의 입장에서 그것은 정치권이 육법전서로 혁명을 평가하려는 태도와 다를 바 없다는 것이다. 시적 혁명을 통과하고 전혀 다른 새로운 지평을 제시하는 것이 문학의 사명이라면, 그러한 문학에 대해서 영원성의 기준을 들이대는 것은 이어령 스스로 새로운 질서를 찾는 고행을 강조했음에도 불구하고 변화를 두려워하는 태도를 보이는 것이다. 김수영의 불온성은 그러나 영원한 문학의 기준을 붙들고 있는 상태는 문학이 현재의 질서를 오히려 영원히 보장할 수밖에 없다는 것, 그래서 문학이 새로움의 차원을 개시하지 못하고 정체된 상태를 꿈꾸게 만들 수 있다는 우려를 담고 있다. 문화의 위기를 극복하는 길은 문학이 영원성의 기준을 유지하는 것이 아니라 영원성을 덧없는 변화의 시간 속에서 증류해낼 수 있는 가능성의 길을 제시하는 것이라고 김수영은 생각한다. 상대적인 것에서 절대적인 것을 거꾸로 도출해내는 하극상의 방식은 절대적인 것에서부터 상대적인 것으로 하강하는 상명하달의 태도를 과거의 것으로 밀어낼 것이기 때문이다.[4]

---

4) 이는 죽음을 극복하는 데 있어서 두 가지 방법과 관련되어 있다. 죽음을 보편적, 객관적인 대상으로 처리하는 방법과 죽음을 개별적, 주관적인 대상으로 처리하는 방법의 차이에서 보면, 전자에서는 불멸의 죽음이 유도되며 그것이 삶을 고정된 상태로 지배하게 되고, 후자에서는 덧없는 죽음이 도출되어 삶의 유동성을 촉진하게 되는 것이다. 이에 대해서는 이 책의 Ⅲ-3 참조.

이 불온성이라는 개념은 김수영 나름의 참여문학의 정신이 담겨 있는 것이지만, 이어령의 반응은 오히려 그것이 서랍 속에 있고 발표되지 못한 것이라는 말에 주목하여 통상적인 참여문학의 개념으로 격하시키고 이미 준비된 참여문학에 대한 평소의 소신을 다시 반복하고 있다.

> 우산은 비올 때 받으라고 있는 것이다. 탄압의 힘이 거대하고 민첩해서 옴짝 달싹 못하겠다는 사람이 어떻게 한 옆에서는 그 영광된 사회가 반드시 올 것이라고 기대하는가? … 그러므로 〈영광된 사회〉가 왔을 때는 이미 그러한 불온시는 발표되지 않아도 좋을 것이다. 발표가 허락될 순간, 이미 발표할 만한 가치를 상실해 버리는 것이 바로 〈참여시의 운명〉이기도 하다. 참여의 시가 〈시공을 초월한 영원성〉을 부정하는 것도 바로 그 점에 있다. … 책상 서랍 안에서만 불온시를 쓸 수 있는 참여시인들은 바로 해방이 되어야 일제를 규탄하는 참여시를 쓰고 이승만씨의 독재가 쓰러지고 난 다음에야 독재자의 빈 의자에 돌을 던지는 자들이다(이어령③).

문학에 적용되는 기준과 참여에 적용되는 기준이 다르다는 것을 고수하면서, 그 두 가지 기준이 통합될 가능성을 찾지 않는 이어령은 참여시라는 것이 발표되지 않으면 아무 쓸모가 없는 것이니 참여를 하지 않은 것이고, 참여를 하지 않으면서 남더러 참여를 하라고 말하는 것은 자기와 남을 동시에 속이는 일이라고 비판한다. 이처럼 최고의 참여시라는 것이 발표될 수 없는 것이라고 한다면, 그것이 발표될 수 있는 사회는 어떻게 도래하느냐고 묻고, 그러나 그런 사회가 도래하면 그 참여시는 이미 쓸모가 없어진다는 논지를 전개하고 있다. 참여시는 특정한 순간에 써먹기 위한 것인데, 그 순간이 지나면 더 이상 아무런 쓸모 없는 휴지조각으로 돌아갈 것이라는 것이다. 참여시는 써먹기 위한 것이라는 지적은 김수영의 관점에서는 한쪽만 맞는 것인데, 왜냐하면 김수영의 경우 진정한 참여문학은 마치 시인이 언어를 사용하지 않기 위해서 사용하는 것처럼 써먹지 않기 위해서 써먹는 것, 그러니까 수단이면서 목적이 되는 통일의 상태에 도달한 작품을 가리키기 때문이다. 적에 대한 공포와 두려움을 극복하는 방식에서 이어령은 이처럼 자기동일성의 상태를 유지하기 위해서 상대방을 배제하는 논리를 전개하고 있다면, 김수영은 오히려 적에 대한 공포를 극복하기 위한 싸움의 과정을 통과함으로써 모순적인 결합을 가져온 상태를 지향하고 있는 것이다. 그것이 완강한 통일의 지점이 아니라는 것은 다음 순간에 새로운 싸움을 전개하는 데로 개방되어 있기 때문이다. 〈에비〉를 몰아내기 원하는 이어령에 대해서 김수영은 〈에비〉를 몰아내기 위해서라도 그 〈에비〉를 자기 안에 품고 있는 방식을 〈불온〉이라는 개념으로 답한 것이다.

이어령의 비난에도 불구하고 김수영 또한 이어령 못지 않게 문학

의 자율성을 신뢰하고 있었지만, 그것이 진정한 자율성이기 위해서
는 쟁취의 과정을 거치면서 자율성을 온몸으로 경험하는 것임을 김
수영은 분명하게 밝힌 것이다. 이어령이 제시한 〈에비〉와 같은 것이
불안과 공포를 감지하고 있는 것이라면 그 불안과 공포를 적극적으
로 〈극복〉한 상태를 경험해야 하는 것이 문학의 자율성을 이행한 것
이지, 불안과 공포를 있지도 않은 것을 있는 것처럼 생각한다는 듯
이, 그것을 환상에 불과하다고 질타하는 것은 주관적인 위로의 수준
을 넘어서지 못하는 것이다. 불안과 공포를 문학을 하는 사람들이면
누구나 느낄 수밖에 없었던 당시에, 그것은 주관적인 착각에 지나지
않는 것이 아니라 객관적으로 현존하고 있는 것이기 때문이다. 문학
이 불안과 공포로부터 자유로울 수 없었던 시대에 그것을 제거해줄
것을 외부에 요청하는 것은 문학 바깥에서 정치적 시위를 통해서 하
고, 문학 내부에서는 그것이 마치 사라진 것처럼 생각하는 것은 편
리한 내부와 외부의 구분법이다. 김수영은 그러한 구분법을 철폐하
고, 적극적으로 불안과 공포를 자기 내부에서부터 극복하는 길을 찾
아야 한다고 주장하는데, 그것은 외부에서 주어진다고 생각되는 그
불안과 공포가 사실은 내부에 있는 감정이라는 것을 인정하는 데서
시작된다. 내부에 있는 불안과 공포를 마치 외부에 있는 남의 일처
럼 바라보는 태도는 근본적인 해결책이 아니라는 것이다. 문학이 영
원히 내면의 고요한 목소리에 의존하기만 하는 사태는 내면의 목소
리를 사치라고 폄하하는 것 이상으로 좋지 못한 결론에 도달하기 때

문이다. 모든 가치가 변할 수 있다는 것을 인정하는 것이 현대 사회의 획일주의적 경향 속에서 문학이 살아남는 길이며, 그 가능성은 영원성에서부터 내려오는 길이 아니라 지상에서부터 올라가는 길에서 찾아야 한다. 이어령의 〈에비〉는 김수영의 내면에 들어앉아서 〈불온성〉이라는 개념을 잉태하게 하였는데, 그 논쟁 이후에 그것은 다양한 방식으로 급속하게 성장하고 있었던 것이다. 그런 의미에서 이어령은 논쟁을 통하여 김수영의 정신을 다음 단계로 끌어올리는 산파였다고도 할 수 있다.

2

김수영의 실제 비평

　김수영이 다른 사람의 작품을 공식적으로 평가하기 시작한 것은 1964년의 월평에서부터라고 할 수 있는데, 그 월평에 대해서 김수영은 무척 부담감을 느끼고 있었던 것으로 보인다. 그의 말에 따르면 "나는 여지껏 나의 작품에 대해서 정확한 판단을 내린 비평을 본 일이 없다"(『전집2』, 288쪽)고 할 정도로 비평을 신뢰하지 못하고 있었기 때문에 그 비난의 당사자의 자리를 차지해야 한다는 것이 내키는 일은 아니었을 것이다. 당시의 비평에 대한 그의 불만이 거꾸로 불안감으로 되돌아 온 것이다. 그가 당시 비평의 문제점으로 제일 먼저 손꼽은 것은 〈눈치 비평〉이다.

　작가와 평론가의 관계가 또한 재미있다. 작품과 평론과의 사이에 친밀한 유기적 관계같은 것은 우리 문단에서는 거의 찾아볼 수 없다. 「시월평」이나 「소설월평」이라는 것이 독자를 위한 것이라기보다는 작가를 위한 전문적인 계몽의 비중이 더 많은 것도 우리 나라의 「창작월평」이라는 것의 특징이지만 이러한 자들끼리의 밀어도 거의 전부가 동문서답이다. 요즘에는 문단 파벌의식 같은 것은 많이 없어진 것같고, 젊은 평론가들의 질도 상당히 향상된 것 같아서 제법 선이 있는 소리를 하는 사람도 간혹 볼 수 있게 된 것은 그나마 다행한 일이지만 이러한 비평에 귀를 기울이고 있는 징후가 작품에는 아직도 나타나고 있지 않다. 젊은 비평가들의 작품평을 보면서 이따금씩 느끼는 것은, 아무래도 그들의 비평이 눈치를 보면서 〈적당히〉 쓰고 있다는 미흡감이다. 처음에는 상당히 날카로운 소리를 하다가도 이름을 얻고 신문사나 학교 같은 대제도 속에 흡수되면 어느틈에 잠잠해지거나 그렇지 않으면 자기의 직책에 영향이 갈만한 말은 일체 쓰지 않게 된다(『전집2』, 203쪽).

김수영이 재일(在日) 비평가 장일우를 높이 평가하는 것[5]은 그가

---

5) "혹자는 후자(장일우-인용자)를 보고 시를 모르느니 무식하니 하고 욕을 하고 있지만 나는 역시 그에게서 받는 감동이 전자(이유식-인용자)에게서 받는 감동보다 말할 수 없이 더 크다. 국내의 시 비평가들은 시인과 마찬가지로 그중 중요한 것을 잊어버리고 있고, 우리 시단의 가장 급한 일이 무엇인가를 알지 못하고

현학 취미도 없을 뿐 아니라 눈치를 보지 않는다는 데에 있었다는 것을 생각한다면, 김수영은 눈치를 본다는 것이 비평의 발전에 가장 큰 걸림돌이 된다고 파악한 것이다. 눈치를 본다는 것은 그것이 제도권 내에서 이루어지는 평가라는 사실에서 기인하는데, 그러므로 제도 안에서 제도의 눈치를 보지 않는 비평을 단행하지 않으면 올바른 비평이라고 할 수 없다는 뜻이기도 하다. 따라서 김수영이 월평에서 가장 신경을 많이 쓰고 있는 것은 제도가 수행하는 것처럼 자신의 기준을 강매(強賣)해서 시인으로 하여금 비평가의 눈치를 보게 해서는 안 된다는 사실이었다.[6] 당연한 일이긴 하지만, 그는 새로운 길을 비평의 대상이 되는 당사자의 입장에서 바라보면서 동시에 그의 성장을 촉진하는 쪽으로 자신의 몫을 다하는 것에서 찾는다. 즉

있다. 핀다로스나 다스케마이네나 알렉산더 포우프를 인용하고 〈동위수치〉를 운운하면서 멋쟁이 제목을 붙이는 것도 좋지만 그보다도 몇천배나 더 중요한 것은 생명을 가려내는 일이다. 한말로 말해서 우리나라 시단은 썩었다"(『전집2』, 182-3쪽)

6) "필자는 되도록 최대한으로 필자의 개인적 시적 기호를 판단의 기준 속에 삽입시키지 않으려고 하고 있지만 그것이 그렇게 잘 되지 않는다. 평자의 개인적 기호를 혼입시키지 않는다는 것은(평자가 시를 제작하는 사람의 경우에는) 자신의 에피고넨을 막는다는 말이 되고, 또 그 점에서는 극도로 결백할 수 있지만, 그렇다고 평자의 시적 주장까지를 주저시킬 수는 없고, 그런 의미의 독단이 비평의 숙명인 이상 어떤 면에 주장의 강조점을 두느냐 하는 의미에서, 특히 우리나라와 같은 미발달한 시적 풍토 위에서는 〈월평〉같은 것이 필연적으로 정치성을 띠게 된다."(『전집2』, 371쪽)

비평가 자신의 기준을 살리면서도 상대방이 그 기준의 희생양이 되지 않게 하면서 그가 더욱 자신의 장점을 살릴 수 있게 돕는 것을 뜻한다. 그 상생(相生)의 방식은 이렇게 나타난다.

> 사실은 앞서 말한 김재원의 「立春에 묶여온 개나리」를 읽고 나서 나는 한참동안 어리둥절해 있었다. 젊은 세대들의 성장에 놀랐다기보다는 이 작품에 놀랐다. 나는 무서워지기까지도 하고 질투까지도 느꼈다. 그래서 그달치의 「시단월평」에 감히 붓이 들어지지 않았다. 그런 私心이 가시기 전에는 비평이란 쓰여지는 법이 아니다. 그러다가 그 장벽을 뚫고 나온 것이 「엔카운터誌」다. 나는 비로소 그를 비평할 수 있는 차원을 획득했다. 그리고 나는 여유 있게 그의 시를 칭찬할 수 있었다. 이것은 내가 「立春에 묶여온 개나리」의 작가보다 우수하다거나 앞서 있다거나 하는 말이 아니다. 〈제 정신〉을 갖고 산다는 것은, 어떤 정지된 상태로서의 〈남〉을 생각할 수도 없고, 정지된 〈나〉를 생각할 수도 없는 일이다. 엄격히 말하자면 〈제 정신을 갖고 사는〉 〈남〉도 그렇고 〈나〉도 그렇고, 그것이 〈제 정신을 가진〉 비평의 객체나 주체가 되기 위해서는 창조생활(넓은 의미의 창조생활)을 한다는 전제가 필요하다. 그리고 이러한 모든 창조생활은 유동적인 것이고 발전적인 것이다. 여기에는 순간을 다투는 어떤 윤리가 있다. 이것이 현대의 양심

이다. … 「엔카운터誌」를 쓰지 못하고 「입춘에 묶여온 개나
리」의 월평을 썼더라면 나는 私心이 가시지 않은 글을, 따라
서 邪心 있는 글을 썼을 것이다. 개운치 않은 칭찬을 하게 되
었을 것이고, 그를 살리기 위해서 나를 죽이거나 다치거나 했
을 것이다. 그러나 「엔카운터誌」의 고민을 뚫고 나옴으로써
나는 그를 살리고 나를 살리고 그를 〈제 정신을 가진 사람〉으
로 보고 나를 〈내 정신을 가진 사람〉으로 볼 수 있게 되었다
(『전집2』, 142쪽).

　　김수영은 그 달(66년 5월)의 월평에서 김재원을 언급하지 않고 있
는데, 그것은 김재원이라는 사람이 그의 작품 「立春에 묶여온 개나
리」를 통해서 보여준 새로움의 세계를 평가할 만한 기준을 김수영
스스로 생산해내지 못했다는 데에 원인이 있는 것이다. 우리는 상대
방이 항상 그 자리에 머물러 있다고 가정하는 경우의 문제점을 이어
령의 경우를 통해서 알 수 있었는데, 그와 마찬가지로 그는 상대방
이 어디로 얼마만큼 이동하였는지 그 죽음의 거리를 측정할 수 있는
준비가 되어 있어야 하고, 그러기 위해서는 자기 또한 그것을 측정
할 수 있을 만한 유동적인 운동의 상태에 있는 정신이어야 한다는
것을 이 글에서 확인할 수 있다. 항상 동일한 상태로 머물려고 하는
정신은 비평에 있어서도 항상 동일한 기준으로 상대방을 재단할 준
비가 되어 있는 상태라고 할 수 있는데, 그것이야말로 대제도의 행

위를 그대로 반복하는 것이기 때문이다. 그 정체된 제도 내부에서 비평을 실천하기 위해서는 비평하는 사람이나 비평의 대상이 되는 사람이 모두 운동하고 있다는 전제가 필요하다. 그래서 비평가는 상대방이 돌파한 거리를 측정하기 위해서 거기까지 나아갈 수 있어야 하며, 그 가능성 있는 거리에 미치지 못한 상대방을 자신의 가능성의 지점까지 끌어들일 수 있어야 한다는 것이다. 상대방을 죽이는 비평이나 평자 자기의 기준을 희생하는 비평이 아니라 모두가 살 수 있는 비평은 〈운동하는 정신〉에서 가능하다는 것이다. 그래서 비평에 있어서 그의 고민은 그 운동 방식에 닿아 있다.

> 작품의 질이 낮다고 욕만 하다가는 매달 계속해서 쓸 얘기가 도대체 없어지고, 가망성의 萌芽가 보이는 작품을 평자의 주장의 강조점에 따라서 칭찬을 하게 되면 작품이 따라오지를 못하고 평자는 결과적으로 과찬의 과오를 범하게 된다(『전집 2』, 371쪽).

상대방을 칭찬하는 것과 욕하는 것은 자기와 상대방의 줄다리기 장면을 뜻하는 것인 동시에 비평에 있어서 기준이라는 것이 둘(평자와 작품) 사이의 긴장의 운동 속에서 생성된다는 것을 암시하는 것이다. 제 정신을 가지고 산다는 것이 삶에 있어서나 시작(詩作)에 있어서나 비평에 있어서나 일관되게 관철될 수 있는 것은 그가 항상 새롭게 시작할 준비가 되어 있을 때에 가능하다. 그래서 그의 비평은 우선 명백한 기준을 가지고 시작하기보다는 항상 눈앞에 제시되어 있는 작품이 무엇을 상대로 목숨을 건 투쟁을 단행했는지 그것이 얼마나 성공하였는지를 가늠하는 데서 이루어진다. 다시 말해서 그 작품의 가능성의 지점에서부터 기준을 새롭게 구성하고 있다는 것이다.[7] 그것을 그는 참여시의 기준이라고 말한다.

> 50년대의 모더니스트에 대한 靑馬의 시의 대용품적 역할을 오늘날 소위 참여파의 시에 대해서 김현승의 죽음을 극복하는 시 같은 것이 하고 있다고 보는 것은 무리한 해석일까. 여하튼 요즘 젊은 시인들의 특히 참여시 같은 것을 볼 때, 그것이 죽음을 어떤 형식으로 극복하고 있는지에 자꾸 판단의 초점이 가게 된다.[8]

죽음을 극복한다는 것은 자기 자신의 한계를 넘어선다는 것이고, 그것이 비단 개인의 한계가 아닌 이상 세계를 새로운 눈으로 볼 수 있는 기준점을 제공하는 것이라고 한다면, 그것이 무엇이든 그는 주저하지 않고 〈참여시〉의 모범적인 행위를 보여준다고 지적한다.

---

7) 그는 "작품의 기준을 모색하고 강조해야 할 오늘날의 시단의 엄청난 과제의식"(『전집2』, 386쪽)을 항상 느끼고 있었던 것이다.
8) 김수영, 「참여시의 정리」, 『창작과비평』, 1967. 겨울, 634쪽.

1950년대 모더니스트가 할 수 없었던 시적 혁명을 대신 단행한 것
이 靑馬라고 한다면, 당시의 참여시인들이 하지 못한 시적 혁명을
김현승이 이행하고 있다는 것도 같은 맥락에서 나온 것이다. 이처럼
그의 비평에서는 통상적인 참여시라고 해서 항상 최고의 평가를 받
는 일은 없으며, 그가 누구이든 김수영은 변신을 단행하고 새로운
현실을 제시하려고 노력하는 사람에게 그 가능성의 길을 열어주는
것에 자기 비평의 기준을 두고 있는 것이다.

> 필자는 사실 이 書評에서 우리나라의 시단이나 시작품에 가짜
> 가 너무 많다는 것을 지적하고 싶었고, 詩評의 焦眉의 급선무
> 가 진정한 시를 가려내는 일이라는 것을 강조하고 싶었다. 그
> 러한 의미에서 이 시집에 걸작이 몇 개나 있느냐보다는 조목
> 조목으로 일일이 따져가면서 이것이 어떻게 진짜냐 하는 것을
> 구체적으로 지적해 보여주고 싶었던 것이다. 그러나 「거미와
> 星座」의 시인을 가지고 진짜냐 가짜냐를 가려내는 표본으로
> 삼기에는 이미 그는 너무나 정평이 있는 시인이고 그의 작품
> 은 그 이상의 문제를 내포하고 있는 것이 사실이다. 평자들 가
> 운데에는 斗鎭兄의 시에 상식적인 따분한 설교적인 문구가 산
> 재해 있다고 험을 잡는 사람이 있고, 필자도 그러한 단점을 인
> 정하지 않는 것은 아니지만 그러나 그러한 단점을 지적하는
> 평자나 시인들이 정작 시를 모르고 있는 경우를 나는 너무나

많이 보아왔다(『전집2』, 179-80쪽).

　김수영은 순수와 참여 이전에 시단에 〈가짜〉가 많다는 사실을 지적하고, 그 중에서 "진정한 시를 가려내는 일"을 시평의 목적으로 삼고 있다는 것을 알 수 있다. 가짜가 많다는 것의 원인을 김수영은 시를 평가하는 평자들이 "진정한 시"가 무엇인지를 모르고 있다는 데서 찾으려 한다. 그러한 풍토는 비평가 스스로 자기의 기준을 강요하려 하거나 아니면 대상이 되고 있는 시와는 무관하게 자신의 현학성을 과시하는 데 관심을 두는 경우에서 기인하는 것이다.[9] 김수영은 진정한 시를 가려내기 위해서는 비평가 스스로 평가받는 상대방이 되어서 그가 죽음을 극복하는 과정을 같이 살아야 한다고 생각하는 것이다. 그러므로 그가 어떤 방식으로 새로운 생명을 획득했는지를 파악할 수 있기 때문이다. 그러기 위해서는 앞서 말했듯이 상

---

9) 현학취미에 대한 김수영의 비판은 노골적이다. 김수영의 경우 현학성이라는 것은 자기자신의 언어를 만들어내지 못한 것에 불과한 것으로, 시를 행하지 않은 상태에서 비평을 하려는 태도를 드러내는 일에 지나지 않는다. 김수영은 오히려, "핀다로스나 다스케마이네나 알렉산더 포우프를 인용하고 〈동위수치〉를 운운하면서 멋쟁이 제목을 붙이는 것도 좋지만 그보다도 몇천배나 더 중요한 것은 생명을 가려내는 일"(『전집2』, 183쪽)이라는 것을 강조한다. 현학을 과시하기보다는 〈생명〉을 가려내는 일이 중요하다는 것은 상대방이 무엇을 대상으로 하여 목숨을 건 싸움의 과정을 통과해서 새로운 생명을 획득하였는지를 평가의 기준으로 삼아야 한다는 것, 즉 상대방 중심의 비평을 제안한 것이라고 할 수 있다.

대방이 움직일 수 있다는 것을 염두에 두어야 하며, 그가 어떤 방향으로 움직이고 있는지, 그 행방을 추적하는 일에 게을러서는 안 된다. 즉 상대방에 대한 모든 선입견을 배제하고 새로운 눈으로 상대방을 볼 수 있어야 한다는 것이다. 시를 행하는 비평가만이 시를 행하는 시인을 발견할 수 있다는 것이다.

> 그대를 구출하는 길은 그대가 시인이 되는 길밖에는 없다. 시인은 모든 면에서 백치가 될 수 있지만, 단 하나 시인을 발견하는 일에서만은 백치가 아니다. 시인을 발견하는 것은 시인이다. 시인의 자격은 시인을 발견하는 데 있다. 그밖의 모든 책임을 시인으로부터 경감하라(『전집2』, 189쪽).

시인이란 "언제나 시의 현시점을 이탈하고 사는 사람이고 또 이탈하려고 애를 쓰는 사람"(『전집2, 187쪽)이라는 그의 규정에 따른다면, 시인을 발견한다는 것은 현재를 벗어나서 다른 시의 가능성을 제시하려는 사람을 뜻한다. 그러므로 비평가가 기존의 시와는 다른 방식의 시를 제시하는 사람을 알아보기 위해서는 그 또한 "시인이 되는 길"밖에는 없다. 이처럼 그는 기성의 시에 대한 관념을 이탈하려는 노력을 높이 평가하는데, 그것은 거창한 것이 아니라 다만 자기자신의 한계를 극복하는 데서부터 시작된다. 시인이 자기가 보지 못하는 새로운 세계를 보려고 노력할 때, 그는 그러한 세계를 볼 수

없게 하는 자신의 한계를 넘어서지 않을 수 없기 때문이다. 그것을
그는 시에서 발견되는 〈생명〉이라고 한다.[10] 그러므로 그는 자기 자
신의 한계를 넘어서려는 노력과 그 노력의 성패를 가려내는 것을 시
론의 과제로 생각하고 있는 것이다. 그와 관련해서 그가 시평의 기
준으로 채택한 용어가 〈체취〉이다.

> 체취가 풍기는 작품, 하면 개성이 강한 작품이라는 것 외에 어
> 딘지 세련되지 않은 데가 있는 작품이라야 하고, 그런 세련되
> 지 않은 데가 오히려 매력이 있다는 뜻이 은연중에 포함되어
> 있다. 간단히 말해서 땀내가 배어나는 작품이라고 해도 무방
> 할 것이다. 그리고 그 땀내는 자기의 땀내라야 한다. 자기의
> 땀내. 나는 땀내보다도 〈자기의〉에 언더라인을 한다. 그러니
> 까 내가 쓰는 〈체취〉의 뜻은, 작품의 내용에보다도 작품의 질
> 에 지난날보다 더 강세를 둔 수정된 그것이라고나 할까. 이런

---

10) 이는 엘리어트의 시평과 유사한 점이 있다. "시를 설명할 경우 그것을 만들어 낸
성분이나 또 그것이 생기게 된 원인을 조사하는데, 이와 같은 설명도 시의 이해
를 위해서 필요한 준비가 될 것이다. 그러나 시를 이해하기 위해서 한가지 중요
한 것은, 그리고 대부분의 경우 그것이 더 중요하다고 나는 강조하고 싶지만, 그
시가 목표삼고 있는 것이 무엇인가를 파악하려고 노력해야 한다는 사실이다. 그
노력이란 말하자면 나는 약간의 자신을 가지고 오랫동안 그런 용어를 사용해 왔
지만 시의 생명력(生命力)을 파악하려는 노력이라고 말할 수 있을 것이다."(T.
S. Eliot, 최종수 역, 「비평의 한계」, 『문예비평론』, 박영사, 1974, 225쪽.)

아리숭한 말을 쓰는 것은 유별난 비평적 기준을 강요하기 위
한 설정이 아니라 작품의 기준을 모색하고 강조해야 할 오늘
날의 시단의 엄청난 과제의식에서 나온 것이다. 신뢰할 만한
새 시인은 없는가, 이것은 月評을 쓸 때마다 모든 평자들이 기
도처럼 외우고 있는 오늘의 시단의 공통된 함성일 것이다. 오
늘날도 간혹 체취를 풍기는 작품이 있기는 있는데, 그것이 얼
마큼 자기의 것으로 되어 있느냐, 얼마만큼 발전할 수 있는 것
이냐 하는 점까지 가면 그리 장담을 할 만한 신진들이 없다
(『전집2』, 386-7쪽).

김수영이 특별히 "자기의 땀내"를 강조하는 것은 자기 자신의 한
계를 돌파하기 위한 과정에서 그가 시를 이행할 수 있는 가능성을
발견할 수 있기 때문이다. 그것은 새로움을 최신 기술의 직수입으로
착각하는 풍조[11]를 배제하고 "남의 흉내를 내지 않고 남이 흉내를 낼
수 없는 시를 쓰려는 눈과 열정을 가진 사람"(『전집2』, 145쪽)을 식
별하려는 그의 노력이 담긴 용어라고 할 수 있다. 그러므로 그는
"그 나름의 추구한 방향"(『전집2』, 373쪽)을 지적하고 그 방향을 촉
진하도록 하는 것을 일차적으로 비평이 해야 할 일이라고 생각한다.
그는 시인 자신이 "자기의 본질을 정확하게 심화시켜주기"(『전집2』,

---

11) "블루 프린트가 내다보일 정도의 직수입"(『전집2』, 361쪽).

356쪽)를 바라는데, 그것은 자기 자신의 본질의 한계점에 도달했을 때, 그가 새로운 방향을 제시할 수 있다는 기대감을 나타내는 것이다. 그것은 그 시인이 자기 시의 본질에 고착되지 않고 그 본질을 발전시켰을 때에 그 정점에서 찾아오는 변화가 시인 자신의 진정한 새로움이라는 것을 말해준다. 그런 의미에서 그는 다른 시적 형식을 실험하려는 시인이 실험기의 유산을 전혀 이어받지 않는 것을 올바른 변화라고 생각하지 않는다.

내가 보기에는 송욱도 실험을 위한 실험을 亂行하다가 지쳐 떨어진 수많은 소위 모더니스트들과 정도의 차이는 있지만 똑같은 실수를 범하고 있는 것같다. 만약에 그의 실험이 실험을 위한 실험이 아니라면 그는 당연히 그의 스테이트먼트의 장기를 발전시켜나가야 할 것이다. 그리고 그의 발전은 순수시로의 퇴보가 아니라, 풍자적인 스테이트먼트의 순화(세련)의 방향을 취해야 할 것이다. 오늘날 우리들의 시적 풍토가 스테이트먼트의 시를 발전시켜나가는 데 가장 불리하고 힘이 든다는 것을 우리들은 잘 알고 있다. 우선 우리들은 세계문제와 직결되어 있지 않다. 우리들의 주위에는 불필요한 장벽이 너무 많고 언론의 자유도 충분한 것이 못된다. 그러나 그런대로 우리들은 장벽의 조건과 맞서서 제대로의 스테이트먼트를 할 수 없다는 스테이트먼트라도 해야 한다. 혹자는 오늘날의 세계시의 유행이 진술의

시의 단계를 졸업한 지 오래라고 하지만, 그것은 세계시(즉 서
구시)의 사정이지 우리들의 사정은 아니다(『전집2』, 359쪽).

실험을 위한 실험이라는 것은 자기 시의 본질을 과감하게 혁신하
는 것이긴 하지만, 김수영으로서는 그러한 급격한 단절은 시의 발전
이 아니라는 것이다. 그는 "변모는 자기의 본질의 발전체라야 한다
는 기본명제"(『전집2』, 367쪽)를 시의 발전의 원칙으로 삼고, 그 본
질이 발전하여 나타난 실험을 진정한 새로움을 제시할 수 있는 실험
이라고 생각한 것이다. 새로움은 〈자기의〉 한계를 스스로 자각하는
과정을 포함하고 있어야 하는데, 그 한계와의 싸움이 치열해지기 위
해서는 오히려 한계 내에서 자기의 본질이 충분히 발전해야 한다는
것이다. 따라서 "세계시의 유행"에 기댄 실험은 아무런 의미도 없는
것이고 오히려 자기의 한계를 돌파하면서 얻어낸 새로움의 수확이
진정한 새로움의 자격을 갖는 것이다. 그러나 시인 개인이 자신의
한계를 돌파하는 것은 비단 개인의 한계를 넘어서는 데 그치는 것이
아니라 한국 사회 전체의 한계가 거기에서 돌파되는 것이기도 하다.
 그러므로 김수영은 시인 개개인의 방향에서 "그의 정체를 뚫고 나
갈 수 있는 가능성"(『전집2』, 369쪽)을 발견하는 데 중점을 둔다. 그
는 자기의 정체를 신속하게 돌파하는 것보다도 그것을 돌파하기 위한
과정에서의 노력이 더욱 값진 것이라고 생각한다. "자기의 땀내"는
자기가 추구하는 방향에서 정체된 상태를 돌파하고 새로운 가능성을

보여주기까지의 과정에서 발생하는 것으로, 그것은 그 시인이 외부의 작시법에 따라 시를 쓴 것이 아니라 자기 나름의 새로운 작시법에 도달했다는 것을 의미하며, 그것이야말로 자기자신의 한계를 자각했다는 것, 그리고 그 한계를 넘어서려는 과정에서 자유를 경험하고 있다는 것을 입증하는 사건인 것이다. 이처럼 체취와 땀내를 강조하는 그러한 비평은 서구의 최신의 기술을 도입하는 것을 통해 조석으로 동요하는 것을 새로움이라고 생각하는 미숙한 당시 시단의 경향을 극복하기 위한 김수영 나름의 노력이 배어 있는 시도라고 할 수 있다.

> 우리의 시가 조석으로 동요하는 원인의 하나가 여기에 있다. 시의 다양성이나 시의 변화나 시의 실험을 나는 두려워하지 않는다. 오히려 그것은 어디까지나 환영해야 할 일이다. 다만 그러한 실험이 동요나 방황으로 그쳐서는 아니되며 그렇지 않기 위해서는 지성인으로서의 시인의 基底에 신념이 살아 있어야 한다. 이러한, 누구나 다 아는 소리를 새삼스럽게 되풀이하지 않으면 아니되는 것도 사실은 우리 시단의 너무나도 많은 현대시의 실험이 방황에서 와서 방황에서 그치는 포오즈같은 인상을 주기 때문이다(『전집2』, 363쪽).

김수영의 생각에 비평의 할 일에는 시의 다양성을 극대화시키는 것, 즉 모든 사람들이 자기의 목소리를 낼 수 있게 만드는 것도 포함

된다. 하나의 기준으로 모든 시를 포섭하는 것은 비평의 일이 아닌 것이다.[12] 비평은 진정한 시를 가려내는 것이지만 그 진정한 시라는 것은 일률적으로 적용되는 기준에 들어맞는 작품이 아니라 오히려 모든 기준을 무력화시키고 기준을 변화시키는 시를 가리킨다고 할 수 있다.[13] 그러므로 김수영이 "신념"이 있는 실험이 있어야 한다고 말할 때, 그 신념은 위에서부터 주어지는 규범으로서의 신념이라기보다는 아래에서부터 규범을 찾아나서려는 신념을 뜻한다. 다시 말하면 이데올로기의 형태로 위에서 주어지는 신념이 아니라 그 이데올로기를 무력화시키고 혼돈을 야기하게 만드는 신념이라고 할 수 있다. 실험이란 기존의 모든 질서를 의문에 부치고 새로운 기준을 모색하는 것이기 때문이다. 그러므로 진정한 실험은 "동요나 방황"과는 관련성이 없으며, 자신의 한계를 정확하게 짚어내는 것, 즉 자신의 한계에 사회 전체의 한계가 실려 있다는 것을 알아내려는 실험이라고 할 수 있다. 그 실험에는 외부에서 주어지는 모델이 있는 것

---

12) "계급문학이니 앵그리문학이니 개똥문학이니 하기 전에 위선 작품이 되어야 한다고 나는 천만번이라도 역설하고 싶다"(『전집2』, 176쪽).

13) "필자가 말하는 시가 여태까지 추천제를 통과해온 무수한 시작품이나 〈신춘문예〉나 〈신인문학상〉에 당선된 수많은 작품들에서 그 예를 찾을 수 없는 것이라는 것은 독자들도 짐작이 갈 것이고, 여태까지의 기성인들의 어떠한 작품과도 비슷하지 않은 작품이라는 것도 짐작이 갈 것이다. 시는 그러한 것이다"(『전집2』, 149쪽).

도 아니고, 오직 실험 이후의 시는 자기 자신의 한계를 돌파하는 과정에서 배우게 되는 것이므로, 그것은 그가 자기의 현실에서 배운 것이라고 할 수 있다. 자기가 구성한 현실의 한계를 극복한 것이기 때문이다. 그런 맥락에서 김수영은 "시인의 스승은 현실"이라고 주장했던 것이다.

> 색다른 실험을 거듭하던 시인이 형태를 바꾸게 되면 우선 개의하게 되는 것은, 그가 종래의 실험단계에서 어떠한 자양분을 몸에 지니고 나왔느냐 하는 것이다. 그리고 송욱의 경우와 같이 金丘庸의 경우도 실험 후의 작품의 시적 가치가 실험기간 중의 未評價의 작품들의 성질을 심한 경우에는 그 眞僞까지도 판단하는 척도의 역할까지도 하게 된다는 것은 어찌할 수 없는 일일 것이다(『전집2』, 361쪽).

김수영은, 실험 과정에 있는 동안에는 그 이전의 작품의 한계를 어떻게 극복하고 있는지를 살피기 어렵기 때문에, 오히려 실험 이후의 작품을 통해서 거꾸로 실험 과정에 있었던 작품까지도 그 진위를 평가하게 된다고 말한다. 이는, 실험을 통해 한계를 돌파하려는 시도가 〈자기의〉 한계인지 아닌지를 알아낼 수 있는 것은 실험을 종결했을 때의 상태라는 것인데, 그 한계가 만약 〈자기의〉 한계가 아니라 유행에 편승한 것이라고 한다면 그 실험은 거짓말이 된다는 것이다. 김수영은 모든 시인들이 보편적인 한계라고 생각하는 것을 극복하기 위해서라도 자기 자신의 한계를 극복하는 것이 더욱 성실한 길이라고 생각하는 것이다. 자기자신의 한계를 극복하지 못하는 사람이 보편적인 한계를 선뜻 극복한 것처럼 실험과정을 처리하는 것은 올바른 방향이 아니라는 뜻이다. 시에서의 변화를 무엇보다도 중요하게 생각하는 김수영이지만, 그 변화의 신뢰성의 정도는 변화의 당사자가 자기의 한계를 극복하려는 노력이 시에 배어 있는 것이어야 한다는 사실을 그는 더 중요한 것이라고 생각한다. 그가 성실성과 양심, 그리고 거짓말이 없다는 것을 시의 초보적인 가능성을 보여주는 기준으로 채택한 것도 외적인 규범에 따라 시작 생활을 영위하려는 모든 형태의 시대착오적 형태를 극복하지 않고는 한국 시의 발전이 곧 한국 사회의 발전으로 이어지지 못하리라는 것을 의식하고 있었기 때문이다. 김수영은 시의 변화가 시 내부의 동요에서 그치는 것이 아니라 사회 전체의 형식을 변화시키는 것일 때 그것이 참여시이든 순수시이든 올바른 작품이라고 믿었던 것이다. 그러므로 진정한 시와 작품이란 〈보편적인〉 것에 치중하지 않고 그것을 〈자기의〉 것으로 전유할 줄 알며, 그렇게 함으로써 바로 지금 여기에서 〈자기의〉 한계를 넘어섬으로써 동시에 〈보편적인〉 한계를 넘어설 수 있는 자질을 가지고 있는 작품을 말한다. 그러한 작품들은 자기 사회의 제약을 극복함으로써 보편적 테마에 도달하는 것이기 때문에, 보편에서부터 시작하려는 사대주의에 편승하지 않을 것이며, 오히려

현실에서 자기 시의 스승을 발견하는 〈시〉의 가능성을 열어줄 것임
을 김수영은 믿었던 것이다.

5장

시적 재현의 한 방법

이상으로 김수영의 산문에 나타난 시론에서 그 핵심에 놓여 있는 현대성을 시론으로서 '시적 혁명'의 원리와 시창작의 원리로서 '부재의 재현'을 통해 살펴보았는데, 우리는 그것이 재현의 위기 이후에 등장한 현대시의 분열을 치유하고 새로운 재현의 길을 모색하려는 시도였음을 알 수 있었다. 우선, 우리는 지금까지 김수영이 그의 시론을 통해 순수와 참여라는 당시의 쟁점을 극복해가는 과정을 살펴보았다. 한국문학사에서 1960년대는 순수와 참여의 갈등이 지배적인 쟁점으로 부각되었으며, 김수영은 그 갈등을 극복하는 길이 〈현대성〉에 대한 철저한 인식에 있다고 믿었다. 그렇기 때문에 김수영의 시론에서 〈현대성〉은 시의 자율성과 시의 정치성을 동시에 달성하는 전위적 의미를 내포한다고 할 수 있다. 대부분의 사람들은 시의 자율성과 정치성을 모순적 관계라고 생각하고, 상대방을 배제하는 방식으로 그 모순을 해소하려고 하였지만, 김수영은 모순을 병존시키는 방법을 찾아 나선 것이다. 그 방법이란 시의 자율성을 수동적으로 방어해야 할 대상으로 생각하지 않고, 적극적으로 관철해야 할 정신으로 승격시키는 데서 찾아진다. 그는 시의 자율성을 주어진 기정사실이 아니라 도달해야 할 정치적 목표라고 생각했던 것이다. 시의 자율성은 언어의 주권적 성질과 관련되어 있기 때문에, 김수영은 시의 자율성을 언어의 지배력과 관련된 언론자유의 문제와 연결지어 생각하였다. 김수영에게 시의 자율성이란 언어를 통해서 자유를 이행하는 것을 뜻한다. 그것은 의사소통의 수단으로 생각되는 언어관을 거절하는 데서 시작된다. 언어가 현실을 바라보는 눈을 통제하는 본래의 지배력을 되찾게 되면, 그럼으로써 언어의 혁명은 곧 현실의 혁명이 된다. 시의 임무는 이처럼 언어의 혁명적 기능을 되찾아주는 것이다. 그것이 김수영이 지향하는 시적 혁명이다. 시적 혁명 개념을 통해서 시쓰기는 정치적 혁명의 수단이 아니라 정치적 혁명의 목적으로 상승하게 된다. 시쓰기는 그 자체로 정치적 혁명이기 때문에 자율성을 포기할 이유가 없다.

또한 혁명의 시간은 직선과 원환이 결합된 나선형의 시간이다. 그 가운데 정치적 혁명은 직선적 시간(부단한 발전)에 강조점을 두지만, 시적 혁명은 원환적 시간(부단한 혁신)에 중점을 둔다. 그 원환적 시간은 또한 유한성의 시간이기도 하다. 유한성의 시간이란 죽음

의 공포를 극복하고 그것을 다시 삶으로 되돌릴 때 순환적 시간으로
나타난다. 그러므로 김수영의 시적 혁명의 시간은 과거-현재-미래
의 순서가 아니라 미래-과거-현재의 순서를 따른다. 즉, 아직 알지
못하는 미래의 시간을 김수영은 시적 혁명의 출발점으로 삼는다는
것이다. 김수영은 그 시간을 의식의 한계를 넘어서는 무의식의 영역
이자 시의 형식이 유래하는 방식이라고 생각한다. 무의식이 의식의
한계를 넘어서는 곳에서 구성되는 것처럼, 시의 형식 또한 내용의
한계를 넘어서는 곳에서 구성되기 때문이다. 그러므로 형식은 의식
적인 기교의 수준을 넘어서서 시인의 삶의 형식을 이미 포함하고 있
다. 시라는 것은 장르적 관습에 한정되는 것이 아니라 모든 예술에,
모든 구태의연한 삶에 두루 적용되는 삶의 윤리라는 것이다. 그것은
새로운 현실의 가능성을 보게 만드는 행동이기 때문이다. 따라서 새
로운 현실의 가능성을 보게 만드는 것은 모두 시적 혁명이라고 할
수 있다. 시의 형식을 통해 드러나는 예술성이란 시의 내용이 거주
하는 현실성의 한계를 넘어서 새로움의 차원을 개시하는 것이다. 이
렇게 해서 시와 시인, 형식과 내용, 예술성과 현실성, 무의식과 의식
은 순환적 관계를 맺으면서 전진한다.

  그러므로 김수영의 경우 시작(詩作)은 곧 시작(始作)이라고 할 수
있다. 그것은 사물의 새로운 차원에 대한 인식인 동시에 사물을 새
롭게 변화시키는 실천이기도 하다. 이때 김수영이 참여해야 할 현실
은 시인이 대립하는 객관적 현실이 아니라 시인에 의해서 변화가능

성을 내포하는 상관적 현실이다. 현실은 시인의 언어에 의해서 새롭게 탄생할 가능성을 가지고 있으며, 그 가능성을 실현시키는 것이 시작(始作/詩作)이라고 할 수 있다. 시인과 그 현실을 새롭게 시작하게 만드는 것은 시적 혁명을 통과한 언어의 힘이다. 언어는 우리에게 현실을 보여주는 재현(상징)적 기능을 가지고 있기 때문에, 시인에게 현실은 결코 있는 그대로의 현실이 아니다. 그런 점에서 김수영은 자연모방의 원리를 거부하고 자연을 대변하고 보충하는 유미주의의 원리를 따른다. 현실은 고정된 것이 아니므로 시인의 눈에 전혀 다른 모습으로 등장할 수 있다. 그런 점에서 시인은 현실의 유동성과 변화가능성을 폭로한다. 그리고 이때 동원되는 시인의 무기는 감정과 상상력이다. 상상력은 부재하는 대상을 현존하게 만드는 인간의 인식능력이지만, 그것은 있는 그대로의 현실을 부정하고 매 순간 현실의 변화가능성을 드러내준다. 상상력은 현실이 객관적 대상이 아니라 시인이 이미 참여되어 있는 세계라는 것을 폭로한다. 그 상상력에 의해서 폭로된 변화가능한 현실의 모습은 감정을 통해서 뒤늦게 시인에 의해 포착된다. 시인은 자신의 상상력에 대해서는 장님인 까닭이다. 그래서 시인의 감정은 현실과의 관계를 확보하는 지점이면서 변화를 감지하는 탐침기이다. 이처럼 상상력은 객관적 현실의 부동성을 부정하고 현실에 대한 참여적 관계를 가능케 한다. 시인은 온몸으로 현실의 변화가능성을 증명해야 하는데, 그것은 그의 시쓰기와 상상력을 가동시켜서 시인과 현실의 고정성을 파괴함으로써 가능하다. 시쓰기는 미지의 가능성을 통해서 현실을 새롭게 구성하는 활동이라고 할 수 있다. 시인의 상상력은 현실에서 부재하는 것, 아직 실현되지 못한 것을 도입한다는 점에서 부재(不在)에 관계한다고 할 수 있다. 그러므로 시창작은 그 자체로 부재의 재현이다. 그것은 현실에 대한 노예적 모방(존재의 재현)이 아니라 현실에 대한 주권적 재현이라고 할 수 있다. 시인은 주어진 현실 안에 거주하지만, 그 현실을 현실로 만들고, 그 현실을 변형시킬 수 있는 주권을 행사한다. 이는 순수시의 소극적 자율성을 부정하는 적극적 자율성의 정신이라고 할 수 있다. 이러한 정신은 그의 시작법에서뿐 아니라 그의 시비평에서도 그대로 관철된다.

김수영의 현대성은 권위를 지향하는 정치적 방향과 정반대로 권위에 대한 도전의 방향을 포함하고 있다. 그는 위에서 주어지는 모든 규범을 부정하고 아래에서부터 규범을 모색하는 과정을 중요하게 생각한다. 서구적 모범을 새로운 시형식의 모델로 삼는 것은 당시 순수시의 한계를 의미하는데, 그 한계를 돌파하기 위해서 김수영은 〈자기의 죽음〉을 강조한다. 죽음을 은폐하는 것은 삶을 질식시키는 것이고, 이분법적 적대성을 강화하는 이데올로기라는 것을 의미한다. 삶에서 죽음을 가동시키는 역동적 삶의 모양은 시인의 사명이며, 그 사명을 이행했을 때 시인은 개인의 한계와 사회의 한계를 동시에 돌파하는 〈자기의 세계〉에 도달하게 된다. 김수영이 생각하는 현실의 한계는 반공 이데올로기의 광범위한 유포인데, 이는 무의식을 통해 지배력을 행사하게 된다. 무의식이란 시인이 상상력의 원천이라고 믿는 것이지만, 김수영이 시를 〈싸움〉이라고 규정했을 때, 그것은 무의식 내부에서 지배력을 해방의 계기로 전환시키는 싸움을 의미한다. 그것은 시적 행동을 통해 무의식에 혼란이 안착하게 만드는 것이다. 그는 무의식에서 쟁취한 자유가 의식의 자유를 보장한다고 믿었던 것이다. 무의식에서 획득한 자유는 고정된 의식을 자유롭게 이동하게 만든다. 정체성을 유동적인 상태로 만드는 것은 김수영의 시비평에서도 중요하게 작용한다. 시비평은 비평가와 그 대상의 자유로운 운동을 토대로 항상 새로운 기준점을 모색하는 것이기 때문이다. 시비평에서 김수영이 강조하는 것은 항상 새로운 기준점을 향해 전진하는 성실한 시인들의 노력이다. 그리고 김수영의 시론은 이어령과의 논쟁을 계기로 심화된다. 이어령과 김수영의 〈불온시 논쟁〉은 순수와 참여의 논쟁을 마감하면서 문학사에서 새로운 차원의 논쟁으로 발전시키는 계기가 된다. 이어령이 내세운 〈에비〉라는 용어가 특히 부각되는데, 이는 문학이 갖는 외부의 압력에 대한 두려움을 허구화한 개념이다. 문학과 정치를 양분하고 각각의 기준이 다르다는 사실은 김수영에게 〈불온〉이라는 개념을 낳게 만든다. 그것은 문학과 정치의 기준이 다르지 않은 지점, 즉 모든 기존의 기준을 초월하는 양상을 가리키는 개념이다. 그것은 순수와 참여의 이분법을 존중하면서도 그것이 공히 사회의 한계를 극복하는 데서 〈작품〉이 가능하다는 김수영의 입장이 투여된 개념이라 하겠다. 그 논쟁은 이어령의 소극적 자율성과 김수영의 적극적 자율성의 차이가 분명하게 드러난 논쟁이라고 할 수 있다.

　이상에서 언급하였듯이 김수영의 시론은 현대성의 정신을 철저하게 실현하려는 정신에서 출발하는데, 그 정신은 더 이상 시의 본질과 같은 것은 없으며 시를 변호해줄 만한 뮤즈들도 사라졌다는 것을 솔직하게 인정하는 것을 말한다. 인간의 본질, 국가의 본질, 문학의 본질 등이 모두 사라지고 모든 것이 시간 속에서 견뎌내면서 그 본질들을 매번 다시 설정해야 한다는 것이 현대성의 시대의식이라면, 김수영은 그 시대의식의 정신을 실천으로 옮김으로써 한국시론에서는 드물게 적극적 자율성의 시론을 제안하고, 그 이론적 기반을 마련한 것이라고 할 수 있다. 김수영의 자율성론은 자율성이라는 명백한 성지가 있는 것이 아니기 때문에, 자율성의 영토를 차지하고 있는 많은 소극적 자율성론자들과 구별되어야 한다. 현대성의 시인은 자율성을 지키기 위해서 광야로 나아가 타자들과 대결함으로써 자신의 생존을 스스로 보호해야 하는 상황에 처하게 된 것이다. 그러한 상태에서 문학이 문학의 타자들(예컨대 정치)과 대립적인 관계만을 맺게 된다면 문학은 자기 스스로 보호할 본질 같은 것이 없기 때문에 오히려 시대에 역행하여 본질주의를 부활시키는 기능을 할 뿐이다. 따라서 김수영은 광야에서 만나는 모든 적들과의 대립을 내면화하고, 즉 자기의 내면으로 끌어들여서 대립물 간의 상호침투와 상호갈등을 거쳐 그 대립이 극복되는 변증법적 통일의 지점을 시도하였던 것이다.

그 변증법적 통일의 지점은 그에게 새로움, 자유 등이 확보되는 지점으로서, 산문 내부에서도 시와 산문간의 상호침투와 대립을 통해 〈시적 산문〉이라는 형태를 창안하게 되는데, 이는 시와 산문이 각각 심장과 머리를 차지함으로써 〈온몸의 글쓰기〉를 단행하게 만드는 변증법적 원리를 실현한 것이다. 이러한 현대성의 정신은 혁명기에 탄생한 것이어서 그 안에 순환의 시간을 내장하고 있었는데, 그 순환의 시간이란 미래에서 과거를 거쳐 현재로 돌아오는 과정을 거치면서, 전통을 단절하고 새로운 역사를 매번 다시 쓴다는 혁명적 시간의 정신을 기억하는 방식을 말하는 것으로, 김수영은 그 순환적 시간을 통해서 항상 매작품마다 대립을 설정하고 극복하는 변증법적 자기부정의 이행을 보여주었다. 이러한 시적 혁명은 정치적 혁명과 일치하지 않는 시간관으로 인해, 정치권력을 추종하기보다는 정치권력을 이끌고 선도하는 적극적 자율성의 문학을 제시하게 된다.

김수영이 이렇게 적극적 자율성을 제시하게 된 것은 재현의 위기 이후로 현실 재현의 부담으로부터 멀어진 시인들의 도피적 자율성에 대해 반대지점을 가리키기 위함이었다. 김수영에게 재현의 위기는 재현을 하지 않아도 작품이 될 수 있다는 것이 아니라 재현을 하기 위해서는 이제 자기 나름의 방식대로 새로운 재현의 방식을 가지고 되돌아오라는 뜻으로 받아들여진다. 새로운 재현의 방식은 현실과 이론적으로 대립함으로써 현실을 산문적으로 모방하는 것이 아니라, 현실과 실천적 관계를 맺음으로써 주어진 현실을 시인 자신이 참여하여 구성한 현실로 전유하는 것, 또한 아직은 부재하는 미지의 가능성으로부터 시의 언어를 끌어옴으로써 그렇게 전유된 현실을 극복하는 지점을 개방한다는 것을 말한다. 황량한 세상에 시인은 〈눈〉의 중요성을 강조하는데, 눈으로 본다는 것은 단지 시각을 통해서 이성적으로 대상을 꿰뚫어보겠다는 것이 아니라 대상을 보게 만들어주는 언어의 본질적 성격을 회복함으로써 언어를 통한 봄의 가능성을 탐색한다는 것을 가리킨다. 미지의 언어를 통해서 고정된 현실이 아니라 다른 현실의 가능성을 보게 만든다는 것이다. 언어는 자신이 눈을 뜨고 대상을 바라볼 때는 보이지 않는 투명한 매체인 것처럼 생각되지만, 오히려 대상이 언어를 통해서만 우리에게 보이게 된다는 것을 그는 철저하게 실천의 영역으로 끌어들인 것이다. 즉 누구든지 이 현실을 볼 수 있으려면 항상 미래의 언어를 끌고 와서 이 현실을 특정한 상황으로 만들어 놓았을 때 드디어 그것이 현실로 보이게 된다는 것이다. 이는 다분히 현상학적인 방법이지만, 대상을 자신의 외부에 두고 대립하지 않으려는 시인에게 중요한 것은, 이제 미지의 언어를 통해서 대상과 자기 사이의 관계가 더욱 견고해진다는 경험이다. 이것이 특정한 정치적 현실과 이어지게 되면 그 정치적 처지에 견고하게 묶이게 될 텐데, 그랬을 때야말로 가장 자유로운 순간이 가능하다는 역설적 자세를 취하게 된다. 그는 보이는 것을 모방하던 시대를 지나 보이지 않는 것을 창조해내고, 그것을 현

실화시키기 위해 노력한 시인으로, 이는 있는 것의 재현을 통해서
시에 리얼리즘의 성격을 부여하려는 시도와는 반대되는 것이다.

참고문헌

1. 기본 자료

김수영, 『김수영전집1: 시』, 민음사, 1981.
———, 『김수영전집2: 산문』, 민음사, 1981.
———, 『달나라의 장난』, 춘조사, 1959.
———, 『거대한 뿌리』, 민음사, 1974.
———, 『달의 행로를 밟을지라도』, 민음사, 1976.
———, 『퓨리턴의 초상』, 민음사, 1976.
———, 「참여시의 정리」, 『실천문학』, 1967. 겨울.
———, 「저 하늘 열릴 때」 외, 『세계의 문학』, 1993. 여름.
———, 「자유란 생명과 더불어」 외, 『창작과비평』, 2001, 여름.
———, 「판문점의 감상」 외, 민족문학사학회, 『민족문학사연구』 20호,
　　　　2002.

2. 국내 논저

1) 평론 및 소논문

고명철, 「문학과 정치권력의 역학관계—이어령/김수영의 〈불온성〉논쟁」, 『문
　　　　학과 창작』, 2000.1.
권오만, 「김수영 시의 기법론」, 『한양어문연구』13집, 1995.
김　현, 「자유와 꿈」, 『거대한 뿌리』 해설, 민음사, 1974.
김경숙, 「실존적 이성의 한계인식 혹은 극복의지」, 『1960년대 문학연구』, 깊
　　　　은샘, 1998.
김명인, 「그토록 무모한 고독, 혹은 투명한 비애」, 『실천문학』, 1998. 봄.
김영무, 「김수영의 영향」, 『세계의 문학』, 1982. 겨울.
김우창, 「예술가의 양심과 자유」, 『궁핍한 시대의 시인』, 민음사, 1978.
김유중, 「순수와 참여 논쟁」, 김은전 외저, 『한국 현대시사의 쟁점』, 시와시
　　　　학사, 1991.
김유중, 「김수영 시의 모더니티(1)」, 『국어국문학』, 119호, 1997.
김윤식, 「김수영 변증법의 표정」, 『세계의 문학』, 1982. 겨울.
김정환, 「벽의 변증법—김수영」, 『창작과 비평』, 1998. 겨울.

김종철, 「시적 진리와 시적 성취」, 『문학사상』, 1973. 9.

김준오, 「한국모더니즘시론의 사적 개관」, 『현대시사상』, 1991. 가을.

김현승, 「김수영의 시사적 위치와 업적」, 『창작과 비평』, 1968. 가을

───, 「김수영의 시적 위치」, 『현대문학』, 1967. 8.

류양선, 「1960년대 순수-참여 논쟁」, 『한국 근현대문학과 시대정신』, 박이
　　　정, 1996.

박수연, 「전근대에서 근대로, 근대에서 다른 근대로」, 『실천문학』, 1999. 겨울.

───, 「전쟁과 자유, 내용과 형식-김수영론」, 『실천문학』, 2001. 봄.

백낙청, 「김수영의 시세계」, 『현대문학』, 1968. 8.

───, 「문학과 예술에서의 근대성 문제」, 『창작과 비평』, 1993. 겨울.

───, 「시민문학론」, 『창작과 비평』, 1969. 여름

───, 「역사적 인간과 시적 인간」, 『창작과 비평』, 1977. 여름.

서준섭, 「한국 현대시와 초현실주의-시정신의 모험을 위하여」, 『문예중앙』,
　　　1993. 봄.

───, 「한국현대시와 초현실주의」, 『문예중앙』, 1993. 봄.

오문석, 「김수영 시의 시간의식 연구」, 『한국시학연구』 5호, 2001.

오양호, 「순수·참여론의 대립기」, 김우종 외저, 『한국현대문학사』, 현대문
　　　학, 1989.

오형엽, 「김수영 시의 미적 근대성 연구」, 『국어국문학』, 125호, 1999.

우찬제, 「배제의 논쟁, 포괄적 영향-1960년대 순수·참여 논쟁의 맥락」, 권
　　　영민 편저, 『해방 40년의 문학: 1945-1985』, 민음사, 1985.

유종호, 「다채로운 레파토리 수영」, 『세대』, 1963. 1-2.

───, 「시의 자유와 관습의 굴레」, 『세계의 문학』, 1982. 봄.

유중하, 「하나에서 둘로: 김수영 그 이후」, 『창작과 비평』, 1999. 가을.

이경덕, 「사물의 시선과 알리바이」, 『실천문학』, 1998. 가을.

이기성, 「1960년대 시와 근대적 주체의 두 양상」, 『1960년대 문학연구』, 깊
　　　은샘, 1998.

이동하, 「한국 비평계의 〈참여〉 논쟁에 관한 연구」, 『전농어문연구』 11집,
　　　1999.

이부영, 「시의 무의식의 창조성」, 『현대시사상』, 1989. 겨울.

이승훈, 「1960년대의 우리시와 모더니즘」, 『현대시사상』, 1995. 가을.

———, 「김수영의 시론」, 『심상』, 1983. 4.

———, 「우리시에 나타난 전위성」, 『현대시』, 1993. 9.

———, 「현대시와 프로이트」, 『현대시사상』, 1989. 겨울.

이어령, 「논리의 현장검증 똑똑히 해보자」, 『조선일보』, 1968. 3. 26.

———, 「누가 그 조종을 울리는가」, 『조선일보』, 1968. 2. 20.

———, 「문학은 권력이나 정치이념의 시녀가 아니다」, 『조선일보』, 1968. 3. 10.

———, 「서랍 속에 든 '불온시'를 분석한다」, 『사상계』, 1968. 3.

임헌영, 「실존주의와 1950년대 문학사상」, 『현대문학』, 1987. 11-12.

전봉건, 「사기론」, 『세대』, 1965. 2.

전승주, 「1960년대 순수·참여 논쟁의 전개 과정과 그 문학사적 의미」, 김윤식 외저, 『한국 현대비평가 연구』, 강출판사, 1996.

정과리, 「현실과 절망의 긴장이 끝간 데」, 『김수영』, 지식산업사, 1985.

정남영, 「김수영의 시와 시론」, 『창작과 비평』, 1993. 가을.

———, 「바꾸는 일, 바뀌는 일 그리고 김수영의 시」, 『실천문학』, 1998. 겨울.

정대구, 「김수영 시론 소고」, 『국어국문학』, 77호, 1978.

정현종, 「시와 행동, 추억과 역사」, 『월간조선』, 1982. 1.

정효구, 「이어령과 김수영의 〈불온시〉 논쟁」, 『20세기 한국시와 비평정신』, 새미, 1997.

조남현, 「순수·참여 논쟁」, 고은 외편, 『한국근현대문학연구입문』, 한길사, 1990.

조현일, 「김수영의 모더니티관에 관한 연구」, 『작가연구』, 1998.

최동호, 「김수영의 시적 변증법과 전통의 뿌리」, 『문학과 의식』, 1998년 여름.

최두석, 「현대성과 참여시론」, 한계전 외, 『한국현대시론사연구』, 문학과지성사, 1998.

최유찬, 「시의 자유와 '죽음'-김수영론」, 『리얼리즘 이론과 실제비평』, 두리, 1992.

최현식, 「'곧은 소리'의 요구와 탐색」, 『작가연구』, 1998.
———— , 「꽃의 의미—김수영 시에서의 미와 진리」, 『포에지』, 2001, 가을.
하정일, 「김수영, 근대성 그리고 민족문학」, 『실천문학』, 1998. 봄.
한계전, 「전후시의 모더니즘적 특성과 그 가능성」, 『시와 시학』, 1991. 봄—여름.

2) 학위논문
강덕화, 「김수영 시 연구 : '새로움의 시학'을 중심으로」, 동국대석사, 1997.
강연호, 「김수영 시 연구」, 고려대박사, 1995.
강웅식, 「김수영의 시의식 연구 : '긴장'의 시론과 '힘'의 시학을 중심으로」,
        고려대박사, 1997.
구용모, 「김수영의 시론 연구—'반시론'과 '시여, 침을 뱉어라'를 중심으로」,
        한양대석사, 1996.
권영하, 「김수영 시 연구 : '바로보기'를 통한 시적 변용을 중심으로」, 성대
        석사, 1994.
권혁웅, 「한국 현대시의 시작방법 연구: 김춘수·김수영·신동엽을 중심으
        로」, 고려대박사, 2000.
김명인, 「김수영의 〈현대성〉 인식에 관한 연구」, 인하대석사, 1994.
김삼숙, 「김수영 문학의 전위적 성격 연구」, 서울여대석사, 1999.
김오영, 「김수영론」, 연세대석사, 1992.
김종윤, 「김수영 시 연구」, 연세대박사, 1987.
김혜순, 「김수영의 시 연구—담론의 특성연구」, 건대박사, 1993.
김효곤, 「김수영 시의 타자 현상 연구」, 부산대석사, 1998.
남진우, 「미적 근대성과 순간의 시학 연구 : 김수영·김종삼 시의 시간의식」,
        중앙대박사, 2000.
노 철, 「김수영과 김춘수의 시작방법 연구」, 고려대박사, 1998.
노용무, 「김수영 시 연구 : 포스트식민주의 관점으로」, 전북대박사, 2001.
박병규, 「1960년대 순수·참여논쟁 연구」, 계명대석사, 1999.
박수연, 「김수영 시 연구」, 충남대박사, 1999.
안수진, 「모더니즘 시의 부정성 형성 연구 : 박인환과 김수영을 중심으로」,

서울대석사, 1997.

안홍림, 「김수영 시의 자아의식 연구」, 단국대석사, 2000.

여태천, 「김수영 시 연구 : 〈실천적 글쓰기〉를 중심으로」, 고려대석사, 2001.

유재천, 「김수영의 시 연구」, 연세대박사, 1986.

이 중, 「김수영 시 연구」, 경원대박사, 1995.

이건제, 「김수영 시의 변모양상 연구 : 자아와 세계의 관계를 중심으로」, 고
　　　　려대석　사, 1990.

이기성, 「1950년대 모더니즘 시의 시간의식과 시쓰기」, 이대박사, 2002.

이은정, 「김춘수와 김수영 시학의 대비적 연구」, 이대박사, 1992.

이종대, 「김수영 시의 모더니즘 연구」, 동국대박사, 1994.

이지연, 「김수영의 '온몸' 시학과 반시 연구」, 부산대석사, 1993.

조강석, 「김수영 시에 나타난 시간의식 연구」, 연세대석사, 2001.

조명제, 「김수영 시 연구」, 우석대박사, 1994.

채상우, 「1960년대의 순수·참여문학논쟁 연구」, 동국대석사, 1999.

최미숙, 「한국모더니즘의 글쓰기 방식에 관한 연구-이상과 김수영을 중심으
　　　　로」, 서울대박사, 1997.

황혜경, 「김수영 시의 아이러니 연구」, 이대박사, 1998.

3) 단행본

김 철, 『구체성의 시학』, 실천문학사, 1993.

김 현, 『한국문학의 위상』, 문학과지성사, 1977.

김상봉, 『나르시스의 꿈』, 한길사, 2002.

김상환, 『예술가를 위한 형이상학』, 민음사, 1999.

──── , 『풍자와 해탈 혹은 사랑과 죽음』, 민음사, 2000.

김승희 편, 『김수영 다시 읽기』, 프레스21, 2000.

김우창, 『궁핍한 시대의 시인』, 민음사, 1987.

──── , 『시인의 보석』, 민음사, 1993.

──── , 『심미적 이성의 탐구』, 솔, 1995.

김윤식·김현, 『한국문학사』, 민음사, 1973.

김준오, 『시론』, 삼지원, 1991.

김지하, 「풍자냐 자살이냐」, 『시인』, 1970. 8.

문덕수, 『한국모더니즘시 연구』, 시문학사, 1981.

박찬국, 『하이데거와 윤리학』, 철학과현실사, 2202.

백낙청, 『민족문학과 세계문학1』, 창작과비평사, 1978.

서준섭, 『한국 모더니즘 문학 연구』, 일지사, 1988.

송하춘 · 이남호 편, 『1950년대의 시인들』, 나남, 1994.

신오현, 『자유와 비극』, 문학과지성사, 1979.

오문석, 『백년의 연금술』, 박이정, 2005.

유성호, 『한국 현대시의 형상과 논리』, 국학자료원, 1997.

유종호, 『시란 무엇인가』, 민음사, 1990.

이상섭, 『복합성의 시학 : 뉴크리티시즘 연구』, 민음사, 1987.

이승훈, 『한국현대시론사』, 고려원, 1993.

이창배, 『20세기 영미시의 형성』, 민음사, 1979.

임철규, 『왜 유토피아인가』, 민음사, 1994.

정현종 외, 『시의 이해』, 민음사, 1983.

최동호, 『하나의 道에 이르는 시학』, 고대출판부, 1997.

최문규, 『탈현대성과 문학의 이해』, 민음사, 1996.

최유찬, 『리얼리즘 이론과 실제비평』, 두리, 1992.

최하림, 『김수영 평전』, 실천문학사, 2001.

황동규 편, 『김수영의 문학』, 민음사, 1983.

3. 국외논저

A. 단토, 신오현 역, 『사르트르의 철학』, 민음사, 1985.

A. 코제브, 설헌영 역, 『역사와 현실 변증법』, 한벗, 1981.

A. 하우저, 김진욱 역, 『예술과 소외』, 종로서적, 1981.

D. R. 빌라, 서유경 역, 『아렌트와 하이데거』, 교보문고, 2000.

E. 런, 김병익 역, 『마르크시즘과 모더니즘』, 문학과지성사, 1986.

E. 슈타이거, 이유영 역, 『시학의 근본개념』, 삼중당, 1978.

F. 짐머만, 이기상 역, 『실존철학』, 서광사, 1987.

G. 루카치, 반성완 역, 『소설의 이론』, 심설당, 1985.

G. 바슐라르, 곽광수 역, 『공간의 시학』, 민음사, 1990.

H. 마르쿠제, 김문환 편역, 『마르쿠제 미학사상』, 문예출판사, 1989.

──────, 김현일 · 윤길순 역, 『이성과 혁명』, 중원문화, 1984.

H. 프리드리히, 장희창 역, 『현대시의 구조』, 한길사, 1996.

H. R. 아우스, 장영태 역, 『도전으로서의 문학사』, 문학과지성사, 1983.

──────, 김경식 역, 『미적 현대와 그 이후』, 문학동네, 1999.

I. A. 리챠즈, 이국자 역, 『시와 과학』, 이삭, 1983.

J. P. 사르트르, 방곤 역, 『구토』, 하서, 1994.

──────, 손우성 역, 『존재와 무1 · 2』, 상성출판사, 1990.

──────, 정명환 역, 『문학이란 무엇인가』, 민음사, 1998.

K. 해리스, 오병남 외 역, 『현대미술─그 철학적 의미』, 서광사, 1991.

K. H. 보러, 최문규 역, 『절대적 현존』, 문학동네, 1998.

L. 알뛰세르, 김동수 역, 『아미엥에서의 주장』, 솔, 1991.

L. 페리, 방미경 역, 『미학적 인간』, 고려원, 1994.

M. 나도, 민희식 역, 『초현실주의의 역사』, 고려원, 1985.

M. 버만, 윤호병 외 역, 『현대성의 경험』, 현대미학사, 1994.

M. 보위, 이종인 역, 『라캉』. 시공사, 1999.

M. 엘리아데, 이동하 역, 『성과 속』, 학민사, 1983.

M. 칼리네스쿠, 이영욱 외 역, 『모더니티의 다섯 얼굴』, 시각과언어, 1993.

M. 하이데거, 신상희 역, 『동일성과 차이』, 민음사, 2000.

──────, 오병남 외 역, 『예술작품의 근원』, 경문사, 1979.

──────, 이기상 역, 『존재와 시간』, 까치, 1998.

O. 파스, 김홍근 · 김은중 역, 『활과 리라』, 솔, 1998.

P. 뷔르거, 최성만 역, 『전위예술의 새로운 이해』, 심설당, 1986.

R. 번스타인, 김대웅 역, 『실천론』, 한마당, 1985.

R. 코젤렉, 한철 역, 『지나간 미래』, 문학동네, 1996.

R. M. 쇼트, 최성애 역, 『인식과 에로스』, 이대출판부, 1999.

S. 프로이트, 박찬부 역, 『쾌락원칙을 넘어서』, 열린책들, 1997.

T. S. 엘리어트, 최종수 역, 『문예비평론』, 박영사, 1974.

T. W. 아도르노, 홍승용 역, 『미학이론』, 문학과지성사, 1984.

W. 벤야민, 반성완 역, 『발터 벤야민의 문예이론』, 민음사, 1983.

W. 비멜, 구연상 역, 『사르트르』, 한길사, 1999.

A. Balakian, *Surrealism*, George Allen & Unwin Ltd, 1972.

B. V. Foltz, *Inhabiting the Earth*, Humanities Press, 1995.

C. Howells, *Sartre*, Cambridge Univ. Press, 1988.

D. Halliburton, Poetic Thinking, The Univ. of Chicago Press, 1981.

G. Agamben, *The Man Without Content*, Stanford Univ. Press, 1999.

J. Butler, *Subjects of Desire*, Columbia Univ. Press, 1987.

J. H. Matthews, *Toward the Poetics of Surrealism*, Syracuse Univ. Press, 1976.

J. P. Sartre, *The Psychology of Imagination*, Methuen & Co Ltd, 1983.

M. Heidegger, *On the Way to Language*, Harper & Row, Publishers, 1989.

──────── , *Poetry, Language, Thought*, Harper & Row, Publishers, 1971.

R. Aronson, *Jean-Paul Sartre Philosophy in the World*, Verso, 1980.

S. Vogel, *Against Nature*, State Univ. of New York Press, 1996.

W. Plank, *Sartre and Surrealism*, UMI Research Press, 1981.

시는 **혁명이다** – 김수영의 시론과 비평

2005년 10월 15일 인쇄
2005년 10월 20일 발행

저 자 오 문 석
펴낸이 박 현 숙
찍은곳 신화인쇄공사

110-320 서울시 종로구 낙원동 58-1 종로오피스텔 606호
TEL. 02-764-3018, 764-3019   FAX. 02-764-3011
E-mail : kpsm80@hanmail.net

펴낸곳 도서출판 **깊 은 샘**

등록번호/제2-69. 등록년월일/1980년 2월 6일

ISBN 89-7416-156-7

※ 잘못된 책은 교환해 드립니다.

값 **10,000원**